燃《も》ゆるDNA《ディエヌエイ》

高瀬川あずみ
Azumi Takasegawa

文芸社

……人の憎悪の念は、己の生命体の中に宿る「遺伝子――憎しみ」の作用によって支配される。もしも、何らかのはずみで、その遺伝子が二重化された場合、それは激しい炎となって、人を異常な犯罪へと駆り立てる……

『遺伝子生命語録』

目次・燃ゆるDNA

燃ゆるＤＮＡ

序　氷点下の序曲

大学院生の早見雄之介は、いつもよりか、その朝は早く起きた。その日は、研究棟の解体工事の開始に先がけて、冷凍室内に保管されている試料を他に移転させる予定であった。

彼は、洗面も朝食もそこそこに、彼の住む安アパートを出た。

彼は、生命工学院大学を卒業すると、大学院に進学し、博士課程前期を修了した後、そのまま直ちに後期課程に進んだばかりであった。欧米のように、新学年の開始時期が九月であるのと異なり、日本ではいずれも四月より始まる。彼は急いでバスに乗り込み、まだ幾分固めの蕾の桜並木坂を登ってキャンパスに向った。朝の六時半の頃であった。

早朝ゆえに、車内には空席があった。早見院生は、車窓から仙台市街地を見下しながら、じっと考えていた。

……とにかく、この三年間で学位を取得しなければならぬ。いや、それとも四年かかるかな……。生命工学院大学は、仙台市の南西部の高台の上にあった。戦後いち早く、仙台市出身の先覚的思考を持った人々の働きで国を動かしたあげくに設立された大学であった。

したがって、開設以来四十余年しか経ていなかった。生命科学は、二十一世紀に向けての最先端の科学の一つである。したがって、開設と同時に全国より熱意と野望とに燃えた新進気鋭の少壮学者たちが参集した。それだけに研究者相互間の競争も激しく、大学内は日夜熱気に包まれていた。教官たちの競争は、そのまま業績の高きを目指す闘いとなり、従来の日本の大学に見られ勝ちの茫洋超越型のムードの存在を許さず、常時、リアルな実証、論争に関する過当競争の渦と化していた。

「……とにかく、きつい所だな。いくら頑張っても、何だかだと文句をつけられる」と彼は呟いた。新入生も、入学と同時に激しい訓練を受ける。いきなり高度の内容を有する講義を連続して受ける。かと思うと、全く寸刻の気の緩みを許さぬ実験、実習が長々と続いて行われる。要領の悪い学生は、そのまま実験室に留められて、若手教官たちの叱声を浴びながら、覚えるまで何回でもくり返し特訓を受ける。

お蔭で、五月病なる学生は、この大学では皆無であった。……訓練とはむごい面もあれば、有難いものでもあるな……と、彼は追憶にふけりながら、バスに揺られて山頂の大学目指して坂を登った。

キャンパス内のバス停で降りた早見は、そのまま真直ぐに三階に在る試料の冷凍保存室に向かった。エレベーターから降りると、そこは冷凍室の真前である。そこには早くも、早朝に集合を命ぜられた院生が二人ほど立っていた。そしてその近くには、幾つかの大型のコンテナーが置かれていた。

「やあ、早見君、ご苦労さま」と言って、彼に笑顔を見せたのは、助手の唐木田三郎であった。今日の保存試料移転における責任者は彼であった。俊才の彼は、早くも細胞の生育因子に関する研究では、学会の注目を集めていた。しかし、些か独断的な思考に陥り易いとの批判もあった。

「先輩、少々遅くなってすみません」と、早見は言った。

唐木田は、彼に向かって笑顔で頷くと、一同に対して「今日で四十年間、全く一日も停止したことのない冷凍室の寿命が終るのだ。それだけに、ここで長年の間お世話になってきた我々に取っては、まことにお名残り惜しきことである」と、おどけた口調で言って早見たちを笑わせた。

事実、唐木田の言う通りだと早見らは思った。生命科学の研究には、動植物の生体成分がさかんに用いられる。しかし、生体成分は常温では極めて変質し易い。したがって、これを保存するには、氷点以下の低温を必要とする。それゆえ、あらゆる生体成分の試料や、研究途上の試料は、氷点下二十度の低温に保たれたこの冷凍室に保存され続けてきたのだ。こうしておけば、生体成分は変化もなく、何十年いや何百年もの長きにわたって保存される。

シベリアの凍土から、数万年前のマンモスの遺体が、生きた時のままの姿で発見されるのも、この理による。

その間、今朝の作業に動員された院生たちも次々と参集して、総勢七名のメンバーが揃った。いよいよ、作業開始である。

唐木田助手は、室外のコンテナーの一つに施された密封帯を外して蓋を開いた。中身は、ドライアイスの固まりであった。唐木田の指示で、院生たちは次々と他の大小のコンテナーに、ドライアイスの固まりを入れた。そして、この中に室内の保存物を入れて、冷却しながら、約二百メートル程離れた別棟の冷凍室まで運び出すのだ。作業は、正午近くまでかかった。しかし、一通りの物件の移転は終了した。作業に当たる院生たちの表情にも、やっと安堵感が見え始めた。冷凍室内の物件の大方は移転が終了し、残るのは四十年間絶ゆることなく続いてきた冷気のみであった。

しかし、その数分後に、予想もせざる怪奇現象が、この冷たき空室の中で起きたのだ。

第一章　凍結死体の手に論文が

些かの疲労を感じた早見院生は、ほっとしながらも、改めて冷凍室内を見回した。彼自身にとっても、数々の思い出を秘めた部屋でもあった。学生時代における実験をはじめとし、また修論研究においても粒々辛苦の末に抽出分離した生体成分を、胸をときめかしながら、神に成果を祈るが如き思いで秘めやかに保存容器に収める時の気持。そしてその後で、次々と湧き起こる果てしなき夢。さらにその夢は、未来のノーベル賞に連なる……。彼のみならず、多くの院生たちの夢をかき立てたのも、まさしくこの部屋であった。その場所が、まさしく四十年余の歴史の幕を閉じようとしているのだ。

早見は感慨に耽りながら、しばし部屋の中に佇んでいた。氷点下二十度の室温は、人体にとってもかなりの冷気を感じさせる。しかし、長時間、作業をくり返していた彼らにとって、それはさほどの苦痛でもなかった。

早見も、身に厚手の毛糸のスエーターを着て、その上に白衣をまとってマフラーを付けただけで充分であった。

「やあ、これで終了だな。早見君、そろそろ食事にでも行って来たまえ。午後からは電気工事関係の技術屋たちが来て、電気作動装置の取り外しにかかるんだ。それで、この部屋の歴史も終りさ」

そう言って、彼は立ち去った。

「先輩もほっとしただろうな。そして、感無量というところさ……」と、早見は呟いた。この附近の地区一帯の停電時においても、彼らは必死と自家発電装置を作動させて、とにかく氷点下二十度の温度を守り抜いてきた。まさしく、冷たき熔鉱炉の火を守るが如き心情か……と、早見はそのように感じた。

彼は、去り難き心情を残しながらも、室内から退散しようとした。

その時、彼は初めて部屋の突き当たりの奥の冷たき床の上に、奇妙な布の一端を見付けたのだ。彼は近付いて、それを拾い上げようとして身を屈めた。

「ん?」と、一瞬、彼は首をかしげた。

その黒灰色に変色している布の一端は、壁の真下に塗られたセメントの中から、床の上にはみ出ていることに、彼は気付いたのだ。

さらに、もう一つ、彼が初めて気付いたことがあった。部屋の突き当たりの奥の壁の真下には、幾つかの四角形のスペースが掘り込まれ、その各々にコンテナーをサイズに合せて押し込める構造に作られてあった。しかるに、その最右端のスペースは、明らかにセメントで塗りつぶされているのだ。そして床の上の布切れの一端は、そのセメントの中からはみ出ているように見えた。

「こりゃあ変だぞ……」と、彼は呟いた。そして改めて、そのセメントでふさがれている部分をじっと見詰めた。その部分は、一応は塗られてはいるが、何となく大急ぎでセメントを流し込み、練り固めたと言わんばかりの構造であった。しかもその部分は、外から大型のコンテナーがしっかりと押し付けられていて、これまで外からは見えないようになっていた。これでは、長期間にわたり誰からも気付かれなかったとしても当然である。

「何だい、一体これは……」と、彼は何回目かのセリフを呟いた。しかし、次の瞬間、彼はさらに気付いたことがあった。セメント塊の中からはみ出て垂れている布切れは、黒灰色になってはいるものの、まぎれもなく研究者の着る白衣のスソの一端であったのだ。

一瞬、彼は本能的に、背筋に冷たい予感が走るのを覚えた。彼は目を据えて、いつの日か知らぬが、窮屈な四角のスペースに詰め込まれたセメントの凹凸の多い表面を見回した。

そして彼は、セメントの固まりの中から二本の物体が突き出ているのを見付けた。それはあたかも、セメントを土とするならば、その中から出始めた長さ二、三センチの植物の新芽の如きものであった。彼は、そっとそれを指でつまんでみた。それは、当然のことながら氷の如く冷たき物であった。さらに目をこらしてそれを見詰めた彼は、瞬間、異様な声を上げて後ずさった。その突起物の先端に、まぎれもなく爪の如き構造物を見たのだ。それは、黒褐色に変化しているが、まぎれもなく人間の手の指先であったのだ！

してみると、このセメントの中に、誰か知らぬが、白衣を着た人間が塗り込められている。

そう思った瞬間、早見は冷凍室から飛び出すと、夢中で廊下を走った。

仙台警察署捜査一課の愛川春水《あいかわはるみ》刑事らが、生命工学院大学から冷凍室内に死体らしきものありとの通知を受けたのは、その日の午後二時頃であった。

愛川春水は、仙台の名門校東方大学で、物理学を専攻した刑事畑でも珍らしい理系出身の少壮刑事であった。さらに、仙台市民の若者たちの間で彼の名を知らしめたのは、彼が学生時代にサッカー選手であり、名主将として彼は幾回も東方大学をして全国大学サッカーリーグ戦における優勝校たらしめたことであった。そして、心身共に勝れた粘り強さと、理系出身らしい緻密な捜査で、名実ともに難事件と言われた数々の事件を見事に解決して、仙台における若手敏腕刑事として広く名が知られていた。

彼は直ちに大学に対し、現状はそのまま保持し、決して動かさないように厳重な指示を与えた。愛川が腹心の片腕たる手代木刑事と四名の鑑識課の要員らと共に、車でサイレンを鳴らしながら大学に到着したのは、それから三十分とはかからなかった。愛川らは、物件移転の責任者である神保教授と、その助手である唐木田、ならびに早見院生らの状況説明を一通り聞いた後、彼らの案内で直ちに三階の冷凍室に向った。

室内は現状維持のままで、まだ氷点下二十度に保たれていた。しかし一同は、何ら意に介せず冷気を押して室内に入り、奥のセメントの塊と対決の姿勢に入った。愛川らは、綿密にセメントの状態を検索した。そして、塊から外にはみ出ている二本の人間の指らしきものを子細に観察した。しばし、手代木との問答のあげくに、彼は四名の鑑識課要員に目くばせした。彼らは、直ちに先の尖った金具を用いて、セメントを丁寧に砕き始めた。冷気のために、操作は二名ずつ三十分間の交替で行われた。電気振動を微細に変化させながら、手際良く進捗する彼らの手技により、セメント層は見る見る剥がされて、次第に核心の物体の正体が現われてきた。

セメント層の中から、最先に黒灰色に変色した白衣らしき布が、ウネウネと不規則に重なり合った形で見え始めた。それを破損しないように静かにジリジリと剥がすと、その白衣らしき布の真下から、明らかに毛のシャツと思われる衣類が、ボタン付きのままで現われた。さらに、それに続くセメント塊の一端から毛髪らしき物体も見えてきた。まさしく、中に人間が封じ込まれていることは、明白である。

その頃は、後からさらに到着した警察官によって、冷凍室に通ずる廊下一帯は立ち入りが完全に禁止され、学生はじめ教官たちは、張られたロープ越しに、ざわめきながら冷凍室の方角を見詰めていた。早くも、マスコミ報道関係の車も数台、キャンパスの入口に駈けつけていたが、警察官に入校を阻まれて、入れろ入れぬで押し問答をくり返していた。

愛川は手代木と共に、冷気にも屈せず、引き続き長時間、室内に留まって死体を被っている秘密のベールが次第に取り除かれていく過程を凝視していた。

セメントの除去が進むにつれ、死体の主の全貌が明らかにされてきた。それは、全身黒ずんではいたが、容貌からして明らかに男性と認識された。年齢は、さ程の年でもない。顔貌は茶褐色に変じ、眼窩がやや落ちて幾分ミイラ的様相を帯びてはいたが、顔形と口許から、インテリジェンスを感じさせるものがあった。頭髪は黒灰色の長めであった。

「刑事、これで一応終りました」と、鑑識課員はそう言って、直ちに死体の写真撮影に取り掛かった。

死体の身長は高く、しかも腰部で折り曲げられ、あたかもネアンデルタール人の屈葬に似た体型で埋められていた。これは明らかに、誰かが長身の男性を、その死後に腰と膝の関節の部分で二重に折り曲げて、壁下の長方形のスペース内に無理に押し込んで、その上にセメントを流し込んだものと解された。まさに、あらゆる点で人為的な操作によるものであることが窺われた。

「これは明らかに殺人だ。いや、死体遺棄かな……。いずれにしても自殺なんかではない」

愛川は、手代木の顔を見ながら言った。

死体は、黒ずんでよれよれになった白衣を身に付けていた。これは、この死体の主が、生前に少なくとも当大学で研究に従事していたことを意味する。愛川らは、さらに死体の露出部分を詳細に点検した。創設以来、絶えることのなかった低温のお蔭で、一部に若干のミイラ化現象が観察されたが、幸いにして腐敗化による組織の崩壊と変質とは、体のいずれの部分にも認められなかった。

いつ、誰が、何故にこのような姿で……。愛川は、じっと死体を見詰めながら考えた。

「愛川刑事、これは何でしょう」

彼は、手代木刑事の言葉で、その指さされた物体を見下した。死体の右手に何かがある。

「ん？」と、彼は思わず唸った。

セメント塊から外にはみ出ていたのは、死体の左手の指であった。そして、右手は何かをしっかりと握りしめていた。それは、白衣と同様にどす黒く変色していたので気が付かなかったが、それは明らかに幾つかに折り曲げられた紙の束であった。そして、それには何やら文字が記されている。

「手代木君、しめたぞ。この紙に記された内容を調べれば、この仏さんの身許が、案外早くわかるかも知れんぞ」

愛川は、そう言って鑑識課要員たちに死体を直ちに収容して、急いで署まで搬出するように命じた。それにより、死体は黒いプラスチック板で作られた長方形の箱に収められて、屋外に待機していた鑑識課の車で、速やかに運ばれていった。

愛川と手代木の両刑事は、その後もしばらくキャンパスに留まって、冷凍保存の責任者たる神保保之教授、助手の唐木田三郎、大学院生早見雄之介の三人から、死体発見に至る事情聴取を行った。しかし、早見院生の説明以上のものは、何も得られなかった。

愛川らは、署に戻ると直ちに死体の洗浄と綿密なる検査とを鑑識課に要請した。そして、洗浄終了の報告を受けると、愛川は手代木と共に検査室に駈け付けた。死体は全身を洗浄された後、生まれた時のままの姿で、検屍台の上に乗せられていた。愛川は、丁寧に身体の各部を観察した。外傷は何処にも認められなかった。身長は高く、約百七十二センチ程の男性であった。顔付はやや面長で、鼻下から顎にかけて、黒灰色のヒゲが伸びており、数日間、シェービングを行っていないことが察せられた。愛川は、あらゆる角度からの顔写真を何枚も撮らせた。年齢は、それ程年を取ってはいないらしいが、どうにも正確には判定し難い顔貌であった。

死者を乗せた台の隣りの台上には、当人の着衣の全てと、右手に握っていた紙の束が、キチンと広げられて重ねられていた。

愛川は直ちに、それら紙片の検索に取りかかった。紙は、いずれも横書用のA4判サイズのレポート用紙で四十四枚の束であった。そして、それら用紙の一枚毎に何やらビッシリと手書きで文字が書き込まれていた。明らかにワープロではない。

愛川は、その一枚目を手に取って文字を目で追った。黒く変色した紙に、若干にじみかけた文字は、感覚的にも読みづらかった。しかし、愛川の求めていたのは記載の内容ではなかった。彼が探し求めていたのは、記載された文字の中に、仏の素姓を示す氏名らしき文字の有無であった。彼は、四十四枚のすべてにわたって一通り目を通した。前半は殆ど文字で埋めつくされていたが、後半になると、所々に図表やら数値を記入した個所があり、さらに複数の白ネズミを用いた実験操作を示すイラストがあるなど、明らかに学術論文の原稿と思われた。

その第一枚目は、大きな字で表題らしき文句が記載されていたが、普通ならば必ず記されるはずの氏名と所属とは、どこにもなかった。ただ、表題だけは、次のように明瞭に読み取れた。

「トマス・ミッチェル説への反論」

その内容が如何なるものであるのか、理系出身とはいえ、専門畑の異なる愛川には、その時点では、まだ理解し得なかったのだ。

とにかく、顔写真だけでも大学の面々に見せて、身許わり出しの手掛かりを摑むべきだ。その間、個人的特徴は、鑑識の連中が明らかにしてくれるであろう。捜査会議における愛川の取り敢えずの主張を、捜査一課長の岸田警部はじめ一同も皆その線に同意した。

翌日、愛川と手代木の両刑事は、再び生命工学院大学を訪ねた。大学には、早くも数台のマスコミ報道関係者の車が、先回りして待機していた。連中は、愛川らを見付けると、さっと集まってきた。そして、口々に事件の内容を尋ねた。しかし愛川は、目下調査中との返事のみで、急いで建物内部に入った。

学長藤田謙次郎は、愛川らの要請を入れて、学長個人の責任において、その写真を大学の教官、職員の面々に極秘の中に示して情報を得ることを約してくれた。つまり、非公開の形での協力を約したわけである。

愛川は、これまでの経験で、大学内への立ち入り捜査の難しさと、大学人の口の固さとは充分に認識していた。したがって、形式通りの公開捜査を真っ向からふりかざすと、時により大学自体の閉鎖的体質を助長させる結果となり、かえって、見ざる、聞かざる、言わざるの態度を硬化させるなど、逆効果を招くことも充分にあり得ることなのだ。その点を考慮してくれたのであろうか、藤田学長の大学自体で極秘の非公開事項として捜査を約してくれた配慮に対して、愛川は深く謝意を表してキャンパスを出た。

それから数日が過ぎた。大学からは、まだ何も言って来ない。一方、警察の鑑識検査は、解剖のみを残しておおよそが終了した。推定年齢は二十五—四十歳、身長百七十三センチ、血液型AB型、口腔内の下顎右奥歯二ケ所にアマルガム充塡あり……などであった。

愛川は捜査会議の席上で、死体の解剖のみは、あくまでも最終段階まで延ばし、外観上の特徴を捉えることを優先させるように主張した。その理由は、凍結死体は室温内に戻すと、通常の遺体よりか変質が速やかで、そのために顔貌などは著しく変ってしまうからであった。まして や、先に解剖を行い、容貌に人為的損傷を与えることだけは、この段階では、どうしても避けたかったのだ。

しかし、死後何年を経過しているのか、その判定は、かなり難しかった。氷点下二十度Cの温度では、人の体組織成分の本質は全くと言ってもよい程、完全に保持され損傷は殆ど起きないのだ。

それから数日後、生命工学院大学の藤田学長からの使者が署へやって来た。使者は学長からの親書を携えていた。それは、愛川らに対する返書であった。岸田捜査課長と共に、その返書を開いた愛川の顔に、明らかに失望の色が浮かんだ。それには、次の文句が記されていた。

「遺体の顔写真を、可及的多数の教職員に個別的に見せた。しかし、まことに残念ながら識別ならびに認定に至る結果が得られず、以上の報告と共に、ここに例の写真を同封して御返却申し上げる」との内容であった。

ある程度の予想はしていたものの、愛川は岸田捜査課長と共に嘆息した。その時であった。鑑識課から急遽、電話が入った。それは、愛川らをいたく興奮させる内容であった。

「死体の顔貌をさらに詳細に検索した結果、左眼は完璧なる義眼なることが判明せり」

愛川は小躍りした。義眼装着の人間は、それ程多くはない。死体の生前の特徴が大きく把握されたわけであり、それだけ捜査視点が飛躍的に濃縮されたわけでもある。

「しめたっ……、大きな手掛かりをつかんだぞ」

愛川は思わず叫んで、岸田課長と顔を見合せた。その時、再び鑑識課からの連絡が入った。

「判定の件で、至急来られたし」

愛川は、受話器を置くと同時に駈け出した。手代木が、その後に続いた。

「何かありましたか」と、彼は、そう叫びながら部屋に入った。

「愛川刑事、これを見て下さい」

係り官の一人がそう言って、台上に広げられた死体が身に付けていた白衣を指さした。

「白衣に何かありましたか」と、愛川は問うた。

「愛川刑事、見て下さい。この白衣のサイズと、仏さんの身長とが合わないように見えるんですが、どうでしょうか」

愛川は、食い入るように白衣と隣りの台上の死体の身長とを見較べた。理系出身の愛川は、実験や実習の際に、動作に便なるように、白衣のサイズを個々の身長に合せて身に付けることを知っていた。

「うーむ、この白衣は、確かに仏さんの身長と較べて短い感じがするな……」と、彼は呟いた。そして、自ら白衣を手に取って、しばらく各部分を眺めていた。そして、彼の目が、次第に黒変した白衣の襟元に移った時、彼は突如、思わず叫んだ。

「あっ、この白衣は女性用のものだっ」

その声につられて、室内にいた一同は、一斉に彼の手許に駈け寄った。

「皆さん、ここを見て下さい。この白衣の襟元の構造とボタンの位置からして、幾分、首から胸元にかけてゆるやかに作ってあります。そして、裾も広めです。これは明らかに、女性用の白衣です。それに、このサイズから見ても、これは比較的、小柄の丸味を帯びた体形の女性が使用するものです。この仏さんの身長と体形には全く合いません」

彼は一息にそうしゃべると、再び白衣全体をしげしげと見詰めた。理系出身の愛川の記憶には、学生時代を共に過した女子学生たちが、男子学生のものとは、明らかに裁断法も形も異なり、しかも彼女らの体形に合った白衣を、それぞれ身に付けていた思い出があった。

「道理で発見当時、死体の着ていた白衣が、ウネウネとして仏の体にからんでいると思ったはずだ……」と、愛川は呟いた。

事柄の解析は、これで一気に進展した。冷凍室に長年にわたって眠っていた死者は、長身の男性であって、しかも左眼は明らかに義眼なのだ。そして、身に付けていた白衣は、小柄で丸っこいタイプの女性が用いるサイズであって、断じてこの死者の物ではない。これで、手に握りしめていた論文の表題をメドにして大学内を捜査すれば、案外速やかに死者の身許が割り出せるかも知れない。そして、事柄の真相は程なく明らかになる……と、捜査報告会議の席に座していた面々は、皆一様にそのように感じた。

その時であった。一人の訪問者が署に現われて、愛川に面会を求めた。彼は早速に、別室に訪問者を招じ入れた。出された名刺には、次のように記されていた。

「生命工学院大学教授　伊集院　正道」

伊集院教授といえば、人工臓器の研究では世界的泰斗と言われている人物である。特に人工肝臓や人工血管の研究における業績は、ノーベル賞候補とさえ評価されていることは、理系出身である愛川刑事も良く知っていた。

「これは、これは、先生ようこそお出で下さいました。何か、ございましたでしょうか」

「愛川刑事さん、先日、こちらから持ち込まれた例の死者の顔写真の件なのですが、実は我々教官一同、個別に学長室に呼ばれて秘かにあの写真を見せられたんですが、誰も死者が誰であるのか明確に判定出来ませんでした。それは確かな事実です。実は、私もその一人だったんですが、後で、どうも何やら気になるものが残るんで、実物、つまり当人の遺体の顔を直接見させていただきたいと思って、秘かに、ここに参った次第です」

教授の言葉で、愛川は小躍りして感激した。まさしく、珍らしい大学側からの協力なのだ。愛川は早速に、教授を遺体保存室に案内した。

教授は、さすがに生命科学者らしく、何ら動ずることなく台上に引き出された棺内の再凍結死体の顔を凝視した。そして、しばらく長い間、死体の顔をあらゆる角度から観察していた。愛川は、教授の目が、最初の柔和な光から次第に異様な程、鋭い光を帯びてくるのに気が付いた。彼の目は、教授の顔をじっと凝視していた。しばらくの間、息の詰まるような緊張感が室内に充満した。

「これは、まさしく倉田東一《くらたとういち》だ……」

教授は、唸るような声で呟いた。しかし、その声は霹靂の如く愛川の耳に響いた。

「先生、何かわかりましたかっ」

明らかに、愛川の声は上ずっていた。

「この死体の主は、私の古い同僚だった倉田東一に間違いありません。しかし、何で彼が、あんな冷凍室の壁の中で……」

教授の声は科学者らしく、あくまでも冷静で落ち着いていた。

「この仏さんは、先生のお知り合いなんですか。それでしたら、是非、そのあたりについて教えて下さい」と、彼は叫ぶように言った。

教授の冷静さに較べて、愛川は完全に上気していた。

「先生、この仏さんは、我々鑑識の結果では、間違いなく左目が義眼になっております。先生のお知り合いのその方も、そうだったんでしょうか」と、愛川は続けざまに述べた。

「おお、そうですか。この死体の左目が義眼だとすれば、まさしく私の古き仲間、倉田東一に相違ありません。彼は確かに左目に、義眼をはめ込んでおりましたから……」

教授はあくまでも、冷徹な科学者であった。愛川もそれにつられて、理系出身者としての合理的判断の思考が、ようやくにして戻ってきた。

丁重に別室に案内された伊集院教授と対座した愛川と手代木は、録音機を傍らに置いて、教授の話の内容を一語も聞きもらすまいと耳を傾けていた。

「だとすれば、あの死体の主は倉田に間違いありません。しかし、彼は三十年前にアメリカに行ったきりで、あれ以来、日本には帰っていないはずです。それが何故に……」

教授は、明らかに古い記憶を追い求めるような眼差しで宙を見ながら言った。

「先生、その辺について、少しくお話しいただけませんでしょうか」

愛川も、その時点では完全に職業意識を取り戻していた。

「彼は地味ながらも、直情径行にして一徹な男でした。彼がアメリカに行ったのも、彼が既存の学説に真っ向から対立する独自の学説を打ち立てて、学会全般から猛烈な反発を買ったことに起因することだったんです」

「その学説とは、『トマス・ミッチェル学説に対する反論』とは違いますか」と、愛川は手帳のメモを見ながら言った。

「おお、刑事さん。そこまでご存じだったんですか。これは驚きました」と、教授は愛川の顔をまじまじと見詰めながら言った。そして、そのあたりの古き話を、追憶を辿るが如き口調で語り始めた。

倉田東一は、多くの進学志向の若者が入るエリート高校ではなく、生れ故郷の福島県会津若松近郊にある地味な農業高校の出身者であった。したがって、当然のことながら、郷里に留まって農業を営む後継者を育成するのが最大の教育方針であるので、卒業後における大学進学を目指すコースの設定や特別授業などは殆どなかった。それにも拘わらず、倉田は持前の根性で地道に努力した結果、首尾よく難関を突破し、生命工学院大学に合格した。問題は、入学後の彼の特徴であった。

入学後の彼は、努力もさることながら、実に彼独特のオリジナリティを発揮した。要するに、彼は教科書に書かれている内容や、既存の学説なるものを決して鵜呑みにすることはなかった。

　それで、そのために、彼は、しばしば講義の最中でも教官に対して質問し、時には論争を吹っかけることもあった。教官の中には、かえってそれに興味を抱き、真面目に応答してくれる人もいた。しかし、中には明らかに彼の態度に反発を示す連中もいたのだ。だが、このような賛否の間《はざま》にありながらも、彼の質問の内容は、一見、素朴で単純ながらも、確かに一理あるものがあった。したがって、教官の中にも、変った面白い学生として、彼に特に目を付ける者もいた。

　このようにして、倉田東一は若干変人と見なされながらも、入学後の時の経過と共に、次第に彼の個性を伸ばしつつ成長を重ねたのであった。彼の特徴は、口先ばかりの理論ではなく、実験や実習に際して、実に精魂の限りを尽くしてエネルギーを集中することにより、テキストに記載されている中身以上のものを把握しようと努力することであった。

　その結果、学年毎の彼の成績評価は、常に抜群で、農業高校という一見して傍系の出身者ながらも、まことに異色な学生として、その存在を知られるようになった。

　そして、この変った努力家は、卒業と同時に大学院に進学した。彼の論文テーマは、指導教官である三国透《みくにとおる》教授の指示によって、「動物生体器官における自己修復機構」と決定した。元来、動物の生体組織は、一旦、何らかの作用で損傷を受けても、自ら修復・治癒する能力がある。この自然治癒の原理について、これまで欧米の学者たちが長年研究した結果、生体組織が何らかの損傷を受けると、必ず生体内に、その組織に適合した修復因子が現われて、直ちにその損傷部に集中して作用し、その結果、その組織部の細胞を増殖させて失われた組織部を補塡し、損傷部はそれにより修復されるということが明らかにされてきた。これらの研究で、この修復説を決定的に結論づけたのが、アメリカの研究者、トマス・ミッチェル博士であった。彼は、この論理をさらに実証する実験手段として、パラビオーシス法を用いた。これは、二匹の白ネズミを固定台上に平行して固定する。次に、これら二匹の白ネズミの皮膚を相互に縫合して、胴体を互いに密着させる。そして、外科的方法で両方の頸動脈と頸静脈とを小カヌーレ（小血管チューブ）で、一方の頸動脈と他方の頸静脈、一方の頸静脈と他方の頸動脈とを交互に連結し、双方の血液が常に交叉して循環するようにする。このような処置を施した後に、いずれか一方のネズミの臓器に、外科的方法で命を失わない程度の損傷を与える。すると、そのネズミの損傷臓器は、直ちに自然治癒、すなわち損傷周辺部の臓器細胞が増殖を開始して失われた臓器組織の部分を補塡し臓器の修復が行われる。ところがその時、一方のネズミの何らの損傷も受けていない同じ臓器を子細に観察すると、何と意外なことに、その臓器の細胞も増殖を開始し、さらにＤＮＡの増加も認められるなど、何ら損傷を受けていないにも拘わらず、まさに修復と同じ様相が観察された。

そこでミッチェルは、この現象を次の如く結論づけた。すなわち、一方のネズミの臓器が損傷を受けると、直ちにその臓器にのみ特異的に作用する修復因子が現われて損傷部を修復する。

しかるにこの際、この修復因子の一部は、交叉して循環している血液によって他方のネズミの体内に入り、同じ臓器に到達する。その結果、その臓器は、その因子によって刺戟され、何らの損傷を受けていないにも拘わらず、あたかも損傷を修復させるかの如き対応を臓器全体で示すとしたわけである。このような、一方からの「おすそ分け」によるとする説は、取りも直さず「修復因子の実在とその作用」を証明することにもなる。

彼のこの理路整然とした実証と論理は、時の学界に大きな反響を巻き起こした。そしてこの業績は、直ちに各種の医学書にも紹介され、生命科学に関するおおよその誌上にも掲載されて生体臓器損傷の治癒・修復における一大原理として定着したのであった。そして、この発見は、やがてはノーベル医学生理学賞にも匹敵する程の重要な貢献を人類に齎《もたら》すであろうとの予測の下に、未来への福音の一つとして、人々に迎え入れられた。

「倉田君、君に、この素晴らしいテーマを与えることは、よくよく君の努力と才能とを見込んでのことだ。しっかりと勉強して、トマス・ミッチェル説をさらに展開させるような立派な業績を上げてくれたまえ」

「はい、有難うございます。大いにやらせていただきます」

三国教授とその大学院生たる倉田東一との二人の人間関係は、このような問答から始まったのであった。

倉田東一は、福島県の同郷の先人である野口英世の持つ自由発想に基づく思考にもあこがれていた。要するに、倉田は何らの先入観も抱かず、既成の理念にもとらわれることなく、天真爛漫たる心情で研究に突入したのであった。

彼は、トマス・ミッチェルと同様に、白ネズミを実験材料に選んだ。そして、取りあえず、彼は二匹の白ネズミをパラビオーシスの形式を取らずに、まず一匹に対し臓器として肝臓を選び、外科的方法でその約三分の二程度を切り取った。そして、直ちに腹部の切開部を縫合して閉じた後、二十四時間を経てから、その白ネズミの全血液を採取した。このようにして得られた血液から血清を分離し、その僅かな量を、一方の正常な白ネズミの血管内に注射した。すると、二十四時間後に、その注射を受けた白ネズミの肝臓組織内で多数の肝細胞が増殖を開始し、合せてＤＮＡも増加するのが認められた。言うまでもなく、トマス・ミッチェル説の再確認である。

倉田は、最初のうちは何回もこの実験をくり返し、その中に示されるいろいろな現象を検索していた。

しかし、彼はその途中の過程で、ある奇妙な事実に気付いた。それは、彼が肝損傷白ネズミから採取した修復因子を含んだ少量の血清を、肝臓が無傷の第三の白ネズミの血管内に注射すると、その白ネズミの血清中の修復因子が、数時間後には著しく増加し、最初に注射した量の数十から数百倍に増加するということであった。勿論、この増加した修復因子は、それなりに無傷の肝臓組織の細胞を刺戟して増殖させ、ＤＮＡ量をも増加させる。

この事実は、彼にとっても思いがけない結果であった。ということは、トマス・ミッチェルの二匹の白ネズミを用いたパラビオーシスによる結果は、一方の肝損傷白ネズミの修復因子を含んだ血液が、血液の相互交流によって他方の白ネズミの血液中に循環による移行、いわゆる「おすそ分け」による結果ではないことを示唆する。

それはまさしく、肝損傷白ネズミの血液中に生じた第三の因子によって、他方の無傷白ネズミ自らが、莫大な量の修復因子を血液中に「自己生産」させたことを意味するのだ。

しかし、彼は持ち前の粘り強さをもって、さらに慎重に実験を進めた結果、肝障害によって、その白ネズミ自体の血液中に、肝修復因子の生成と血液中への分泌とを促進する肝損傷情報因子が生成される事実を突き止め、次に、その因子の分離に成功した。そして、さらに彼は、この分離採取した情報因子を多数の健全な白ネズミに注射して、そのいずれにおいても、血液中に多量の肝臓修復因子を生成出現させ得ることを立証した。これらの結果から、倉田は、「トマス・ミッチェル説」を、事実上完全に覆す論理を確立したわけである。

つまり、トマス・ミッチェルによる二匹の白ネズミパラビオーシスによる実験結果は、これまで言われてきた修復因子の、いわゆる一方からの「おすそ分け」によるものではなく、肝損傷によって血液中に生じた肝臓の異変を体全体に報せる「シグナル物質」が、無傷の白ネズミの血流中に入る結果、それに刺戟されて、多量の肝臓修復因子が血液中に誘導出現する「自己生産」が主要な要因であったのだ。

この新しい見解は、周到な事実結果と共に、倉田によって綿密にまとめられて、指導教官である三国教授に提出された。

「君、これは大丈夫かね。これが事実とすると、我々はこれまでの定説に、まさしく爆弾を投ずることになるよ……」

三国教授の意見は、極めて慎重であった。

無理もなかった。倉田の説が公然と学会に発表されると、現在においても既に多くの医学書にも記され、医学生たちへの大学での講義に際しても、多くの教授たちによって講ぜられてきた「トマス・ミッチェル説」は、まさしく大きな打撃を受けることになる。さらに「トマス・ミッチェル説」に基づいた研究を実施することによって、多数の医学研究者が医学博士の学位を得ており、さらにそれによって、それぞれの地位にも就いているのだ。

「先生、大丈夫です。僕は絶対に自信があります。ですから、どうか学会で発表することを許可して下さい」と、倉田は食い下った。

「でもねえ……。倉田君。もう少し待ってみたらどうかね」

三国教授の意中には、慎重と同時に、明らかに困惑の気持も存在したのであった。

倉田の独特な発想力と、粘り強い集中力とをもってなし得た成果ならば、確かにそれなりの信憑性はあり得るであろう。

しかしである。倉田は、その余りにも一風変った独自性の故に、大学内でもかなりの批判がある。そこに加うるに、大学院生の分際で従来の定説に一矢を放つどころか、まさしく爆弾を投ずるが如き行為を重ねたとするならば、理性を越えた反発に等しき感情が人々の間に高まることは必至である。さすがに、温厚誠実な人格を持つ三国教授も、しばし慎重にならざるを得なかった。

伊集院教授は、当時は倉田と同じ大学院生であり、同時に倉田の良き理解者でもあり、無二の親友でもあった。しかし、伊集院も当時における意気盛んな若き研究学徒の一人であった。

「おい、倉田、何とか一旗あげようじゃないか。三国さんの心情もわかるが、だからと言って、このまま引き下がることはないじゃないか。とにかく、速やかに学会で発表すべきだと思うな」

「うん、伊集院の言う通りだ。とにかく、早く三国先生の諒解を取り付けたいだけだ」

このように、二人は常に意気投合していた。

しかし、倉田の研究結果は、次第に大学全体の中にも伝わり始めた。そもそも、生命工学院大学は、医学部とは異なった哲学を持つ。したがって、かなり医学部に接近した理念で生命科学を扱ってはいるものの、医学部とは明らかに一線を画した形で論理を展開する。

「トマス・ミッチェル説」は、アメリカの医学部関係者であるトマス・ミッチェル博士によって提唱され、世界各国、特に日本の医学界に歓呼の声で迎え入れられ、そして定着した学説なのだ。それだけに、生命工学院大学としても、内々では高い評価を与えつつも、医学界に公然と火を投ずることに、若干のためらいがあったわけである。

このように、伊集院教授の縷々とした懐古談が続いた。理系出身の愛川刑事は、その内容をかなり理解することが出来た。

「そうでしたか。ところで伊集院先生、その研究成果は、結果として発表されたんでしょうか。そのあたりはいかがでしたか」と、愛川は結論を急いだ。

「ええ、なかなか決定を下さない大学当局の態度に業を煮やした倉田は、彼なりに決意して、それを英語論文にまとめて、単独でアメリカの科学誌ユニバースに投稿してしまいました。勿論、指導教授たる三国教授の諒解も得ないで……。今から三十年前の当時としては、実に思い切った行動でした」

「して、アメリカでの反響はどうでしたか」

「勿論、無条件で掲載が決まりました。あの当時のアメリカは、非常に開放的で、自己の論説に相反する学説でも、喜んで迎え入れるだけの寛容さがありました。それだけに、若き大学院生に過ぎなかった彼の業績を、かなりの評価で迎え入れたことは事実でした」

「そして、日本での評価はいかがでしたか」

愛川の質問に、伊集院教授は若干のためらいを見せた後、口を開いた。

「皆、意外な彼の行動に接し、一様にショックを受けました。ただし、あの当時の日本の大学の一般的風潮から言って当然だったと思います。何しろ、大学院生が自己の学説を、誰からの諒解もなしに独自の行動として外国学術誌に投稿して、しかも審査をパスして堂々と掲載されることなど、普通の常識としては到底あり得ぬことで、彼の余りにも強烈で、しかも過激とも取れる行動に対し、まさしく賛否両論入り乱れて大変な騒ぎでした」

「そうでしょうね、私も理解出来ます」と、愛川は言った。

伊集院教授の話は、それからも、しばらくの間続いた。

要するに、それから先の結論は極めて簡潔であった。当時の体制のあり方に、敢然として体当たり的に行動した倉田に対して、それ以後は推して知るべし。間断なき批判と非難の嵐の渦中に巻き込まれた彼に対し、誰も救いの手を差し伸べる者もなく、日夜、孤独の中に日々を送ることとなった。しかし、彼を取り巻く要因の中に、もう一つの隠された理由が存在していたのだ。それは、彼が農業高校出身者であるということであった。元来、エリート大学に入学するのは、普通高校の出身者を中核とする。しかも、いずれも厳しい受験競争を経て入学した者ばかりである。したがって、このような連中の作り出す雰囲気の中に、まさしく異質とも取れる農業高校出身の倉田の存在は、当時においては、どうにも異端視され勝ちであった。ましてや、その倉田が、彼独特の創意と工夫とで、常に既存の学説に挑戦するが如き態度で実験を行い、そのあげくに、このような大ノロシを打ち上げたとなると、彼に対する嫉妬まがいの悪感情が交叉するのは当然であった。

情況を敏感に察知した倉田は、大学院の修了以前から、自己の将来への身の振り方に、早くから腐心していた。しかし、四面楚歌の彼にとって、まさしく拾う神も現われたのだ。

アメリカのフロリダ州のある有名大学から、彼宛に一通の手紙が舞い込んだ。

それは、当大学の医学部教授ロバート・アリグザンダー博士からであった。それには、貴下の業績を高く評価する。ひいては、しかるべき時にアメリカの当大学に来られて、さらに研究を続けられてはどうか、という内容が記されていた。倉田は喜んだ。一も二もなく承諾の返事を書き、以後は一途に博士論文の作製を完成さすべく研究に邁進した。

しかしその後、思わぬ不幸が彼を直撃したのだ。それは、研究室で近くの実験台で生体成分の分解操作を行っていた仲間の院生が、試薬の量を誤って大量に用いたがために、分解ビンの中で分解剤の過塩素酸が爆発し、飛び散った多数のガラスの破片が、倉田の顔面を襲ったのである。夥しい破片を受けた彼の顔面は、直ちに病院での緊急の治療によってほぼ回復したが、左眼に食い込んだ数個の破片は、水晶体や網膜を大きく破壊したのであった。そして、その結果として、彼の左眼は摘出以外に道なしと診断され、彼の苦悩の中に摘出手術が遂行された。こうして約三ケ月近くの入院後、失った左眼の代りに義眼を嵌め込まれた彼は、憔悴した姿で大学に戻ってきた。しかし、気丈な彼は、間もなく元気を取り戻した。幸いにも、右眼は無事であったので、顕微鏡を覗くには差し支えなかった。

「倉田君、大丈夫かね。これからどうするのかね」と、三国教授は言った。

要するに、教授の言葉には、今後、博士論文をまとめ上げたにしても、それから先行の不透明さに対して、どのように考えているのかという意味が含まれていたのだ。

「先生、大丈夫です。何とか頑張ります。そしてアメリカに行きます」

彼の言葉は、いかにも東北人らしい粘り強さと強固なる意志とを示すものがあった。程なく、学位論文は完成した。そしてそれは、論文審査委員会でも何なく通過することが予想されたにも拘わらず、一部の教授グループの反発に基づく批判によって若干紛糾した。しかし、三国教授たちの支持によって、一応、審査はどうにか通過した。

状況の成り行きに、更に不服と逆反発を抱いた倉田は、むしろ憤然として母国日本と母校を後にして、羽田空港よりアメリカ目指して飛び立った。その彼を見送る者は、伊集院をはじめ極く少数の友人と家族たちであった。しかし、その少数のメンバーたちも、三十年の間に、おおよそが離散したとの話であった。

第二章　バイセクシアル・ゴースト？

愛川は、伊集院教授の供述したメモを、くり返し熟読していた。とにかく、これは一つの事件なのだ。伊集院教授は、後日の捜査への協力を約して辞した。

「手代木刑事、君は直ちに倉田氏の郷里に飛んでくれないか。そして、彼の家族や友人に会って、倉田氏がいつから仏さんになったのか、そのあたりを洗ってきてくれないか。この事件の真相の解明は、そのあたりから始めなければならないようだ」

捜査会議における愛川の発言は、即刻、捜査課長はじめ一同の賛意を得た。伊集院教授の話では、倉田東一は三十年前にアメリカに渡り、それ以来、一度も帰国していないとのことであった。それがいつから、母校の冷凍室の壁の中に塗り込まれていたのであろうか。それも既存の学説に鉄槌を下すべき内容の論文を、手にしっかりと握りしめたままの姿で、恐らく何年かの長期間にわたって冷たい壁の中で独り過してきたことになる。

「伊集院先生、倉田氏の死体が手に握っていた論文の中身は、現在どのように評価されているのでしょうか」と、愛川は別れ際に伊集院教授に尋ねた。

「ええ、彼の学説は、今では一部の人たちからは賛同を得ております。しかし、大勢は未だに、それに反発した姿勢を取っているのが現状です。何しろ、この世界では、一旦、承認された既存の学説を覆すのは、実に至難の業なのです。それだけに、彼の説が全般的に受け入れられるのは、まだ相当に時間が掛かると思います」

教授の言葉を、くり返し心の中で反芻をしながら、彼は考えた。今回の事件は、実に倉田の執念と闘志とを思わせるものを感ずる。倉田は、彼の既存社会の体制に対する爆弾に等しき彼独自の論説をしっかりと手にしたままの姿勢で、母校の壁の中から外界を見詰め続けてきたことにもなるのだ。

「恐ろしい執念！」と、彼はそのように感じた。それだけに、これは並の事件ではない……。

愛川は、長年の経験からくる第六感で、直面した事柄の内容に容易ならざる影を見たのであった。

一方で、ようやく外見上の鑑識が一通り終了した段階で、倉田の遺体の綿密なる司法解剖が始まっていた。そして、その結果は、逐一、捜査会議のメンバーたちに報告された。

「胃の内容物に特筆すべき物なし……、数日間、絶食せるものの如し」

「肝臓は、絶食の故か、若干の萎縮を観察せるも、特に病変を認めず」

「肺臓の上端部に小さき石灰化せる傷害痕あり。されど完全に治癒せるものと認む」

「腎臓は、双方共に異常を認めず……」

次々と報告されてくる内容に対し、愛川はじめ捜査関係者一同は、その都度、頷いた。これらの内容は、倉田なる人物の内臓は、かなり丈夫で、割合と強い体質を有することを裏付けるものであった。確かに、彼の異常とも言える努力からしても、その通りであろう。

しかし、最後の脾臓に関する所見が報告された時、一同は一斉に目を大きく見開いて顔をあげた。

「脾臓に顕著なる変形を認む。脾臓組織の一部に、明らかに異質なる組織が入りて発達せる如き形態を示し、極めて異常なる構造と認む」

瞬間、愛川の目が異様に光った。脾臓の異常が確認されたのだ。倉田は病死だったのか。とにかく、愛川はじめ捜査一課の連中が何より知りたいのは、倉田の直接の死因は何であったかということである。自殺か他殺か、それとも病死だったのか、その死因を確認することが、捜査の大原則なのだ。

「脾臓のより詳しい所見を願います」

愛川は幾分、緊張した声で尋ねた。

「はい、この脾臓は、直ちに大学医学部の組織解剖学研究室に回して、鑑定を詳しく願うことにしております」と、担当の鑑識課員は答えた。

愛川らは、一応頷いた。しかし、次の所見に関する報告を聞いた時、愛川のみならず一同思わず大きくどよめいた。

「次に、体内血管から直接採取した凝固血液について、血液型を再検査せる結果、当人の血液型はO型と判明致しました」

「おい、君、何を言ってるんだ。最初の報告では、仏さんの血液型はAB型のはずじゃなかったのか」と、捜査一課長の岸田警部が、手帳を見ながら言った。一同も等しく鑑識課員の顔を見詰めた。

「はい、最初は遺体の血管が、かなり硬化しておりまして、さらに血管内の血液も、固く凝固しており液体として採取することが困難でした。それで、一応、体内分泌物をリンゲル液で溶解させて集め、血液型の判定に用いました。そして今回は、改めて溶解した血液を用いて判定したのです。つまり、最初は、鼻腔内や口腔内の粘液物からの鑑定では、確かにAB型と出たのです。しかるに、今回は直接、血液について検討致しました結果、何とO型と出たのですから、私ども鑑識課でも首をひねっているのです」

鑑識課員も、幾分困惑の表情で答えた。

「そんなバカなことがあるものか……。とにかく、何回でも検査をやり直して、どちらかに、はっきりと決めてくれ……」

捜査一課の連中は、口々に同じ言葉を叫んだ。死体の身許確認にとって、最も重要なのは、その血液型の確認なのだ。

とにかく奇妙だ……。愛川は、理系出身者としてのカン所から、そのように感じた。血液型の鑑定などは、現代の技法をもってすれば、極めて正確に判別可能なのだ。すなわち、ABO式によれば、何も血液でなくても、唾液、汗、乳汁などの体外分泌物によっても容易に鑑定ができる。例えば、タバコの吸殻に付着している微量の唾液によっても、おおよそ百パーセントの確率で喫煙者の血液型を割り出すことが可能なのだ。

それが、口腔内分泌物ではAB型、直接、血液についてはO型なのだ。とにかく、こんなことは、愛川をはじめとして、捜査会議の全員にとっても、まさしく初めてのことであった。当然、列席者全員が納得しなかったのも無理はなかった。

しかし、担当の鑑識課員は、それでもひるまなかった。かえって、一同に対して反論してきたのだ。

「皆さんのおっしゃることは、至極ごもっともです。それで、我々としましても同様の疑問から、何度もくり返し鑑定を重ねました。しかし、その都度、結果は今申し上げた通りであります。それ故、それをありのままに報告している次第であります」

その鑑識官は、その道でも経験に長じたベテランであった。自己の判定に充分な自信を有し、一歩も退かぬ姿勢が窺われていた。しかし、捜査一課のメンバーたちのざわめきは止まなかった。

「わかりました。それでは、その血液の成分検査を直ちに施行して下さい」

愛川は、幾分、首をかしげながら言った。

こうして、捜査会議における問題点は三点に絞られた。第一は、倉田の死亡推定日時の判定。そして他の二点は、彼の脾臓内に入り込んでいた別の細胞組織は何であったのか、また彼の二重血液型体質……そんなことは有り得ぬのであるが……を示したO型血液成分の検索結果を待つということであった。

手代木刑事は、直ちにその場から、倉田の郷里、福島県の会津若松市に向かった。

世間のマスコミは、早くも状況を察知していた。まだ未公表の事件ながらも、大学関係者間には既に噂は広まっていた。仙台警察署に押しかけて来るマスコミ報道関係者たちの数も、日に日に増加した。そして遂に、警察署長の向山警部も止むなく、未だ捜査は半ばであるがと前置きしながら、これまでの途中経過について記者会見の形で公表した。騒ぎは、大変なものであった。何しろ、三十年前にアメリカに渡ったきりで、それ以来、一度も帰国したことのない生命工学院大学の努力型俊才人物が、何と母校の冷凍室の壁の中から死体で現われたのだ。仙台市民たちの驚きも大きく、瞬く間にその話は全市に広まった。そして好奇心旺盛な子供たちの間でも、その話は広まり、全ての小学校で、児童たちは寄るとさわると、その話に花を咲かせる有り様であった。「学校お化け現わる」である。

しかるに、その話が仙台市民たちの間に流布されるにつれ、奇妙な話がポツポツと警察署に届けられ始めたのだ。何とそれは、倉田は三十年前にアメリカに行ったきりで、一度も帰国せずとされているが、そんなはずはない。私は確かに、それ以後に彼と出会っているという内容のものであった。

「それはいつ頃のことでしょうか」と、愛川はその市民に尋ねた。

「ええと、あれは今から七年位前だったと思います。倉田さんと会ったのは、確か宮町あたりでした。何しろ、倉田さんには、私の所の子供たちの家庭教師をお願いしていたことがありますので、私らもよく覚えております」

「そうですか。その時、倉田氏は、どんな様子でしたか」と、愛川はさらに尋ねた。

「それが刑事さん、何だか変なんですよ。私が、倉田さんじゃないですか……と、声をかけますと、あの人、びっくりしたような顔をして、急いで顔を隠すようにして、そのままズンズン走るようにして行ったんでがす」

朴訥な市民の話は以上のようなものであった。まさしく、これと似たような話が次々と届けられた。しかし、その中に、ひとつだけ愛川の関心を引くものがあった。

「あれは確か、今から六年前だったと思います。広瀬川の大橋あたりで、丁度、夕暮近くでした。どう見ても倉田さんらしい人が、一人の女の人と親密そうに話をしながら並んで歩いているのを見たんです。私は、その時、丁度五、六メートル程、その後から歩いていましたので、間もなく倉田さんだと気付きました。思わず声を掛けようとしたんですが、あんまり親密そう

「あんまりハッキリとはわからなかったんですが、その人は、市民病院の女医さんに何となく似ていたような気がします。でも確かではないんですが」

「その女性の方は、どんな方でしたか」

なので、それは止めました」


　愛川は、内心で小躍りした。倉田がアメリカへ去ってから、一度も日本へ帰国していないと関係者は思い込んでいた。しかるに、彼はちょくちょく秘かに帰国していたらしいのだ。一市民がもたらしてくれた極めて重要な目撃証拠、すなわち、仙台市民病院のある女医らしき女性と共に歩いていたとの証言、それが最も新しく、そして具体的なのだ。つまり、倉田は、今から六年前までは、確かに生きていたことになる。それ以後の目撃者が出ないからだ。重要参考人たるその女医らしき女性を探せ……。ここでようやくにして一筋の糸口を摑んだと、愛川はじめ捜査課一同、皆等しくそう感じた。

　愛川は早速に、車を飛ばして仙台市民病院に乗り着けた。さすがに、市民病院は大きかった。彼は、直ちに事務長に会って、病院に勤務する医師の全リストの閲覧を要求した。

　全部で十一名に及ぶ女医たちの個々の出身大学、専門分野、経歴などについて、愛川は目を据えて調べた。もしも、市民のもたらした目撃証言が真実とするならば、その女医は少なくとも今から六年以上も前から勤務していたことになるのだ。

　該当者は意外と多く、十一名の女医中七名に及んだ。その中には、まさしく二十年以上も長く勤務している女医もいた。愛川は早速に、捜査用の極秘資料として、七人の女医たちの顔写真を借り受けた。そして極めて迅速に、彼に目撃情報をもたらした当人の所に駈け付けた。その人物は、市の中央部、大町の一角で薬局を営む女性薬剤師であった。それだけに、彼女は生命工学院大学、市民病院の双方にしばしば出入りしていたので、内部に勤務しているスタッフや大学院生たちの顔を比較的良く覚えていた。

「和泉さん、この中に当時目撃された女医先生がおられますでしょうか」と、愛川は丁重に尋ねた。

和泉薬局の女主人である和泉清子は、五十歳を過ぎた有能な女性経営者であった。彼女は同じ薬剤師であった夫と共に、若い時から同じ場所で薬局を開いていた。そして、夫の死後は、やり手の女主人として和泉薬局をさらに大きく発展させたのである。それだけに、彼女は仙台市内の大学や病院などに手広く出入りして、薬品類の受注に応じていた。したがって、当時から個性が強く、人一倍エネルギッシュだった若かりし倉田東一を良く記憶していた。和泉薬剤師は、愛川の示した七枚の写真をくり返し、しげしげと見詰めていた。そして、その中の一枚を取って愛川に示した。

「この先生に間違いないと思います」

和泉女史の目の光と声とは、自信に満ちていた。愛川も、女性としては太い指に挾まれた写真の主をジッと見詰めた。

それは、産婦人科の和田ノブ子女医であった。愛川は、急いで手帳にある和田ノブ子の身上書の写しを見た。年齢五十歳、独身、そして西京女子医科大学卒など、記載事項の幾つかを一瞬の中に脳裏に収めた。経歴から換算すると、彼女は市民病院に十六年間、勤務していることになる。

翌日、愛川は早速に、市民病院に和田女医を訪ねた。彼女はその時、入院妊婦の出産で女児を取り上げて、部屋に戻ったばかりであった。そして、看護婦と談笑しながらコーヒーを啜っていた。

「和田先生、お疲れのところをまことに申し訳ございませんが、何分にも職務でございますので、何卒お許しを願います」と、愛川は丁重に頭を下げた。

「何でしょうか……」と、彼女は丸い顔を上げて、愛川の顔を見詰めた。柔和ながらも、眉の濃い意志的な顔であった。

「実は、もうご存じのことと思いますが、先頃、生命工学院大学の冷凍室で発見されました……」と、終りまで言い切らぬうちに、彼女の言葉が先に出たのだ。

「ああ、倉田東一さんの遺体のことですね」

愛川としては、まさに先手を打たれた感であった。

「そうなんです」と、愛川は、まさしく先手を取られた形で返事をした。

「それが何か……」と、女医は言った。

彼女の言葉は、次々と逆手を使って反撃してくるが如き響きを有していた。

「和田先生、倉田東一さんのことで、何かご存じのことがありましたら、教えていただけませんでしょうか」

「おほほ……、倉田さんという方は、とうの昔にアメリカに行かれたそうじゃありませんか。そんな方を、どうして今頃、この私が知っているのでしょう。刑事さん、私たちが、そんな方を知るわけがございません」

女医の言葉は、頗るシニカルな響きを持って返ってきた。そして、さっと椅子から立ち上って愛川に言った。

「刑事さん、私は、これから次の出産予定の妊婦の部屋に行かねばなりませんの。ですから、これで失礼します」

彼女は早口で、そのセリフを述べると、一礼もせずに部屋から出て行った。同じ部屋にいた若い看護婦も、急いで器具を手にして、和田女医の後を追った。

愛川も止むを得ず、憮然たる表情で署に戻った。丁度その時、福島県の会津に倉田東一の実家を訪ねた手代木刑事が戻ってきた。

「愛川刑事、会津若松の彼の実家に行ってきました。彼の兄の話では、東一は三十年前にアメリカに行ったきりで、それ以来一度も日本に帰っていないとのことです。ですから、今回の奇怪なる話は、到底信じられない。いくら顔が似ていたからと言って、それがウチの弟だなんて絶対に思いたくないの一点張りでした。そして、弟の東一は、この通り今日まで元気で活躍している証拠だと言って、現地から倉田氏が送った写真やら手紙類の束まで見せてくれたんです。それを見ると、昨年のみならず、今年になって極く最近に出された手紙まであるんです」

手代木の話では、郷里の実家では、両親は既に他界し、旅館業と合わせて農業を営んでいる彼の実兄夫婦とが住んでおり、父親の方は二十年前に他界したとのことであった。

「ん、ちょっと待ってくれ。その父親が死んだのは、今から二十年前だとすると、その葬儀には帰国しているんじゃないかな。そのあたりはどうなんだろう」と、愛川は言った。

「ええ、私もそれを尋ねてみたんです。すると、彼の実兄が言うには、どうしても止むを得ない理由で帰国できない。それで、父親の葬儀にも出られない親不孝の息子を許してほしいとの涙の手紙に添えて、多額の金を送ってきたそうです」

「そうすると、倉田氏は三十年前の渡米以来、一度も実家には姿を現わしていない。しかし、その反面、ちょくちょく帰国しては、その都度、誰かと会っている……」

「彼が一度も故郷に現われないというのは、本当でしょうか。彼の実家では、そのあたりについて、何か隠しているのと違いますか……」と、手代木も首をふりながら言った。

「うーむ、そんな気もするな……」

二人の対話がそこまで進んだ時、捜査会議開催の連絡が二人に届いた。

両刑事は、直ちに会議室に入り椅子に座した。そして、次の瞬間、全員に対し驚くべき事実が発表されたのだ。鑑識課長の杉戸警部は、全員が座席に着くのを見届けると、おもむろに立ち上り、調書を開いた。

「それでは、先日の捜査会議で懸案となっておりました倉田氏の脾臓と血液成分とに関する詳細な鑑識結果について報告致します。まず第一に、脾臓の異状構造についてでありますが、この件は大学医学部の組織解剖学教室に検索をお願いしておりましたが、その結果、本人の脾臓内に検出されました別臓器組織らしきものは、まぎれもなく肝臓組織であることがわかりました。それで……」

その言葉の終らぬうちに、早くも議場の各所から声が上った。

「肝臓だって……。何を言ってるんだ。倉田という人間は何なのか……」

「人の体の中で一つだけあるはずの肝臓が、二つもあるとは何だ……。とにかく、変だぞ」

「前の血液型の一件と言い、今回の肝臓組織と言い、余りにも変な鑑識ばかりだ。一体、どうなってるんだ……」

数々のセリフが、杉戸課長に向かって発せられた。しかし、彼はひるまなかった。

「ええ、皆さんの質問は一応ごもっともです。しかし、我々としましても、大学医学部組織解剖学研究室の先生方の御協力を得て、以上の結論に達しました。したがって、事実をありのままに申し上げておるのですぞ」

杉戸警部は、確かに鑑定技術にかけては、仙台署内でも著名なベテランであった。彼は以前、警察署から出向の形で大学医学部法医学研究室に派遣されて研鑽を積み、署に戻ってからは、事件捜査に関する鑑識上の体験と所見とに対する彼独自の新見解を論文にまとめて大学に提出し、それにより、医学博士の学位を取得した努力家でもあり勉強家でもあった。まさしく、彼は一歩も引かなかった。

「杉戸課長、それはそれでわかりました。もうひとつの件はどうなんですか。つまり、血液成分です」と、愛川は質問した。

「ええ、血液の件なんですが、これは、何度調べても、やはりO型であります。ところが、その成分中に、ハッキリと女性ホルモンであるプロゲステロンが、女性の黄体形成期と同一レベルで検出されました」

「えーっ、すると……倉田氏の血液はO型である上に、女性ホルモンがたっぷり含まれているんですか。つまり、倉田氏の体質はO型の女性並みに変化していたとおっしゃるわけですか」

と、愛川は言った。

「まさしく、そういうことになりますね」

杉戸課長も、明快に答えた。

理系出身の愛川は、杉戸課長の説明の内容を、誰よりも速やかに理解出来た。

他の連中は、いずれも黙って、その間、二人の問答を聞くのみであった。

女性には、男性と異なって、成体期になると性周期が始まる。すなわち、彼女らが思春期に達すると、必ず約二十八日の間隔で月経が起きる。そしてそれは、彼女らの卵巣、子宮を結ぶ女性生殖器官系における卵胞形成期と黄体形成期の二大周期が交互に循環することに由来する。このことは、二つの周期が、それぞれ異なったホルモン支配に基づくことを意味する。前者はエストロゼン、後者はプロゲステロンの分泌と作用とが盛んなのだ。エストロゼンは、卵胞期には主に卵巣から分泌されて卵胞の形成と成熟卵胞からの排卵に至る一連のプロセスを支配する。プロゲステロンは、排卵後に黄体が形成されると、そこから盛んに分泌されて、エストロゲンに取って代り、以後のプロセスを支配し子宮内膜を発達肥厚させる。そして、黄体が衰退すると、肥厚した子宮壁は退化して脱落し、血液と共に外に排出される。これが月経である。

鑑識課長の報告では、倉田の遺体から採取された血液中には、女性並みのレベルでプロゲステロンが検出されたことになっている。

「……奇妙な話だ」と、愛川は呟いた。

勿論、男性の血液にも男性ホルモンだけでなく、若干の女性ホルモンも存在する。女性の血液にも、常に少量の男性ホルモンが含まれる。しかし、男性、女性のいずれにおいても、異性のホルモン含量は極めて少ない。性ホルモンとは、そういうものなのだ。

しかし、倉田氏の血液中には、明らかに女性ホルモンであるプロゲステロンが高い含量……つまり女性並みの値で検出されたのだ。

「プロゲステロンか……」と、愛川は再び呟いた。その時、彼はハッと気付いたことがあった。

そして、鑑識課長に向かって口を開いた。

「プロゲステロンが高いレベルで検出されたとすれば、それは排卵期以後の子宮壁粘膜の肥厚する時機の血液ですね」

「その通りです。このプロゲステロン含量の数値から言いますと、恐らく排卵直後のもので、このホルモンによって子宮壁の細胞が盛んに増殖して肥厚し、受精卵の着床の準備をしている段階と思われます」

「そんな女性の血液が、何で男性たる倉田氏の血管内にあったんでしょうか」

「ええ、医学部の先生方も、不可思議な事例だと言って、首をかしげておられました」

理系出身の刑事と医学博士である鑑識課長の警部との対話に対し、他の捜査会議メンバーたちは、皆、黙って耳を傾けるだけであった。

「警部、あなたは、これらの事実を、一体どのようにお考えになります」と、愛川は叫ぶように言った。

「さあ、どう判断すべきでしょうか……。倉田氏の脾臓に、肝臓組織が移植されていた一件と、同氏の血管内に黄体形成期の女性と同一成分の血液が存在していた事実、そしてさらに、このような変則的な男性の遺体が、どうして壁の中に……、しかも、大学内の冷凍保存室の壁の中から現われてきたのか……、そして、これらの事実が、互いにどのように関連しているのか……。とにかく、恐ろしく難しいパズルを突きつけられた感じです」

愛川も無言で頷いた。そして、宙を見詰めるのみであった。一様な沈黙が、一同を包んだ。さすがの理学士も医学博士も、同様に押し黙って沈思するのみであった。

「提案があります」

そう言って手代木刑事が立ち上った。

「私が倉田氏の実家を会津に訪ねました所では、家人の話では倉田氏は現在でもアメリカで元気に活躍しておられるとのことです。そして、最近の手紙まで見せられました。したがいまして、その真偽を糺すために、一応、現地に在るアメリカの大学に問い合せたら、いかがかと思います」

当然の事ながら、それは直ちに容認された。

早速に、アメリカ・フロリダ州のセント・オーガスチン大学生命医学部のロバート・アリグザンダー教授宛に、倉田東一の消息について、問い合わせの文書を発することになった。

一方で、倉田東一の遺体に確認された血液型の矛盾、肝臓組織を抱え込んだ脾臓、そして排卵期の女性並みに女性ホルモンを含んだ血液など……。これらの奇異なる事実の解析は、今後さらに愛川と医学博士たる杉戸警部との二人が、鋭意これに当たることになった。

翌日、二人は生命工学院大学に伊集院教授を訪ねた。大学正門周辺には、臭いを嗅ぎつけたマスコミ関係者や事件記者たちの一群が待ち受けていたが、二人は、一切これに応ぜず急いで建物の内部に入った。

伊集院教授は、二人の説明をじっと聞いていた。そして、おもむろに口を開いた。

「ほほう、倉田の体内から、そんな不可思議な事実が検出されたのですか。ただ、その中の一つだけはわかります。それは、脾臓についての一件です。脾臓は、自分以外の他の組織細胞であっても、それが一旦、脾臓に移植されると、それを長い間、生きたままの状態で保持してくれる性質を持っているんです。例えば、肝臓細胞は脾臓に移植されると、何年でも機能を失わずに生存維持されるんです。これは、北海道の旭川医科大学の水戸教授たちによって立証されています。ですから、肝臓細胞である可能性はあると思います。しかし、何で倉田は、肝臓細胞を自分の脾臓に移植させたのかな……。そのあたりになると、どうもわかりません」と、教授は言った。

「それならば、倉田氏の血液の件については、先生はどうお考えになりますか」と、愛川は問うた。杉戸警部は、黙って聞き役でいた。

「そのものズバリで言えば、O型の女性の血液、しかもプロゲステロン含量から言えば、黄体形成期の血液を大量に血管内に注入されたことになりますね。もっと端的に表現すれば、若いピチピチした女性の、しかも排卵後の血液を、それこそ倉田自身の全血液を、それと入れ替えて仕舞う程、たっぷり入れられたことになります」

「なるほど……。しかし、そのような前例が過去において、どこかでありましたでしょうか」と、愛川は更に尋ねた。

「そうですね。極めて少ない例として、性転換手術後に、目的とする異性の血液の大量投与の例が報告されていますが、その効果については、余り明確ではありません。しかし、それにしても倉田のヤツ、血液ばかりでなく肝臓細胞まで自分の脾臓に移植させて、一体、何を考えていたのかな。おかしなヤツだ……」と、教授は言った。

そう言いながら教授は、机の引き出しの中から、一枚の古びた写真を取り出して、愛川の前に置いた。

「これが、今から三十年前、倉田がアメリカに出発する時、羽田空港で撮った写真ですよ。出かける時は、彼は、まさに意気軒昂たるものでした」

そう言いながら教授は、当時の羽田空港ロビーにおける若手研究者の一団の中の、ある人物を指さした。愛川は、その倉田なる人物をじっと凝視した。彼は当時としては、比較的大柄な体格を有していた。そして顔付は、若干、素朴ながらも強固な意志の持主であることを窺わせる風貌をしていた。彼の周りには、五人程の人数が群がっていた。

「これが私です。そして、これが川原田と言いまして、後に紀州の南紀医科大学の教授になりました。この小柄の男は、八島と言いまして、後に津軽大学の教授になりましたが、四年程前に亡くなりました。他の二人は、倉田の実兄夫婦だと名乗っておりました。まあ、見送りに来たのは、せいぜいこんな程度でしたね……」

そう言って、教授は懐しげに写真に見入った。

「先生、この方は、どなたでしょうか」

　愛川は、若干離れた所で、つつましやかに立っている一人の若い女性を指さして尋ねた。その女性は、年の頃、二十歳位の小柄な体をしていた。そして、幾分、遠慮気味に若干距離を置いた位置に立っていた。しかし、その姿勢には、明らかに倉田に対する親密度を示す心情の深さなるものが込められていた。

「あ、そう言えば、この女性も来ていましたね。しかし、倉田の知り合い筋の娘さんとかで、余りはっきりしたことはわかりません」

　教授の言葉とは別に、愛川は異様な鋭い目で、じっと写真の中の娘の顔を凝視していた。

「先生、まことに申し訳ありませんが、このお写真を、しばらくの間、お借りしてよろしいでしょうか……」

　教授の快諾を得た愛川は、その写真をポケットに収めると、杉戸警部と共に学外に出た。仙台市内の桜も、六分咲きの色彩を見せていた。そして、夕暮れ近い西日が、仙台の市街地を柔らかに包んでいた。

　二人は夕闇の迫る中を、急ぎ署に戻った。そこには、アメリカ・フロリダ州の大学から、仙台署からの問い合わせに対する返答が到着していた。

「貴下からお尋ねの当大学教授ロバート・アリグザンダーは、一九八六年五月に死去せり。さらにお尋ねの、同教授付きの研究員たりし倉田東一博士は、同教授の死去と同時に当大学を去り、現在、その居所は不明なり」

愛川は、その返書を極めて冷静な態度で黙読していた。

「やはり、そうだったのか……」と、彼は一言、ポツリと呟いたのみであった。

倉田東一は、彼の恩師でもあり、恩人でもあるロバート・アリグザンダー教授の死去と共に、フロリダ州の同大学を去っている。そして、今はどこにいるのか、アメリカの人々も知らないというのだ。それにも拘わらず、彼は郷里の人々に対し、己は真に健在なりとのコミュニケーションを、今日まで送り続けているのだ。彼は、今から約九年前にフロリダの大学を去っているのだ。そして、その間に秘かに帰国しては、誰かと会っていたらしいのだ。それを何度かくり返しているうちに、ある日突然に、それこそ何年かにわたって神秘の洞窟に隠れていた隠者の如くに、壁の中から死体となって現われてきたのだ。しかも、彼の本命たる既存の学説に対する反論を記した論文の草稿を、手にしっかりと握って。

……一体、どうなっているのだろう。愛川はじめ、捜査陣一同、皆、等しく首をかしげたのであった。

愛川は、まず手始めとして、伊集院教授より借り受けた写真を持って、和泉薬局を訪れた。そして、直ちに女主人清子に会って、その写真を示した。

「和泉さん、この写真の主について、少々教えていただきたいことが生じました」

さすがに、和泉清子は、古き人間たちのことは良く記憶していた。

「へえ、三十年前に、倉田さんがアメリカに出発する時の写真ですか。ハハ……、伊集院さんも、川原田さんも、皆さんたち、こんなに若い……。懐しいですね……」

清子は、陽気に笑いながら、気さくに話した。

「ねえ、和泉さん。この若い女性は誰かわかりますか」

愛川は、そう言って、倉田の近くに立っている例の女性を指さした。

「さあ、誰かしらネー」

清子は、そう言って老眼鏡を何度も動かしながら、その写真に見入った。そして、しばらく考えていた。愛川は、固唾を呑んで、じっと彼女の顔を見詰めていた。

「あー、思い出した。この人は、倉田さんと親しい岩手県から来ていた受験生よ。何でも釜石の高校を出て、医科大学に進学する目的で仙台に出て来て、医学進学塾に通っていた娘さんです。倉田さんは同学のよしみに通ずるとかで、この娘さんに親切にしてましたネ。とにかく、倉田さんは、やさしい人でしたから……。でも、倉田さんがアメリカに行ってからは、この女の人、どうしたか、私は知りません」

「そうですか、ところで、この女性の名前はわかりませんでしょうか」

「さあ、ただ釜石の女子高校を出た娘さんと聞いていただけで、名前まではわかりませんね……」

愛川は、清子に一礼して外に出た。そして、歩きながらじっと考えた。今回の事件の主人公である倉田東一は、既に死体となって壁の中から現われ出た。しかるに一方では、倉田の生きて健在なることを確信している人たちもいるのだ。しかも、その連中は、彼が生きている証ともなるべき事実を、しっかりと握っているのだ。誰か倉田以外にもう一人の人物が存在し、途中から倉田の代役を果たしているのかも知れぬ……。以前、愛川らが取り扱った事件で、一卵性双生子の一方の女性が、自殺した片われの死体を隠して、常に一人二役の演技をやってのけるので、どうしても事件の核心がつかめず、ほとほと手こずった事実を思い出した。

「……まさか、今度は、そうでもあるまい」と、愛川は呟いた。

「それにしても、今回の事件に登場してくる人たちは、いずれも東北地方の出身。倉田も、あの娘も、そして、このオレも……」と、愛川は再び、そう呟いた。

愛川は思った。倉田の死体に認められた不可思議な肝臓組織、そして、まぎれもなき若き女性の血液……、それもO型の女性の血液をたっぷり注入されたことになっているのだ。これらの事実は、肝臓組織と血液とを倉田に提供した女性は、並々ならぬ決意と覚悟とを持って、それを実行したことを意味する。

まさか、いやいやながら、我が身の肉体を削るに等しき、かかる所業を行ったとは到底思えないのだ。ましてや、重要な性周期にある血液を抜き取る事は、女性としての本質、いや心それ自体をも削り取る行為とも言える。

「誰なんだろう。倉田に対して、ここまでやる女性は……」と、愛川は、またもや呟いた。

翌日、愛川を乗せた列車は、一路、花巻から釜石目指して、ひた走りに走っていた。釜石に到着した愛川は、直ちに女子高校を訪ねた。そして、学籍係りの事務員に会って、今より三十年前、つまり一九六五年前後の卒業者名簿の閲覧を要請した。担当の中年の女性事務員は、快く彼の申し出に応じた。

愛川は、部厚な卒業者リストに、丹念に目を通した。釜石市は、三陸海岸における屈指の都市である。附近に大きな鉄山を有し、そこから掘り出された鉄鉱石は、市内の巨大な熔鉱炉に入れられて精錬される。アジアでも一、二位を争う鉄の町であった。したがって、当時の市民のかなりの部分は、製鉄業関連の従業員と、その家族たちである。一九六五年前後の卒業生たちは、さすがに女子高校だけあって、現在、殆ど姓が変り、必ず旧姓が付けられていた。愛川が探し求めていたのは、その当時における医科大学進学者、つまり現段階で医業に就いている女性の氏名であった。愛川は、綿密にその職業の項目を指で追った。教師、美容師、栄養士など、さまざまな職業が列記されていた。なかなかに、医の字は見当らない。しかし、彼は根気よく、それを追い求めた。そして、遂に、彼はそれを見付けたのだ。

「あったぞ……」と、彼は小さく叫んだ。

彼の指は、速やかに作動して、氏名の項に到達した。瞬間、彼の目が鋭く光った。

「和田ノブ子、仙台市民病院産婦人科勤務」

愛川は、その文字を、くり返し黙読した。

「そうか、あの写真にあった若き婦人、やはり、和田ノブ子女医だったのか……」

彼は、和田女医の卒業年度を改めて見直した。それには、昭和三十五年、つまり一九六〇年卒業となっていた。予想よりか五年も古い。

「ん?」、その時、愛川の目が再び光った。彼女は、一九六〇年に高校を卒業している。当然のことながら、彼女は、その時、十八歳と考えてよい。しかし、倉田がアメリカに出発したのは、一九六五年の秋であった。すると当時、彼女は二十三歳位になっているはずだ。しかし、和泉清子薬剤師の話では、その当時の彼女は、まだ医学進学コースの受験生とのことであった。してみると、和田ノブ子は高校卒業以来、五年近くも受験生活をしていたことになる。いくら何でも、これは少々長すぎる、と愛川は感じた。愛川は、一九五八年の生れであった。彼の両親の話によると、その頃は、戦後インフレの余波が収まらず、各地に労働争議が頻発して、世情騒然たる時代とのことであった。当然、和田女医の高校卒業時のあたりも、鉄鉱労働者の町、釜石も、なかなかに大変な時であったに違いない。それがノンビリと、何年間も受験生活を送っているのだ。なぜか愛川は、その点が妙に気になった。

愛川は早速に、現在の釜石在住者で、和田女医と同期の卒業生との面談を申し入れた。それは、女子高の事務室を通じて、容易に実現した。それは、市の中央部近くに在る物産販売店の主人の妻であった。

「奥さん、お忙しい所を申し訳ございませんが、少々教えていただきたいことがありますので……」と、彼は女将《おかみ》に丁重に頭を下げた。

「ハア、仙台からわざわざいらした刑事さんだそうですね。何のご用でしょうか」と、その店の女将は言った。五十がらみの、大柄の女性である。

「奥さんと同期に女子高を出られた方で、和田ノブ子という方がおられますね」

「和田ノブ……、アー思い出しました。確か、今、仙台で女医さんになっているノブちゃんのことですか」と女主人は即座に言った。

「シメたぞ……」と、愛川は心の中で叫んだ。幸いにも彼女は、和田女医とは、以前からかなり親しかったらしいと、彼は感じた。

「そうです。その和田ノブ子さんのことで、お尋ねしたいことが幾つかあるんです」

愛川は、小躍りせんばかりの心持であった。

彼の刑事としての体験からも、これ程容易にターゲットに近い知人を得ることは極めて珍しかった。この際、親戚縁者は絶対に不可なのだ。彼らとの対話には、どうしても限界が生ずる。当然のことながら、身内同士のかばい合いの心情があると、何も犯罪に結びつかなくとも、途中で話がボカされることが多いのだ。

「奥さん、その和田さんはどんな方でしたか」

「どんなって……。私は、友だちとしても好きだし、今でも尊敬できる人だと思ってます」

「どんな点が尊敬に値するんでしょうか。そのあたりを幾つか教えていただけませんか」

「どんな点で……、刑事さん、一体、ノブちゃんに何があったんですか……」

「いや、別に何も……。和田さんは、今でも仙台では、とても評判の良い女医さんなんですよ」と、愛川は思わずそう言った。しかし、それはまさしく事実なのである。

「そうでしょうネ。ノブちゃんは、あれだけ苦労して医者になったからね」と、女将は直ちに相槌を打った。

「ねえー奥さん、和田さんは、どんな苦労をされたんでしょうか。我々は、責任をもって個人の秘密を守ります。ですから、是非とも、それを話して下さい。お願いします」

「そうすか。そんなら話すべか……。ノブちゃんのオヤジさんて人は、鉄山の技師だったんです。そして、ノブちゃんは、その家の一人娘ですた。小学校から中学校、そすて高校までトップクラスの成績だったネ。何すろ一人娘で、しかも頭が良いんで、ノブちゃんとこのムコ養子になるのは、一体、誰だんべという話が、私たつの間でよく出ますた」

「なるほど……」と、愛川は頷いた。世間によくある話である。

「だけどネー刑事さん、肝心のノブちゃんには、そんな気なんぞ、全くなかっただネ。ノブちゃんは、何としても医者になるのが夢だったんだネ。それで、いつもすごく勉強すてますた」

「そして、結局、医科大学に進まれたんですね」と、愛川は言った。

「まあ、そういうことだったね。でも、あん時の医科大学へ入るには、なかなか大変だったんです。それでノブちゃんは、ひとまず仙台さ行って、医学進学コースの塾さ入ったんです。でも私たつは、ノブちゃんのこったから、そのうちに必ず難関を突破すて、医科大学に入るとばかし思ってすた。そしたらば……」

「え、何かあったんですか」と、愛川は身を乗り出した。

「ええと、あれは確か……、仙台さ行って二年位経ってからのことですた。いつの間にか、私らの知らねえ間に、家さこっそりと帰ってたんだネー。それで私ら、彼女さ会いに行っても、ノブちゃんのオヤジさんも、オッカさんも、今どうにも体の具合が良くねえんで会わせられねえの一点張りで、とうとう誰も会えなかったんです。そして、そのまま一年程すて、ノブちゃんたら、結局、誰にも会わねままで、また仙台さ、こっそりと戻ってしまったんでがす」

女将の話は明快であった。しかし、それ程、前途を有望視された彼女が、一時期にせよ、なにゆえにこっそりと郷里に戻ってきたのであろうか。そして、その間、実家で何をしていたのであろうか。

「奥さん、和田ノブ子さんに、一体、何があったんですか。ご存じだったら話していただけないでしょうか」

そのあたりから、愛川の質問は、些か刑事口調になってきたのだ。

「さあ、それが今でも良くわからないんです。でも、色々と噂はありすた」

「どんな噂でしょうか」

愛川の目は光を帯びて、じっと女将の顔を見詰めた。

「ええ、刑事さん、これは絶対に内密の話にして下さい。お願いします。噂の一つでは、ノブちゃんたら、こっそりと子供ば生んだんでねえべかてな話がありすた。そしたらば、ノブちゃんのオヤジさんたら、気狂《きちげ》えみたいになって、棒ば持って噂ば流した人の家さドナリ込んだんでがす。それからは、誰も皆、怖がって話ばしなくなったんだネー」

土産店の女将は、東北弁で、そこまで子細な話をしてくれた。愛川は感謝しつつも、彼女の話は全てポケット内の小型自動レコーダーの中に収めさせて貰っていたのだ。

「奥さん、あなたは、その和田さんの一件について、どう思われます」と、彼は尋ねた。

「そうだね……。子供ば生んだっていえば、そんな気もすっし、また、そうでねえような気もすっしね……。今でも、何だかよくわかんねーんだね。でも、ノブちゃんの体の中に、女子《おなご》だけにしかわかんねえ何かが起こったことだけは、確かだべねー」

……女子だけにしかわからない……との女将の言葉を、愛川は咄嗟の間に、数回も反芻をしてみた。まさしく、これまでの女将の話の中で、その部分こそ極めて重要な意味を持つのだ。女性同士のみで、第六感的に、そして以心伝心的に、さらにまた本能的に感じ合うものが多々あるのだ。その領域は、男性がいかに気負って努力してみたところで、到底入り得ぬ部分でもある。

「ねえ奥さん、もう一つだけ聞かせていただけませんか。その頃の和田ノブ子さんに男関係はありませんでしたか。例えば、好きなボーイフレンドがいたとか……」

「そうだね……。ア、思い出しすた。あれはノブちゃんが仙台さ帰ってから少し経った頃、ノブちゃんのオッカさんが、仙台に東北人の先輩に当たる人がいて、ノブ子が受験のことで、その人から勉強を見て貰っている。とっても良い人で、ノブちゃんも、お蔭でとっても助かってるとか言っていたことがありすた」

「その方は、どんな方でした。男性ですか、それとも……」

「ええ、何でも大学さ勤めてるずーっと年上の男の人だとか言う話だったネー。だけど、話はそれだけで、それ以上のことは、私ら何も聞かされてねえネー……」

「そうでしたか。それから間もなく、和田ノブ子さんは、念願たる医科大学に進学されたわけなんですね」と、愛川は、さらに尋ねた。

「んーだと思うんだけどね。でも、ノブちゃんたら、その後も随分苦労して関西の女子医大に入ったとか聞いてるね。でも、ここいらあたりから女子医大に入る女子は少ないからね。それだけでも、この土地では、とっても評判になりすたネ」

　女将の記憶は、実に素晴らしかった。愛川は、話の内容はあくまでも秘することを約束し、丁重に礼を述べて釜石を去った。

第三章　十六夜《いざよい》娘たちの献血騒動

愛川は、仙台に戻ると、直ちに手代木刑事に和田ノブ子女医の過去ならびに現在における身辺の調査を、極秘で行うように依頼した。しかし、同女医は何も犯罪を行ったわけでもないし、それに産婦人科の名女医として、全仙台市内の妊産婦から尊敬されているのだ。したがって、決して礼を失せざるよう注意した。釜石での女将たちの話から総合すると、同女医は、若かりし時、倉田と接触があったことはおおよそ確からしい。しかし、それは、三十年も前のことである。そして、当の倉田は、時々秘かに日本に帰国しては、彼女と会っていたらしい。何故に、そして何をしていたのであろうか。まさしく、それら具体的事実経過を徹底的に明らかにするには、非常な困難を伴うであろう。しかし、そのあたりから捜査に入る以外に道なしと、愛川らは判断したのであった。

愛川は、数日後に伊集院教授を訪ねた。

「先生、倉田氏は三十年前にアメリカに渡ったきりで、あれ以来、一度も帰国していないとのお話でしたが、その期間中の同氏の消息に就いては、どなたも、ご存じなかったのでしょうか。そのあたり、いかがでしょうか」

愛川の質問に対し、教授は若干考えていたが、次のような返事が教授の口から出された。

「最初のうちは、我々の仲間で、アメリカで開催された国際学会の会場で彼を見かけた者もいました。とにかく、勉強家の彼は、その都度、熱心に出て来たようです。その時の印象では、彼は、とても意気旺盛に見えた……と、会った連中は皆そう言っておりましたね」

「そうでしたか。それで、最近は、いかがでしたか」と、愛川はさらに尋ねた。

「……そうですね。段々と時が経つにつれて、彼の消息は、それとなく稀薄となりました。そして、ここ六、七年は、全くと言ってもよい程、彼に関するニュースは途絶えました」

「なるほど、それ以来、全く消息はなかったというわけなんですね」と、愛川は言った。

「そうなんです。ただ一つだけ、妙な話がありましてね……」と、言いかけて、教授は、しばしためらった。

「え、何かありましたでしょうか。例え間違いでも結構ですから、一応、お話しいただけませんでしょうか。どんな些細なことでも、捜査の資料に加えさせていただきたいのです」

愛川の熱意にほだされた教授は、それでも幾分ためらいながら、ポツリ、ポツリと話し始めた。その内容は、これまでの話とは異なり、余りにも意外で思いがけないものなので、さすがの愛川も、思わず教授の顔を見詰めた程であった。それは、次の如き内容なのだ。

今から七年程以前のことであった。アメリカのシアトルで、国際遺伝子病理学会が開催された時のことであった。遺伝子病とは、生れつき、または生後における遺伝子の欠損や機能不全に由来する病である。従来、不治の病とも考えられていた類《たぐい》なのだ。しかし、二十一世紀に対する一大課題として、健全な遺伝子を病人の体内に組み込む治療法が、極めて野心的な人々によって研究されていた。

当然、我が国の関係者の間でも大きな関心を呼び、日本からの代表として既に故人となった八島教授が、津軽大学から参加出席した。延べ四日間にわたる真摯な討論の果てに、大会は終了した。かなりの盛会であった。

その後、八島教授は、全米各地の研究施設を見学すべく、次々と各州の都市を訪ねた。そして、八島教授がミネソタ州ミネアポリスの空港に着いた時のことであった。八島は、自分の荷物をリムジンバスの乗り場まで運ぶように、タイミングよく近付いてきたポーターに命じた。ポーターは中背ながらも、体格はがっしりしていた。ただ、両目が不自由と見えて、若干、手さぐりの様子が認められた。そして、彼は幾分、頼りなげな手付きで八島の四個程のトランクやバッグを、次々と自分のワゴンに乗せた。

「ん?」と、八島は思わず唸った。そして、彼は、そのポーターの顔をまじまじと見たのだ。両目は、力なく垂れ下っていたが、その顔は余りにも古き友に似ていた。そして、左眉の上に、当人を特徴付ける目立つ黒いホクロが克明に見えていた。

「オイ、倉田じゃないか」と、思わず叫んだ後で、彼はしまったと思った。倉田は、いずれかの研究施設で緻密な仕事をしているはずである。今時、この空港でポーターの仕事に従事しているわけがない。次の瞬間、彼は、そう思ったのだ。ところが、当のポーターは、ハッとした態度で薄白く濁った右目を大きく見開いて、八島の顔を探るような目付きで見た。しかし、その目は、明らかによく見えないようであった。

「アンダ、ダレダンベ……」

ポーターの言葉は、明らかに日本語であり、しかも会津弁であった。その特有の地方弁は、大学時代に彼が、しばしば口に出していた言葉である。まぎれもなく、倉田に違いない。

「倉田、オレだよ、八島だよっ。お前、今まで何してたんだ」と、八島は叫ぶように言った。そして、ポーターの手を固く握った。

しかし、次の瞬間、彼は八島の手を振り払うようにして後退《あとずさ》った。そして、ワゴンを置きざりにして、手さぐりで、よろめくようにして走り去った。いや、逃げ去ったと言う方が正しかったとのことであった。

八島は、しばし茫然として、倉田のよろめくような後姿を見詰めていた。彼は、二度も躓いて転倒した。

「……一体、どうしたんだ……アイツ」と、八島は呟いた。

そこへ、今度は、黒人のポーターが近付いてきたので、八島は、早速に荷物の運搬を命じた。そのポーターは、倉田の去った方角を見やりながら、八島に言った。

「ダンナ、あのポーターは、可哀相なヤツなんですよ」

「なぜに哀れなんだ」と、彼は、その黒人に聞いた。

「アイツは、目がとっても不自由なんでサー」と、そのポーターは言った。そして、彼は、さらに続けた。

「何でもアイツは、すごく学があるとか言われているヤツなんですよ。でも、今は目が見えなくなったんで、学も役立たずで、食うために、少し前からこの仕事に入ったんでサー」

「……学も役に立たない……」と、彼は思わず呟いた。目の視力が落ちては、顕微鏡で細胞の形態も確認できず、測定器の文字盤も目盛りも読めない。まさしく、彼の仕事を遂行する上からいっても致命傷である。

「……何で視力が落ちたんだ……」と、彼は言いかけて、ハッと思い出した。

彼は、左目に義眼をはめ込んでいる。それで、右目の視力がダメになれば、それこそ全盲の状態に近いことになるのだ。それにしても、逃げることはないじゃないか。いや、彼の性格からしても、絶対に他人に……ましてや古い同僚に対して、こんな姿を見せたくないとでも思っての行動か。そう思いながら、八島は日本に帰ったのだ。

「そうですか。そんなことがあったんですか。それは、まことにお気の毒な話です」と、愛川は言った。それは、まさしく、はじめて聞く話であった。それにしても、手代木の報告によると、倉田は会津の実家に、頗る元気で過しているとの便りを、今でも寄せているのだ。

「その後で、八島先生は亡くなられたんですね」と、愛川は尋ねた。

「ええ、それから二年程して、彼は死にました。まだ五十歳台後半の年だったんですがね」

「どうして、亡くなられたんですか」

愛川の言葉は、職務的な口調を帯びてきた。

「いや、それがですね。結局、研究室における事故だったんですよ」

「えっ、事故と言いますと……」と、彼は驚いて叫んだ。

「有機溶媒の爆発だったんですよ。アセトンとかエーテルといった可燃の液体に火が付いて、それが一度に爆発したんです。それで、八島は、全身に大火傷を受けて死亡したんです。何とも運の悪いヤツでした」

愛川は、その事件を瞬時にして思い出した。それは、確か四年程前のことである。奥州の北の地に在る大学の研究室で、爆発事故があり、そのために、その研究室の責任者である教授が死亡したことがあった。その時、理系出身者である愛川は、それが可燃性の液体による事故であることは、直ぐにわかった。

しかし、人が死ぬ程の爆発とは、余程のことなのだ。一体、そんな危険物の管理は、どうなってたんだろう。彼は、一瞬、その時そう思った。すると、あの時の犠牲者だった人間が、今回、亡霊の如く壁の中から現われた人物と関係があったのか。

こんな推測が、もしも事実とすれば、これは余りにも複雑なしがらみが、幾重にも絡んでいることになるのだ。野望を持ってアメリカに出発した倉田が、二十年後に盲目に等しい状態となって研究を中断した。そしてやむなく、いずれかの空港で、食うために旅客の荷物を運ぶポーターとなった。現実的な生き様を、何らの不思議もなく、即座に実行するアメリカ市民の生活習慣からしても、それは、それで良いのだ。愛川が首をかしげたのは、それにも拘わらず、今日まで自分が健在であるとの証しを、彼の郷里の人々や、懐しき仙台市民の一部の人々に伝えてきたのだ。一体、どうなっているのだ。そして、いつとはなしに、体中に不可思議な修飾を受けて、壁の中から現われたのだ。さらに奇妙な事実は、倉田が壁の中にいた間中、彼の健在を意味するVサインが、各所に送られ続けていたのだ。……これには当然、複数の人間……つまり、倉田以外の誰かが関与している……。

彼は、伊集院教授の研究室からの帰途、広瀬川に架けられた大橋の歩道際から、下を流れる緩やかな清流を、じっと見詰めながら考えた。……確かに、倉田には影のように付き添って、彼の意志を代行してきた誰かがいたのだ。倉田は、極めて意志強固であり、しかも驚く程の負けず嫌いの性格であることは、これまでの捜査と聞き込みで明らかとなった。

自己の弱みを、何としても人に見せまいとする己の気性からして、思わぬ奇嬌な行動を取る人は確かにいるのだ。それにしても、倉田の場合は、余りにも異常過ぎる……。

眼下の清流を見下しながら、物思いに耽っている愛川の目に、一群の小さき魚が、しなやかに上流目指して遡上して行く姿が映じた。そして、また一群、さらに続いて幾つかの群が見えた。小魚の群は、いつまでも続いた。

「……アユだ」と、愛川は呟いた。

昨年の秋に孵化したアユの稚魚は、そのまま一旦、川を下って河口に達し、真水と海水と混合する水域、つまり汽水環境下で冬を過して成育する。そして春になって水温が上昇すると、稚魚は群をなして遡上を始め、一雨毎に、さらに上流目指して移動する。六月近くになると、成魚となったアユは、川底の石に生えている水苔を食べて、見る見る大きくなる。秋十月、アユはそれぞれ婚姻し、卵を川砂利上に生むと同時に、すべてのアユは寿命を終えて、短かりし一年の生涯を終えるわけである。

「アユの子たちか……」と、愛川は再び呟いて、清流の小さき舞姫たちの姿を見詰めていた。

その時、彼の頭に、はっと閃いたものがあった。

「そうだ。倉田氏には、子供があったのではないか……。もし、子供があれば、倉田氏のこれまでの状況の一端は説明可能となるのだ」

倉田は、今日まで生きていたとすれば、まさしく六十歳近くの年齢に到達しているはずである。もし、倉田に実子があったとすれば、年の頃、三十歳位であったとしても、別におかしくもない。だが、そんな子が、果たして、いたかどうか誰も確認してはいないのだ。

彼は、若干、うつむいたままで歩き始めた。広瀬川の岸の風景も、次第に夕闇に包まれてきた。青葉山の上空に、上弦の月が輝いていた。彼は、ふと足を止めた。そして、大きく天を仰いだ。

「……倉田氏の遺体を包んでいた白衣……、しかもあれは、女性用の白衣だった……」

……黒く灰色がかった色に変色した白衣の件、何故か、この物件は捜査資料の対象外に置かれていたのだ。

そのまま素直に考えると、倉田の死体を壁の中に封じ込めた時点で、その実行者に女性がいたことを暗示するのだ。しかし、大の男の死体を、壁の凹みの中に押し込んで、さらにその上に、セメントを流し込むなどということは、女手ひとつでは、およそ不可能である。誰か屈強な共犯者がいる……。

「迂闊だった……」と、彼は小さく呟いた。倉田の死体に手を触れた下手人の中に、まぎれもなく女がいたのだ。白衣の形状から察すると、小柄で丸味のある女性……。

すると、その女性が倉田の血管内に、大量の自己の血、つまり女性の血液を注入したのであろうか。しかも、O型女性の血液を……。だが、倉田の血液型は、本来、AB型であったらしい。しかるに、血管内の血液型は、何回検査をくり返しても、まぎれもなくO型である。その事実は、倉田は多量の血液を一度に血管内に入れられたことにもなるのだ。しかも、O型女性の同一人から採取した血液ばかりをと、いうことになる。

……しかし、それでは、その女性の生命を危うくすることにもなるのだ。女性の血は、男性よりも薄い。例えば、赤血球の数は、血液一ミリ立方当たり、男性は約五〇〇万であるが、女性のそれは約四五〇万と少ないのが常である。Ｏ型血液は、他の異なった血液型の人間に等しく輸血できる。しかるに、自分が輸血を受けるには、絶対にＯ型の血液でなければならぬのだ。何となく不公平な天のオキテである。

したがって、倉田が自己の血液の大部分をＯ型血液で置き換えられ、しかも当の倉田がＯ以外の如何なる血液型であっても、それによって死ぬことはない。むしろ、一時の間に、余りに大量の血を抜かれた供給者側の方が、生命の危険に瀕することになる。ましてや、供給者が女性ならば、なおさらのことである。人間の全血液量は、体重の約十三分の一である。もしも、あの白衣のサイズからして、せいぜい体重四十五キロ程度と推定される女性の全血液量を換算したとしても、その量はおおよそ、三・五リットル程の量となるのだ。この量では、体重七十キロ程度の仏の全血液量には、到底、及ばないのだ。

「……複数の女性の血液か……」と、彼は思った。

「いや、待てよ」と、彼は呟いた。

倉田の血液中には、まさしく女性の性周期排卵直後に匹敵するプロゲステロンが、ばっちりと含まれていたのだ。そして、性周期の前期に相当する卵胞形成期のシンボルたるエストロゼンは、極めて少ないのだ。複数の女性から採血したものならば、そんなことはあり得ない。その場合ならば、必ずエストロゼンとプロゲステロンとが不特定の比率で現われるはずである。したがって、何人分かのO型女性の血液を集めて混合した場合であっても、それが黄体形成期のプロゲステロン含量をきちんと示し、エストロゼン含量が非常に少ない結果を示したとすれば、その場で採血された女性が仮りに五人いたとしても、彼女らは申し合せたように、誰もが黄体形成期の性周期の同一ステージにあったことを意味するのだ。黄体形成期の女性の血液中のプロゲステロン含量は、卵胞形成期の十倍にも達するからである。

「奇妙な話だな……、しかし、そうは言っても、何かしら周到な計画性を感じるな」

彼は歩きながら、何度も独白をくり返した。

大町に向かって坂道を歩きながら、ふと立ち止まった彼は、振り返って西の空を見た。西の薄暮を背にして、青葉山一帯の丘陵地帯のシルエットが鮮やかに見えていた。

彼は、しばし西の空を見詰めて立っていた。早くも、そこには宵の星の幾つかが煌き始めていた。

「……何か思い出したぞ……」と、彼は何十回か目のセリフを呟いた。そして、急ぎタクシーを拾うと、仙台署本部に向けて直行した。署の捜査一課室には、手代木刑事が、愛川の帰りを待っていた。

「愛川さん、重要な情報が入りましたよ」

手代木の言葉で、彼は思わず立ち止った。

「手代木君、何かあったかね」と、愛川は言った。

「ええ、実は、あれ以来、私は会津に在る倉田の実家に、時々探りの電話を入れていたんです。ところが、今日の午後になって、実家にいる倉田氏の兄から電話があって、弟の東一は、近いうちにアメリカを去ってヨーロッパに移る。それで、その前に一度だけ日本に帰るという連絡があった。それで、弟の東一は、この通り元気でいるんだから、もう今後は、変な捜査なんぞしないでくれ、という内容でした」と、手代木は一息にしゃべった。

「うーむ、だんだん、ダイナミックな動きになってきたな……」

そう言って、愛川は大きく頷いた。

「それよりか手代木君、ちょっと来てくれないか」

そう言って、彼は手代木を捜査資料室に誘った。手代木は、怪訝そうな顔で彼に従った。

「手代木君、君、覚えてないかね。そうだ、あれは今から六、七年も前のことだ。仙台市内で大量の女子高や大学生の娘たちが補導された事件があったね……」

「そう言えば、何かありましたね。年頃の娘たちばかりで作っていた変なグループ。あ、思い出しました。確か『血友クラブ』とか……言ってましたね。それが何か……」

「そう、それなんだ。その『血友クラブ』なんだがね。我々は、改めてそれを再捜査しなければならなくなったようだよ」

「えーっ、なぜですか。あれは結局、何らの証拠も出なかったんで、どうということもなく終った事件じゃなかったんですか」と、手代木は驚いて叫んだ。

「血友クラブ事件」……、然り、それは今から七年程前、平成三年の春の頃のことであった。仙台市内に、奇妙な少女グループ出没せり……との情報が、ある市民からの投書によって、愛川らの所に入った。それによると、いずれも十六、七歳から十九、二十歳位の若い娘たちのグループ、名付けて「血友クラブ」。名からして物騒な所に、とりわけ、当時の若手刑事だった愛川らをハッスルさせたのは、その娘たちは、各自で注射器を持っている事実が度々目撃され、しかも彼女たちは、それを持って、しばしば密室で会合しているとの内容であった。若者・注射器・密室・グループ……。誰が聞いても、麻薬グループを連想させる情報である。断固、摘発して補導すべし。使命感に溢れた愛川らは、直ちに出動し、彼女らのアジトを急襲して娘たち全員を瞬く間に拘束した。しかし、一応、若い娘たちの前途を配慮しての極秘の行動でもあった。

だが、結果として、愛川らは大いに困惑した。というのは、どの娘たちにも、麻薬常習者たる証しが、如何に厳重に調べても、全く見出し得なかったのだ。だが、彼女たちは確かに各自、間違いなく真物の注射器を持っていた。しかし、彼女たちの身辺からは、どこを探しても、麻薬らしい物は遂に見付からなかったのだ。所持品の中にも、家宅捜索を行っても、一片の大麻も、一粒のコカインも、一滴のモルヒネも発見出来なかった。

結局、思案に余った愛川らは、やむなく、ひとり、ひとりの娘たちから血液を抜き取って、その成分を調べた。しかし、どの娘からも、麻薬成分は全く検出されず、全て清純にして無垢な乙女たちの血液であったのだ。

一体、娘たちは、何をしていたのであろうか。要するに、娘たちは、それぞれ注射器を持って集まっていたに過ぎないということになるのだ。愛川たちは、躍起となって娘たちに彼女らの行動と目的とについて問い詰めた。

しかし、彼女らは、頑として一語も語らなかった。そうしているうちに、とうとう拘留期限が過ぎてしまい、警察でもやむなく、全員釈放となった次第であった。しかし、愛川の提案で、娘たちの将来を思って、この件の一切を不問に付すべしとの処置がなされたので、世間に対し何も知らされていなかったのだ。

愛川と手代木の二人は、当時の「血友クラブ」の一件に関する記録書を広げて、じっと見入っていた。その時、拘留された娘たちは全部で九名に達する。記録書には、当時の娘たちの氏名と年齢ならびに住所などが明記されていた。

「手代木君、手分けして、あの時の娘さんたちに、もう一度会って見よう。例え、どうしても会いたくない、話したくないと言っても、彼女たちの血液型だけは必ず確かめてきてくれたまえ」と、愛川は言った。

しかし、あれから早くも七年が過ぎていた。あの時の娘たちも、大方が結婚して社会人となり、各地に分散していた。しかし、具合よく、その中の一人が、仙台市の東北部の宮町地区に住んでいることが判明した。その女性は、当時、笹村トミ江と言い、現在は結婚して今井姓を名乗り、一児の母親となっていた。

「笹村さん、いや今井さんの奥さん。今日はどうしても、奥さんに教えていただきたいことがあって参りました」

愛川は、マンションに彼女を訪ねた時、開口一番、そう言って丁重に頭を下げた。

当時、十九歳だったトミ江も、今は堂々たる主婦になっていた。

「ああ、あの時の刑事さん……、愛川さんでしたね」と、彼女は落ち着いた態度で応対した。

傍らには、小さな女児がいた。

「奥さん、率直に、もう一度だけお尋ねさしていただきます。あの当時、クラブの人たちは、一体、何をなさっていたのでしょうか。是非とも、それを話していただけませんでしょうか」と言って、彼は再び丁重に頭を下げた。トミ江は、意外と大らかで率直であった。

「刑事さん、今になっても、まだおわかりにならなかったんですか。そうだったんですか。それじゃ申し上げましょう。あれはですね、刑事さん、私たちは、『十六夜《いざよい》の行事《ぎょうじ》』をやっていたんです」と、トミ江は、サラリと言ってのけた。

しかし、愛川は、よく理解できなかった。

「何ですか……。そのイザヨイ……とかいうのは」、と言って彼は頭をかしげた。

そう言いながらも彼は、トミ江の回答が意外と率直だったので、内心でほっとした。

「刑事さん、十六夜というのは、昔で言う陰暦の十六日のことでしょ。つまり、私たちは、月の満月を十五夜として定めると、次の夜が十六夜の月、つまり、イザヨイの月の出る夜ということになるんです。ですから刑事さん、あの時のクラブの仲間の女の子たちは、仲間の誰かの体がイザヨイになると、必ずどこかに集まって、『イザヨイのお祭り』をしていたというわけなんです」

「……女の子の体が十六夜の日となった時……のイベント……」と、愛川が半ば呟くように小声で言った時、愛川は、全身を貫くような感覚に打たれた。

そうだ。それは娘たちの生理に関する一件だったんだ。つまり、娘たちの性周期で十六日目に当たる日を十六夜……つまりイザヨイと、彼女たちは定めていたんだ。性周期で十六日目頃と言えば、卵胞が成熟して排卵が終了し、黄体が形成されて血液中にプロゲステロンが急激に増加し、子宮上皮細胞が増殖して、子宮壁が肥厚してくる段階である。

「……なるほど、そういうことだったんですか……」と、愛川は低く唸るような声で言った。

彼にも、何となく事の次第が解りかけてきたのだ。

「刑事さん、どうやら、おわかりになってきたようですね」と、トミ江は言った。

「刑事さん、私たち仲間でも、それは厳しいオキテでしたよ。何しろ、どの女の子も、イザヨイは何日かということがバッチリとわかってましたから、それこそ逃げ隠れ出来ませんでしたよ。何しろクラブ員たる女の子は、絶対にオキテに従うべしとの規律でしたから。それで、イザヨイの女の子は、当日、必ず現われて、定められた場所で血を抜かれるんです。あの注射器でね。中には、恐れたり、痛がったりして泣きわめく子もいましたが、三、四人で押さえつけたり、ヒモで縛ったりして、大騒ぎすることもありました」

「そうでしたか。それで、一人の娘さんから、どの位の血を取られたんでしょうか」

「ええ、それは人によって、まちまちでしたね。体の大きい娘は、一回に百ミリリットルで、体の小さい娘は五十ミリリットルといった具合に、人によりまちまちで違ってました。でも刑事さん、最初は痛いとか言って泣いたりしていた女の子たちも、だんだん慣れてきて、上手に血管に針を刺したり、要領よく採血したりするようになると、誰も騒ぐ娘もいなくなり、とても静かにイベントが終るようになりました。そんな具合でしたね」

「なるほど……。そして、その娘さんたちの血液は、その後で、どうされたんですか」

「それは即刻、ある場所に届けられたんです。そして、それから先は、すっかり先方に任せっきりで、私たちには、全くわかりませんでした。ただ刑事さん、これだけは、はっきり申し上げておきますけど、クラブに入るには、厳しい条件が付いていたんです」

「ほほう、何でしょうか、それは……」

「それはですね、刑事さん。クラブに入るには、絶対的にバージンでなければならないってことなんです」

「えっ、バージンですって……」と、愛川は驚いて、思わず叫んでしまった。

「ええ、そうなんですよ、刑事さん。私たちの血は、尊い人の命を救うために使われる。しかも、ある特定の人の命のために……といった趣旨が、入会のオキテにもありましたし、クラブに入会後も、それは固く守らされたんです」

「ちょっと待って下さい。その特定の人とかいうのは、一体誰なんですか」

「さあ、それは、私たちにもわかりません。私たちのような処女のイザヨイの血がないと、どうしても生きていけない人が、どこかにいるんだ。その人の命は、今でも、これまでに捧げてきた私たちの血で保たれているという具合に説明を受けてきたんです」

「なるほど、そうでしたか。当時のことは、これでおおよそわかりました。ところで、あの時に、あなた方のようなお嬢さんたちに、そこまでの理解と決意、そして結束をさせた方のお名前を教えていただけませんでしょうか」

　話の内容は、ようやく愛川が最も知りたかった核心に到達した。

「刑事さん、それだけは、今の私でも絶対に言えません。ただその方は、今、刑事さんが指摘なさったように、当時も今も、私たちにとって充分に尊敬と信頼とに値する方だということです。それ以上のことは、絶対に申し上げられません」

　トミ江の言葉は、一瞬にして厳しく、そして冷たいものとなった。

「そうですか、それなら結構です。ところで、最後の質問をさせて下さい。あなた方は、いかなる理由で、全員、どの方も全てO型の血液型でなければならなかったんでしょうか」と、彼は単刀直入の言葉を初めて発した。そして、トミ江の顔を、じっと見詰めた。

「えっ、刑事さん、そこまでご存じだったんですか」と、今度はトミ江が驚いて叫んだ。

「その通りです。やっぱり、全員O型の娘さんだったんですね。なぜだったんでしょうか」

今度は、今までとは逆に、愛川の方が職業的口調でトミ江を問い詰める立場になった。

「刑事さん、おっしゃる通りです。確かに私たちは、皆、O型でした。しかし、これも、その方の厳しいオキテで、そうなったんです。それ以上のことは、今でもわかりません」

これで、愛川の知りたかったことは、特定の中心人物の正体を除いて、おおよそを把握したことになる。このあたりで充分だと、彼は思った。

彼は、トミ江に厚く礼を述べると共に、対話の内容を、お互いの秘とすることを約させて、宮町を後にした。

署に戻ってしばらくして、手代木も夕刻に戻ってきた。彼は苦心の末に、当時のメンバーであった二人の女性の居所を確かめたのであった。しかし、いずれの女性とも強い拒絶反応を示すのみで、何らの成果も得られなかった。ただ、幸いなことに、二人の血液型のみは、辛うじて知ることが出来た。二人とも、まぎれもなくO型であった。

「手代木君、それで充分だよ。これは意外と役に立つ証しになるかも知れんよ」

愛川は、そう言って手代木の労をねぎらった。署の窓ガラスを通じて、やや赤っぽい月が、東の空に昇りかけていた。

「十六夜《いざよい》の月か……」と、愛川は呟いた。

女性の体内で、月の生理が終了すると、次の日から直ちに新たなる性周期が始まる。いわゆる卵胞形成期である。そして、卵胞内で卵子が成熟すると排卵が起こる。これが、おおよそ、性周期開始後、十四日頃である。そして、次の十五日を満月にたとえて、まさに次の日……十六日目を十六夜の女体と定めたのだ。

その頃は、まさしく黄体が形成され、バージンである乙女たちの清純な血液の中に、それこそ活き活《い》き《い》した女性ホルモン……プロゲステロンが急速に増加してくるのだ。

「十六夜娘たちの集まりか……ずいぶん味《あじ》な言葉を考え付いたものだな……」と、彼は心の中でそう感じた。

しかし、十六夜娘たちの血で、人の生命が救われる……とか、トミ江は言った。特定の性周期のステージにある若い娘の血、しかも処女の血でないと生きていけないヤツがいるということだが、一体、それはどんなヤツであろうか。

世の中には、血を外から貰うことを必要とする人間は確かにいる。しかし、それは時と場合とに応じた輸血という手段で、そのおおよそが解決してきたのだ。

「はて、どういうことなんだ……」

次の瞬間、彼は無意識のうちに、車に乗り込んだ。そして直ちに、エンジンを作動させた。

彼の愛車セリカは、二千ＣＣの快音を発しながら、一路、生命工学院大学を目指して走っていた。仙台の街も初夏の気分に包まれて、周辺の山々も、新鮮な緑に被われていた。

大学に着いた彼は、直ちに車から降りると、迅速に伊集院教授の部屋を訪れた。

愛川から極秘の話として、十六夜娘の一件を聞いた教授は、しきりと首をひねっていたが、やがてポツリ、ポツリと答え始めた。

「……珍らしい話ですね。だが、一口で言えることは、その血を必要とするのは、よくよく特殊な人だということですね。つまり、一般的な輸血に頼るだけでは、極めて不充分で、あくまでも女性の血に大きく依存するということです。何しろ女性の血液は、男性のそれよりも、はるかに複雑な成分を含んでいるんです。ということは、その女性の血を必要とする特定のヒトは、女性に非ずして、男性である可能性が高いですね」

「えっ、男性ですって……」

愛川は、驚いて叫んだ。

「そうですね。つまり、男性のみにあって、女性にはあり得ない病気にかかっている男性が、女性の血液成分に存在する因子に頼って生きているという場合が推定されます。それ以外にも幾つかがあるかも知れませんが、調べてみないとわかりません」

「その……先生が、さっきおっしゃったような、女性になくて、男性のみにある異常疾患というと、例えば、どんなものでしょうか」

「そうですね。例えば、血友病がそれに相当しますね」

「なるほど、血友病ですか……」

「そうです。これが男性に特有の病でしょうね。要するに、血が止まらなくなる病気なんです。人間の血液の中には、十二種類の血液凝固因子が含まれているのが正常なんです。ですから、傷なんかで出血すると、この十二種類の因子が全部で協同して血液を凝固させて出血を止めるんです。ところが、男子にだけ、たまたま、十二種類の因子の中で第八番目とか、第九番目とかいった因子のみが欠落することがあるんです。そのわけは、この因子を作る遺伝子は、男性の細胞に存在する第二十三染色体X―Yの中で、このYと対《つい》をなすXの部分にあるのです。このYは男性のみに存在して男性を特徴づける部分ですから、女性にはありません。女性のはX―Xの対で成り立っているんです。それで、男性特有のYと対になっているXに存在するはずの第八とか第九の血液凝固因子を作る遺伝子が、何らかの原因で欠落すると、それは、男性特有の血液凝固不能に等しい病になるわけです。要するに、人間の血液凝固には十二因子全部が必要で、一つでも欠けるとダメなんです」

「なるほど……、すると女性には、その因子の欠落はないんですね」

「そうです。女性には、もともとY染色体なんかありませんし、すべての凝固因子は、女性を特徴づけるX―X型の対《つい》染色体上の遺伝子で作られておりますので血友病はありえません」

「……先生、まさか……倉田さんは、血友病なんかではなかったでしょうね」

「オヤ、刑事さん、さっきまでの話は、倉田と関連のある話だったんですか。イヤ、倉田は血友病なんかじゃありませんでしたよ……。何しろ、若い時は一緒に仕事をした仲間ですから、私が良く知っております」

「いえ、私も倉田さんと関連があるとは、特に思っておりません」

「そうですよ。倉田が若い女性たちから、特別に血を貰わねばならぬ体質だなんて、到底、考えられませんよ」と、教授は断言した。

教授の部屋を辞して、署に戻る車の中で、彼はじっと考えた。倉田の体内で長期間、低温で保持されていた血液成分と、今回、ようやくにして知り得た以前の一件……十六夜娘たちの献血ともいうべき行動の果てに集められた血液成分とは、理論的にも奇妙に一致するのだ。これら二つの事例を、別々に切り離して考えてみても、そのいずれも、それぞれ極めて稀な事件に由来する現象なのだ。しかし、これら二つの出来事は、どれも極めて珍らしい稀な事件なのであるが、時機的にも一致するようにも思えるのだ。十六夜娘たちの献血騒動は、今から七年前の一件であった。今回の冷凍室の中から現われた倉田の遺体は、その保存状態から、少なくとも数年は経っていると見てよい。してみると、この二つの件は、殆ど同時点で起こったと考えてみても、さほどの無理はない。例え、いかに稀な事件であっても、そして、いかに距離が離れていても、類似した内容を有する事件が時を同じくして複数で起こった場合、これらはいずれも相互に関連を有する……と、想定してかかるのが、事件捜査における大原則なのだ。愛川は、ハンドルを操作しながら、そのように考えた。

「もう少し、掘り下げて見るか……」

仙台警察署における捜査会議も、停頓の状態に近かった。壁の中から、再び現世に姿を現わした御仁の氏名と経歴とは、既に明らかにされた。それにも拘わらず、当人の生存説も、堂々とまかり通っているのだ。加うるに、当遺体から検出された知見は、まことに奇々怪々なものばかりである。

「一体、どうなっているのだ……」。これが、捜査担当者一同の、いつわらざる心境であったのだ。

愛川は、捜査課のデスクの前で、しばし思案した。窓外に見える五月の空は、明るく晴れていた。十六夜娘たちの一件は、ある点のみを除いて明らかとなった。残された点とは、当時の娘たちを、あれまでに裏で操作した陰の役者の正体である。女か……、それとも男か……、しかも何の目的で……。

トミ江の話からすると、娘たちは、約一年半続いて血を抜かれたのだ。一人の娘から、十六夜の都度、約百ミリリットルずつ採血したとしても、その期間中に集められた血液の総量は、十数リットルに達したと思われる。

それだけ多量のバージンの血を、一体、何に用いたのであろうか。そして、大勢の娘たちをして、そこまで共鳴させ、そして結束させた論理とは何なのか。さらに、その論理の展開者は誰なんだ。

懸命に思考を続ける彼の頭脳の中に、ふと、一抹の光が横切った。倉田の近親者は、誰も彼の死を信じていない。そして、今でも彼の生存を示す証しを手にして、彼の死を否定し続けているのだ。壁の中の倉田と、壁の外の倉田といった具合に、今まで二人の倉田が存在していたのだ。……この事実を何と見るか。だが、在アメリカの倉田は、七年前、盲目のポーターとして、ミネソタ州ミネアポリスの空港で、大学時代の同僚、八島によって確認されているのだ。そして、当の八島教授は、その二年後に、津軽大学の自己の研究室で、事故により爆死している。

……ということは、盲目の倉田としての在アメリカの姿を、事故死した八島教授以外に、今日まで、あれ以来、誰も見た人はいないということにもなるのだ。してみると、倉田の健在説がまかり通るのも無理はない……。

視力が低下し、若い頃とは異なった現実の姿を目撃した八島教授の死により、倉田に関する奇怪な噂は、いつとはなしに消えた。

現実は、このようにして消され、影のみが横行して今日に至り、壁から出現した死体が、声高らかに何かを叫んでいる。……それは、何かを訴えているようにも取れるのだ。愛川は、長年の感覚から、そのように感じた。何かある。しかし、それは何であろうか。

「やはり、殺人かな……」と、彼は呟いた。これには、小柄で丸味を帯びた体形を有し、しかも、当時において、明確に白衣を身に付けた女性が現場に居合せたことは間違いないのだ。

……それが、死体を己の身に付けていた白衣で包んで……と、そこまで考えた時、一瞬、彼の目は、ある点を凝視していた。

「己の身に付けていた衣類で死体を包む……、これは、並の感情ではないな」と、彼は思わず声を出して独白した。

愛川は、幼少時に聞かされた話を思い出した。それは、昭和二十年八月以降、中国大陸の東北部で起きた日本同胞たちの悲劇の話であった。連合国側に無条件降伏し、関東軍からも見放された大陸の同胞たちは、祖国日本への帰還を目指して大陸の広野を彷徨するうちに、幼い子供たちは次々と栄養障害や病で倒れた。母親は、その都度、我が子の死体を、自らの衣服で包んで埋葬したとの悲話は、後年になって聞かされた彼の胸の中に、今でも刻まれていた。

……してみると、壁の中の死体と、それを白衣で包んだ女性とは、まさしく徒《ただ》ならぬ仲であったとも取れるのだ。夫婦か、愛人関係のいずれかか、または飛躍すれば、親子関係でもよいのだ。

倉田氏には、そういった関係の女性がいたことになる……、そう呟いて、彼は、しばし首をかしげた。倉田には愛する人……、いや倉田を愛する人がいたのであろうか。そう言えば、和泉清子薬剤師が、数年前、倉田と親密そうに並んで語り合いながら歩いていた女性を見たと話してくれた。その女性は、市民病院の和田ノブ子女医らしかったとのことだ。そして和田女医は、若かりし三十年前、どうやら、これまた若かりし倉田と接点があったらしい。和田女医は、医大に進学する前に、一時、謎の帰郷をしたと、釜石の和田女医の古き友、土産物店の女将が話してくれた。そして、まだ誰も、その真相を知らぬ由である。

翌日、愛川は、再び伊集院教授を訪ねた。

「先生、つかぬことをお尋ねしますが、倉田氏には、当時、特に親しくしていた女性がおられませんでしたか、そのあたりは、いかがだったでしょうか」と、彼は率直に尋ねた。

「さあ、どうだったでしょうか。どうも、そこいらのことまでは良くわかりませんね。しかし、そう言えば、彼が研究室での爆発事故で、顔面に大怪我をして入院した時、付ききりで看護していた若い女性が一人いましたね。何でも倉田と同郷の女性とのみ聞かされただけで、詳しいことは一切わかりません。それに倉田は、アメリカに行った後でも、彼が結婚したという話は、今日まで誰も聞いておりませんし、そのあたりは何ともわかりません」と、教授は追憶を交えて話してくれた。

「先生、その時の倉田氏の負傷は、主に顔面だったのですね」

「そうです。特に左目をひどくやられたので、彼も精神的にかなりのショックを受けましたね」

「他に負傷なさった方は、おられませんでしたか」

「ええ、他には怪我人はいませんでした。丁度その時、爆発のあった実験台には、八島がいて仕事をしていたんですが、彼がたまたま中座して室外に出た途端に、爆発が起こったんです」

「えっ、それじゃあ、その時の爆発は、当時の八島先生の実験台で起きたんですか」

「そうなんです。当の八島が、ほんのちょっと離れて廊下に出た瞬間の出来事だったんですね。ですから、その隣りの実験台で仕事をしていた倉田が、その時の火とガラスの破片を側面から浴びてしまったんですね。とにかく、かなりの怪我でした。もしも、八島が、そこにいたとすれば、彼は真向から直撃されて、恐らく彼の命はなかったでしょうね」

「そうでしたか。その八島先生が、後年、津軽大学で似たような事故で亡くなられたんですね……」と、愛川は低い声で呟いた。

「そうなんです。ですから、当時の人たちは、八島はよくよく爆発に縁のあるヤツなんだな。そして結局、最後は、それで命を失ったとの話を、よくしたものでした」

「そうだとすると、倉田氏の負傷には、当の八島先生にかなりの責任があるはずなんですが、そのあたりは、どうだったんでしょうか」

「八島は、口癖のように、倉田にすまぬ、すまぬと言っておりました。そして、八島の家からは、治療費として多額の見舞い金を出そうとしたんですが、倉田の方は、固くそれを拒絶して、とうとう最後まで、それを受け取りませんでした」

「ほほう、どうしてなんでしょうか……」

「いや、その理由は、私たちにもわかりません。とにかく、あくまでも倉田と八島との間のみの話として終りましたので、私たちにも詳しいことは、わからずじまいでした」

愛川が、伊集院教授の許を辞して学外に出た時は、仙台の市街地は夕闇の帷《とばり》に包まれて、色とりどりのネオンの灯が、丘の下に広がって輝いていた。

署に戻ると、手代木が待っていた。彼は、やっとのことで手に入れた和田ノブ子女医に関する幾つかの調査資料を持っていた。

「愛川刑事、随分と苦労したつもりでも、やっと、この程度しか集まりませんでしたよ」

そう言って、手代木は、捜査手帳を広げた。

「とにかく、市民の皆さんたちは、あんな立派な女医さんを、何で警察が調べるんだといった調子でした。いや、お蔭で苦労しましたよ」

「そりゃあ当然だろうな。で、何かわかったかね」

「ええ、とにかく、独身の五十三歳の名女医。市内の妊産婦から多大の尊敬を受けておる上に、人生相談の面でも、市民……特に女性たちからの評価が頗る高いです。何しろ研究熱心で、一昨年は数回もアメリカの病院まで出かけて、新しい知識の取得に努める程だったそうです」

「ほほう、アメリカへ時々行っていたのか」そう言いながら、愛川の目がキラリと光った。

「手代木君、和田女医には、何らかの人間関係にまつわる噂らしきものはなかっただろうか。そのあたり、何かあってもよさそうに思えるんだが……」

「ええ、そのあたりのことについて、私も随分、探り出そうとしたんですが、皆、なかなか言いたがらないので、どうにもなりませんでした。しかし、ただ一つだけ、それらしき話が得られました。頗る漠然とした内容だったんですが」

「おお、その中身とは……」

「つまりですね、かなり以前から和田女医の所に、医学実技研修生が時々来ていたそうです。そういったケースは、他の内科や外科でも、よくあるそうですが、和田女医は、その若い研修生をとても可愛がっていたそうです。しかし、その若い研修生もいつとはなしに姿を消し、その後は、全く姿を見せぬと、かなり以前から勤めている事務職員の一人が話してくれました」

「なるほど、そういう話があったのか……。で、それはいつ頃のことだろうか」

「その事務職員の話では、それは七、八年前のことだったそうです。その頃は、その青年は、ちょくちょく女医の所に来ていたそうですが、ある時機からパッタリ来なくなったそうです。その人の話では、和田女医個人の周辺における多少なりとも人間臭のする話は、この程度のことと位だとか言っておりました」

「なるほど、女医に関する唯一の人間情報だな……」と、愛川は言った。

「ところで手代木君、私は明日の飛行機で県外に出る。数日で帰るが、君はその間、以前に女史の下に通っていたというその青年に関する情報を、もう少し詳しく探っておいてくれないか」と、若干、緊張した面持で言った。手代木は、愛川が唐突に、今まで和田女医と言っていた語を女史と言い変えたのに気が付いた。

「わかりました。愛川刑事、もうそろそろ、直接にあの和田女医、いや和田女史に挑戦してみたらいかがですか。もうその時機かとも思いますが」と、手代木は語を強めて言った。

「うむ、しかし、あの女史、到底、一筋縄ではいかぬぞ。もし、我々があの女史を攻めるとすれば、かなりの準備と周到な配慮とが必要だよ。もう少し先にならないと、ドジを踏まされるのは、我々の方ということになるぞ」

愛川の言葉に、手代木も黙って頷いた。

翌朝、仙台空港を発した愛川の搭乗機は、北へ向けて飛び続け、約一時半後に青森県の五所川原市附近の上空に達した。機上から見下した下界は、一面の白・紅・黄の美しい色彩で包まれていた。緯度の高いこの北国地方では、各種の花が一斉に咲く。リンゴ・モモ・ナノハナなどの春の花が、樹上に、畑土の上に、艶を競うが如くに咲き乱れていた。

やがて、機は五所川原空港の一角に着陸した。空港からは、岩木山の姿が、春の陽光をいっぱいに浴びながら、残雪と共に望まれた。愛川は空港を出ると、かねてから打ち合せておいた五所川原警察署の成田刑事の出迎えを受けた。そして、そのまま警察署に直行した。

愛川の目的は、四年前の津軽大学における八島教授の研究室内における爆死事件であった。彼は直ちに、当時の事件に関する調書の閲覧を請うた。

「いや、あれは、今でも若干不明の点があります。我々にとっても驚きでした」

そう言いながら、成田刑事は、当時の資料を愛川に示した。署の三階の窓からは、岩木山を背景に、白亜の殿堂の如く津軽大学の建物が見えていた。

「あの時、私らの所に電話で緊急連絡が入ったのは、夜の十二時を少し過ぎていました。何でも、大学で何かが爆発して、何人かが死傷したとかいうことでした。それで、私らに非常呼集があったわけでした。そこで、私らは、家から皆で駆け付けたわけだったんです」

「爆発は、夜の何時頃でしたか」と、愛川は問うた。

「守衛の話では、夜の十一時を少し過ぎた頃だったそうです。何しろ、凄い音がして、校舎の一角の窓ガラスから赤や黄色の火が噴き出したそうです」

「ちょっと待って下さい。八島教授は、そんな夜更けまで研究室に残っておられたんでしょうか」

「いや、それが少々変なんですよ。夜の十時に、守衛が定刻の校内巡視をしたそうです。その時は、もう教官や学生も皆帰った後で、誰も校内にはいなかったそうです。勿論、八島先生のお部屋も真暗で、誰かいる気配なんか全くなかったそうです」

「……すると、八島教授は、やはり帰らずに、校内におられたことになりますね……」

「そういうことです。でも八島先生の奥さんの話では、その日は遅くなると決まった時は、必ずそれをはっきりとおっしゃって家を出られるのが決まりだったそうです。ですから、何も言わずに、いつまでも大学に夜更けまで居残られたあたりの事情については、どうも奥さんもおわかりにならないようでした」

「なるほど……そうでしたか。そういった情況の中で、先生は、爆発の現場で奇禍に遭われたわけなんですね」

「そうなんです。爆発のあったのは、先生の個室の斜め向いの実験室でした。守衛が駆け付けた時は、部屋の一角の実験台のあたりが一面の火の海で、その近くに先生が倒れていたそうです。そこで、その守衛は、直ぐに先生を引きずって廊下に出して、急いで守衛室に戻って、消防署と警察署に電話したそうです」

「教授の亡くなられるまでの様子は、如何《いかが》でしたか」

「ハイ、顔から全身にかけて大火傷《おおやけど》でした。でも、まだ息はありました。そして結局、翌日の正午過ぎに息をひき取られたんです」

「なるほど、で、教授はその間、何か、ものを言われましたか」

「奥さんが、その間、ずっと付ききりでおられました。そして、亡くなる二時間程前になった頃、何か言われたそうです」

「ほほう、何と言われたんでしょうか」と、愛川は尋ねた。

「えーと、それはですね、あの子にすまぬ……これでいいんだ……とか言われたそうです」

「えっ、あの子にすまないとは、一体どういうことなんでしょうか」

「ええ、先生の奥さんは、余り言いたがらぬ様子だったんですが、我々警察関係者の間の話では、多分、先生の息子さんのことだろうということになったんです」

「八島教授の息子さんのことと言われますと……、一体、何でしょうか。話していただけませんか」

「えーと、それはですね。実は、ここだけの話なんですが、先生のとこには、二人の息子さんがいるんです。ですけど、その中の一人が、どうもまずいんですね。その人は、今、東京にいるんですけど、いわゆる麻薬に手を出して、現地の警察から何度もあげられているんです。それで先生は、時々、私たちに向って、伜の不始末は、まさしく、私の……いやこの父親の責任だ、とにかく、あの子に対する家庭教育がマズッたんだと、よく言っていました。それに亡くなられた時、その頃、生憎とその息子さんは、東京でまた何かやらかして、裁判沙汰になっていたんです」

「そうすると、先生の一件は、事故ではなくて、自殺……」

「このあたりの人たちの中には、はっきりと、そう言う人もかなりいます」

「そうすると、あの爆発は偶然の事故ではなく、八島教授が自ら起こした……、そして、それで教授は死んだということですか」

「そう取っている人の方が多いんです。しかし、どうもそれにしても、何となく割り切れない感じもするんです」

「例えば、どういうことでしょうか」

「死ぬのが目的だったら、わざわざ、あんなことをしなくてもよかったんじゃないかという意見もあります。死ぬには、他にいくらでも方法があったはずだ。何であんな爆発騒ぎを起こさせたのか不思議だと言う人もいます」

「爆発物は何でしたか」

「当時の鑑識課の調べでは、爆発したのは、トルエン、ベンゾール、エーテルなどですが、ひとつだけわからないのは、ニトログリセリンの残物が検出されたんです。これは極めて強力な爆発物なんですが、他の教授方に言わせると、八島教授の研究に、そんな物を大量に使うわけがない。とにかく、その点と、それに一ケ所に可燃爆発性の液体ばかりを、ごてごてと大量に集めて置かねばならないような研究でもなかったはずで、どうにもわからないことが多いという意見も多いのです」

「ニトログリセリンと言えば、心臓発作の人の常備薬ですね」

「そうなんです。でも、八島教授は至極健康で、そんな物を必要としないと、先生の奥さんが証言されたんです」

……そうか、やはり自殺か、と愛川は感じた。多種の可燃性の液体を多量に集めて置いて、その中でニトログリセリンを発火させたのだ。あくまで、計画的な自殺と考えてよいようだ。

愛川は、そのように判断した。

……しかし、なぜ自殺せねばならぬのだ。愛川の過去に遡っての捜査は、執拗に続けられた。

そして、数日に及ぶ努力の結果、ようやくにして、幾つかのある事実をつかんだのだ。それは、八島の死亡する一ケ月程前から、八島の研究室に、頻々と国際電話が掛かってきた事であった。

それは、当時の電話交換手のメモからも、守衛室の電話メモからも確認された。発信先はアメリカ、回数は、日により殆ど毎日一、二回、時には日に三、四回の場合もあった。そしてある日、八島は困惑した表情で、今後は一切、アメリカからの電話は取り継がざるよう交換台に申し入れていたこともわかった。

誰が、何の為に、アメリカの何処から、八島教授に頻々と電話してきたのであろうか。しかも、八島が困惑して自殺?……までする程の内容とは、いかなるものであったのか。

翌日、昨日とは打って変った冷たい霧雨の中を、愛川は成田刑事の案内で、市の郊外に住む八島教授夫人を訪ねた。

「奥さん、先生の亡くなられた前日まで、先生の所に度々掛かってきたアメリカからの電話の中身について、何かご存じのことがありましたら教えていただけませんでしょうか」と、彼は単刀直入に夫人に尋ねた。

「ええ、主人はあの時、その事で相当に悩んでいたことは事実です。ですが、その中身についてては、あくまで人には言いたくない様子でした。ただ、私が今でも覚えているのは、……そんな……、今さらデータを渡せなんて言われたって……とか独り言のように口にした言葉でございました」

「えっ、データをよこせですって……」と、彼は驚いて叫んだ。

「ハイ、主人は当時、どうしても人には見せたくない、また知られたくない何らかのデータを秘かに持っていたようでございました」

「それは、何に関するデータでしょうか」

「それは、一切わかりません。ただ、最初のうちは、若い女性の方が、幾度かかけてきました。勿論、日本語でしたけど……」

「なるほど、若い女性でしたか……」

「ええ、すると、その後で、今度は年輩の男性が主としてかけてくるようになりました。すると、主人がひどく怒りまして、今後は一切、自宅になんぞ電話するな。電話したかったら、これからは、大学研究室にしろ……と言っていたのを記憶しております」

……とすると、当時の八島は、これら男女二人によって、何やら迫られていたらしい……いや脅されていたのかも……と、愛川は感じた。

「なるほど、よくわかりました。ところで奥さん、何か当時の先生を取り巻く情況の中で、それこそ具体的な事実を示す資料はありませんでしょうか。例えば、それこそアメリカからの手紙とか、先生ご自身のメモとか……何かございませんでしょうか」

愛川の質問に、成田刑事が代って答えた。

「いや、愛川さん、そのあたりは、あの時に私らも随分調べてみたんですが、何も見当たりませんでした。何しろ、他から研究室に宛てた手紙類も全て消えておりますので、助手の先生や秘書の方も皆、今も首を捻っています」

……これは、容易ならぬ事件だったのだ。やはりそうだったのか……、自殺にしても、他殺にしても、かなりの底があるらしい。

「奥さん、先生が当時、書き残された日記などはいかがでしょうか。差し支えなければ、拝見出来ますでしょうか」

愛川としては、最後のあてにすべき質問であった。しかし、それも空しかった。

「いえ、主人は、家では日記は付けませんでした。その代り、毎日の出来事は全て、研究室日誌に記入しておりました」

「それなのに、その日誌も所定の場所から消えて、どこにいったのか、わからないんです」

成田刑事が、また口添えして言った。

「奥さん、最後の質問をさせて下さい。先生の所に、しばしば電話した二人の、その辺りの男女について心当たりはありませんか」

愛川にとって、事件捜査の手掛かりを摑む最後の頼りの綱であった。

……これで万事休すかと、彼は思った。

「八島先生は、亡くなられる二年程前に、アメリカのミネソタ州ミネアポリス空港で、盲目に近い状態となられた倉田東一先生を見かけられたそうですが、そのあたりについて何かおっしゃっておられませんでしたか。いかがでございましょうか」

「アメリカからの電話の主については、どうにも心当たりはございません。それに、アメリカの空港で主人が会った……と言われる倉田さんとかおっしゃる方については、私は平素から何も存じ上げておりません」

愛川が立て続けに出した二つの質問に対する八島未亡人の返答は、まとめ上げると、ざっとこんな具合であった。

次の早朝、愛川は東北新幹線を利用して帰仙の途についた。車窓から見える田園の代《しろ》かきの風景を見ながら、彼はじっと考えた。

八島教授の死は、単なる事故死ではない。明らかに、誰かによって詰腹を切らされた形での自殺である。しかも、ありふれた形の自殺ではなく、何か目に見えぬ「黒い影」が終始付きまとい、否応なしに、彼を死の座に追いやったとしか思えないのだ。

……ひとつの「黒い影」が、大学実験室の片隅の台の上に、秘かに多量の爆発可燃性の液体を入れた多数の容器を設置する。そして、「黒い影」に付き添われた八島教授が暗闇の中から現われて、おずおずと力ない足取りで爆発物の置かれた台の前まで進んで、「黒い影」の指示に従って、うなだれた体で跪く。次いで「黒い影」は、ニトログリセリンの入った起爆装置の発火ポイントをセットして、爆発性液体の入った容器群の真中に置いて、素早く姿を消す。

次の瞬間、大音響と共に火柱が立ち、火焔は一瞬のうちに死刑囚八島の全身を包んでしまった……。

そこまで想像した愛川は、思わずはっとして座席の上に腰を浮かしかけた。

そうだっ、これは自殺なんかではない。また詰腹を切らされたものでもない。これは、完璧な復讐でもあり、処刑でもあるのだ。だから当然、八島教授は自己の死刑執行の日時を事前に知らされていたのだ。それで、その準備として、身辺にある全ての記録・メモ・そして書簡の類に至るまで、資料の悉くを全て抹殺したのだ。……当然、その中には、人に知られたくない何かがあったのだ。それは何か……。愛川は、既に焼却されたか、シュレッダーにかけられて微塵となったであろう失われた資料の中身に思いを寄せるのであった。そして、そう考えると、事件当夜には、八島以外の第三者……言わば死刑執行人が傍らにいたことになるのだ。それは誰か……。

東北新幹線は、それこそ、考える人を乗せて仙台に到着した。

第四章　三十年の舞台と役者たち

　仙台警察署の捜査一課では、手代木刑事が愛川の帰りを待ちわびていた。

「愛川刑事、何かと今回は収穫がありましたよ」と、手代木は目を輝かせて言った。

「ウン、こちらも、かなりのものを手に入れたようだ。しかし、君の話から先に聞こう」と、愛川は冷静な口調で言った。

「愛川刑事、私は今回の聞き込みの対象を現職者を全く除外して、旧勤務者、つまり既に退職した連中に的を絞ってやってみたのです。すると、幸いにも、五年前まで和田女医の診察室付きだったという元看護婦の女性と会うことが出来ました」

「ほう、それは幸運だったね。で、どんな具合だったね」と、愛川も若干、身を乗り出して尋ねた。

「その人は、和田女医の所に十二年間も勤務していたそうです。ですから、今だから言えるという前置で、いろいろと話をしてくれました。ただし、あくまで厳秘とすることを絶対条件としての話でしたけど……」

「うむ、なるほど、それで……」

「まず第一の点は、かなり以前から、まさしく噂にある例の若者が、度々出入りしていたそうです。その青年は、和田女医をいつも先生と言っていたので、周囲の人々は、てっきり、近くの医科大学から来た研修生だろうという目で見ていたそうです。ところが、和田女医は、その青年を見ること我が子の如しで、よく一緒に食事に連れて行ったり、時には、女医の個室で二人きりで長時間過したりするので、時には病院内で変な噂が出たりして、あの青年は、てっきり和田女医のツバメ、つまり若い愛人ではないかと言う人も出る始末だったそうです」

「……」

「ところが、その後になって、またいつとはなしに、もう一人の人間が女医の周辺に現われるようになったそうです」

「エ？　それは男かい、それとも女かい」

「それは若い女性で、当時の感じでは、年の頃、十六、七歳位の娘さんだったそうです。ところが、とても変っていて、名前を聞いても名乗らず、全然、周囲の誰とも殆ど口をきかず、そして加うるにいつも顔色が悪くて、黙って女医の近くの椅子に座っていて、何となく陰気な感じのする娘だったそうです」

「ほう、一体、何だろうか……その娘さん……」

「ええ、だから、元看護婦だったその女性も、不思議に思っていたそうです。ところが、とても驚かされることが、ある日、起きたそうです」

「えーっ、どんなことがあったんだ」

「その娘さんが女医の部屋にいた時、そこへ例の青年がやってきたそうです。そしたら、和田女医が、まるでそれが予定されていたかの如き態度で、その娘さんに命令口調で何か言ったそうです。そしたら、その娘さん、その一声でさっと立ち上り、衣服も下着もパッと脱ぎ捨てて素っ裸になって、近くの診察台の上で仰向けになったそうです」

「……」

一瞬、愛川は唖然とした。

「とにかく、その光景を物陰から見ていた元看護婦の女性は、仰天したそうですが、それよりか、さらにびっくりさせられることがあったそうです」

「……それは、何だい」

「それはですね。全裸で台の上に仰向けになった娘さんの真白な下腹部に、幾つもの傷跡が多数、一文字に付いていたそうです。あたかも、何回も数え切れない程、腹部切開手術した下腹のような感じだったそうです」

「……どうしたっていうんだい、それは……」

「いや、わかりません。しかし、それからがまた大変だったそうです」

「それから、何があったんだい」

「そして女医は、全裸の娘の体のあちこちの血管に針を刺して、どんどん、血を抜き始めたそうです。見ていただけでも数百ミリリットルの血が抜かれたそうです」

「何と……、聞いているだけでも、まことに心が痛むような話だな。それからどうしたい……」

「やがて採血を終えた女医は、娘の血液を入れた容器を手に持って、近くでその光景を見詰めていた青年を促して共に別室に入り、そのまま二人とも長時間出てこなかったそうです」

「む……」

「そして、しばらくして二人は部屋から出てきたそうです。ところが、その青年は、まるで人が変ったように溌剌となり、陽気にしゃべっていたそうです」

「……そして、その血はどうしたんだい」

「見ていた元看護婦の話では、部屋から出てきた女医の手に持っていた血の容器が空《から》になっていたそうですから、その血を、きっとその青年の体の中に輸血したに違いないと思ったそうです」

「えっ、その娘の血を青年に輸血したって……、オイ、手代木君、それは本当かね。本当だとしたら、それは極めて重大なことになるぞ」

愛川の声は、若干、興奮で震えていた。

「ええ、きっとそうだと思います。さらにその女性が言うには、この奇怪な血の抜き取り行事は、毎月必ず一回は行われたそうです」

「……毎月、一回ね……」

「それを見た看護婦や医局員も、他に何人かいたそうですが、何せ、その青年は産婦人科の研修生という振れ込みなので、何か変った実技の指導を、その女医から受けているとしか思わなくなったそうです」

「うーむ、で、その娘さんはどうなったたい」

「その娘さんは、その都度、多量の血を抜き取られるので、だんだん顔色も悪くなり、明らかに体力の落ちている状態であることが、誰の目にも明らかになってきたそうです。しかし、女医は、それには一顧だに与えず、その月の採血日になると、それこそ情容赦なく、娘の体から、たっぷりと血を取ったそうです。こうして、その娘の貧血の度合いは、益々進行して行ったそうです」

「まてよ、病院でありながら、このような常識にもとるような非人道的な行為がくり返されていたとは……。断じて許せないことだ」

「その通りだと思います。私も同感です。それに、血を抜くだけでなく、さらに奇怪なことが、時折り行われたそうです」

「と言うと……」

「その女医は、時々、その青年と娘と三人で、手術室に閉じこもるそうです。この時は、これら三人以外の人間は、断じて部屋の中には入れなかったそうです。ですから、事実上、密室化した手術室の中では、何をしているのか全くわからなかったそうです。しかし、数時間後になって出てきた娘は、それこそ顔面蒼白で、下腹の部分を押えながら、まるで虫の歩みよりも遅い足取りで、病院を出て行くそうです。それを、女医も青年も、それこそ、冷然として見ていたそうです。一体、何が行われていたのか、皆、不思議に思っていたとの話でした」

「当時としては、どうやら法的にも放置できぬ何かが、病院内で起こっていたことになるな」

と、愛川は、半ば憮然とした口調で言った。まさに、彼には、どうにも納得いかぬ心情が、強く作用していたのだ。

「しかし、手代木君。その娘さん、それだけ何やら異常な目に会いながら、何も文句も言わんのかね。まるで、極端なサディズム下に置かれながら、ただやられっぱなしの状態のまんまで、何も反抗しなかったのかね」

「ええ、その点についても、何度か元看護婦の女性に尋ねてみたんですが、その娘さんときたら、反抗どころか、全く従順そのもので、何と言うか、むしろ嬉々として自己の肉体と血とを、その青年に捧げている感じだったと言うんです」

「うーむ、何とも奇妙な話だな。その青年と娘は、今どうしてるかな。名前と素姓とがわかればいいんだがな」

「もう、あれから何年も経っていますが、その二人の男女のその後の経過について、少し洗ってみますか」と、手代木は言った。

「いや、それはいいだろう。我々の現在の使命は、壁の中から突然に現われたあの学者さんの一件の解明だぞ。どうやら、あの学者さんはアメリカに行っている間に盲目になったらしい。それがいつの間にか、身体にいろんな細工をされた揚げ句に、女性用の白衣に包まれて壁の中に塗り込まれてしまった。一体、誰が、いつ、何の目的で、こんなことをしたのか。そこらの解明が先だぞ。どこかの病院における、そんな古い猟奇的な話なんぞ、後まわしでもよいのだ」

彼は、そう言ってから、津軽大学における八島教授の爆死事件の顚末と、それに関する彼の感想とを述べた。

「なるほど、四年前の八島教授の実験室内事故死は、事故に非ずして、計画的な殺人だったという訳ですね」と、手代木は反応した。

「そうなんだ。ところが、壁の中から現われた学者仏さんも、それよりか二十年以上前に、実験室内で同じく爆発事故に会っている。ただし、こちらは、片目を喪失したが生命だけは取り止めた。しかし、この二つの事件は、かなり年数の隔りはあるが、相互に関連があると、私は考えている。決して偶然の一致ではない。したがって、病院の奇妙な二人の一件なぞ……」と、言いかけて、彼ははっとして、天の一空を見詰めた。まさしく、一条の光が、彼の目の前を横切ったのである。

そうだっ、病院での奇怪な血の少女奴隷の話に出てくる月一回の採血、そして例の十六夜娘たちの血の抜き取り事件、しかも、この両者は、ほとんど時を同じくして起こっているのだ。そして、血を採血用の女奴隷の如く、かの少女から抜き取っていた和田女医は、まぎれもなく若かりし三十年前、これまた若かりし倉田東一と接点があったことは確からしい。そして、当の倉田氏は、血管内に多量の女性の血……しかも十六夜娘の血液に匹敵する条件を供えた血を、それこそタップリ注入された態にて、壁の中から現われたのだ。さらに、この倉田氏の一件も、推測ながらも、他の二件とほぼ時を同じくして起きているのだ。

「ははあ、この三つの事件は、どこかで皆互いに連なっているな……」と、彼は呟いた。

少女血奴に等しき病院内の一件には、明らかに和田女医が関与している。そして、もう一件の十六夜娘に関する事件は、内容、理念からして、どうみても前者に共通するものがあるのだ。もしも、この件にも和田女医が関与していたとすると、和田ノブ子は、これら三件のいずれにも関与していたことになる。

……とすると、倉田氏の遺体を包んでいた女性用の白衣は、まぎれもなく、和田女医が、事件当日に我が身に付けていた可能性も有り得るのだ。それは、小柄で丸味を帯びた体形の女性用の白衣……、そしてそれは、現在の和田女医の体のプロポーションにもあてはまる……。

愛川の頭脳の中に、事件の一端を裏書きするシルエットが、おぼろ気ながらも、ようやくにして映じ始めた。

翌朝の捜査会議は、久し振りに活気のあるものとなった。捜査一課の面々たちは、とにかくにも、和田ノブ子女医を拘留して、早急に事情聴取すべしとの意見が圧倒的に強かった。これに対し愛川は、和田女医の事情聴取には一ステップ置いてから行うべきで、我々はその間、同女医を取り巻く人間関係を、もっと克明に洗うべきであると論じた。彼の頭の中には、七年前の市民病院の中で話題となったあの不可思議な若き二人の男女……一体、あの二人は何者ぞ……、そしてさらに、今を去る三十年前の倉田氏周辺の状況の洗い直しなど、新たなる想定が渦を巻いて錯綜し始めた。愛川は、それを一同に対し強く主張した。

「愛川君、君の考えは一応わかるが、何しろ三十年前の事となると、たとえ何かあったとしても、それは既に時効になっている可能性があると思うが、そのあたり、それでもいいかね」と、岸田捜査一課長が言った。

「それで結構だと思います。古き事の真実を知ってこそ、現代の現実が解明されると思います。それに幸いなことに、三十年前と今日とで、舞台上に登場してくる人物像が、皆はっきりしています。既に死去した倉田氏でさえ、幸い灰にもならずに、我が署の地下冷凍保存室で、生存時の姿のままで静かに眠っております。とにかく、倉田氏に何とかして口を開かせることが肝要かと思います」

愛川の発言を聞いた捜査会議のメンバーたちは、皆一斉に彼の顔を見詰めた。

死人に口を割らせる……、ははあ、何かつかんだな……と、皆等しくそう感じた。

その頃、巷では、壁の中から現われたお化けごっこが大流行《おおはやり》で、子供たちが上衣を頭から被って、民家や学校の塀の裏から不意に飛び出して、通りすがりの女の子たちを脅したりして笑い興じていた。

愛川は路上を歩きながら、子供たちのたわむれをじっと見ていた。いたずらっ子の男の子らが、頭に上衣や、色を塗った紙箱などをのせて、塀から奇声を発して飛び出すと、道行く女の子たちは、悲鳴に近い声を出して逃げまどう。それを見て、彼は苦笑した。

まさしく、壁の中から出現した倉田博士は、仙台の子供たちにも絶大な影響を与えたことにもなるのだ。死してなお、子らを動かすか……、そう呟きながら、ふと、彼は足を止めた。

ん、待てよ……、倉田氏は、まさしく、この子供らの如く、社会、特に学会に対する脅かしか、何らかの挑戦を致すべく壁の中から出現したのではあるまいか。子供らは、頭にいろいろな物をのせた形で、お化けの真似をしている。しかるに、倉田氏は右手に、例の「トマス・ミッチェル説への反論」と題した論文を、高くかざして現われたのだ。

然り、彼の右手に掲げた論文の内容こそ、従来の「トマス・ミッチェル説」の信奉者たちにとってみれば、まさしく「お化け」の出現にも等しく、執念にも満ちた脅しでもあり、新たなる挑戦とも取れるのだ。

……偶然ではなく、意図的にタイミングを狙っての出現か……、愛川は、種々の思考の飛び交う中で、子供らの遊びを黙視しながら、じっと考えていた。

彼は、生命工学院大学目ざして、一気にタクシーを飛ばした。そして、到着するや直ちに、神保教授の部屋のドアをノックした。

「先生、あの例の冷凍室のあった研究棟の取り壊しは、いつ頃、決定されたのでしょうか」

愛川の質問に対する神保教授の回答は、極めて明快であった。

「ああ、あの建物の取り壊しは、丁度、今より五年前に決定されました。つまり、大学側と中央官庁との合議、打ち合せがありまして、それにより短期計画の決定がなされ、それにより、あの研究棟は改築のため、一応、五年後における取り壊し予定が、全学に対し布告されました」

さらに、神保教授の話によれば、中央官庁における予算措置も確定したものであるが故に、この計画の変更は絶対に有り得ず、計画は予定通り、必ず実施さるべき固い決議事項に基づいたものであるとのことであった。キャンパス内の建物施設計画には、神保教授が委員として参画している。したがって、神保教授の言うことなら、まず間違いあるまい。愛川の推測は、さらに奥深く進んだ。

……もしも、冷凍室を有する研究棟の取り壊し期日が、正式に予め定められていたとすれば、それに合わせて死体が出現すべく、前もって壁の中に塗り込んで置いたということも考えられるのだ。……誰が、何のために……と、そこまで考えた時、一瞬、彼の頭脳の中を、新たなる第二の閃光がひらめくのを感じた。……そうだ、それには、何も死体でなくともよいのだ。つまり、生きたままの状態で、壁の奥の凹んだスペース内に、身を屈めて入る……、そこへ誰かが、予め水と混和して置いたセメントを素早く流し込む。かくして、中の人間は、酸素の欠乏と氷点下二十度Cの冷気のために、次第に死体と化する。この想定をもってしても、現下の状況に対して、充分にあてはめ得るのだ。

「そうか、他殺のみではない。自殺……いや……自らの意志に基づいた人柱的要素もあるかも知れない……」と、彼は小さく呟いた。

それならば、死体の右手が握っていた「トマス・ミッチェル説への反論」なる論文の草稿は何なのか……。そこまで考えた瞬間、彼の足は自ら、伊集院教授の部屋に向っていた。教授はタイミングよく、在室していた。

「先生、いずれか年内、近い中に『トマス・ミッチェル説』に関する学会行事か何かが開催される予定がありますでしょうか」

愛川は開口一番、教授に尋ねた。

「おお、ありますよ。今年の十一月に、仙台パシフィックホテルの各パーラーを借り切って、『国際生体器官形成学会』が五日間の予定で開催されます。そしてその際、今年はトマス・ミッチェル博士の没後三十周年に当たりますので、これを記念して、『トマス・ミッチェル説』の紹介と総括、それに同教授への顕彰が行われる予定です。あ、お待ち下さい、今そのプログラムや関連出版物をお見せしましょう」

伊集院教授はそう言って、書棚からカラフルな数点の印刷物を取り出して、愛川の前に広げた。愛川は、それらを次々と手にして、内容に目を通した。それらに記されているシンポジウムや個々の演題、さらにパネルディスカッションの要旨などの至る所に、「トマス・ミッチェル説」なる字句が数多く認められた。まさしく、トマス・ミッチェル博士の没後三十年を記念する趣旨を織り込んだ学会の意図が克明に示されていた。参加者も、国内外から合せて六千名の予定とのことであった。それこそまさに、トマス・ミッチェル博士の一大顕彰学会とも言うべき内容である。

「先生、なかなか大規模な素晴らしい学会ですね。トマス・ミッチェルと言う学者は、これだけ長年にわたって世界的なリーダーシップを発揮してこられた方ですから、もう既にノーベル賞は受けられたんでしょうか」

「いえ、受けられてはいません。実はこれまでに、何度か受賞候補になったんですが、その都度、強い反対論が出て、なかなか結論が出ないうちに、彼の一生が終ったと言うのが実情なんです」

「ほほう、反対論が出たんですか」

「そうなんです。しかも、自分の足元、アメリカ国内から起こった反対論だけに、却ってややこしくなったんですね」

「えーっ、当のアメリカ国内に反対論者が出たんですか……」

「そうなんです。その急先鋒が、ほら、例のロバート・アリグザンダー博士なんです」

「えっ……、それじゃあ、あの倉田氏が行かれたマイアミの大学研究室の主任教授だったあの方が……」

「そうなんです。結局、ロバート・アリグザンダー博士も亡くなられましたけどね」

「そうでしたか。なかなか大変な論議だったんですね」と、愛川は、若干しんみりした口調で言った。まさしく、ロバート・アリグザンダー博士と言えば、トマス・ミッチェル説への一大反論者であり、それが故に、わざわざ当時の若き倉田東一を手許に招いたのであった。それが両者ともに、決着のつかざるうちに死し、当の倉田は盲目の人と化し、空港のポーターとなり、最後は母校の壁の中から現われた。しかるに、一方では倉田の生存を示すシグナルが、今日まで上げられ続けているのである。一体、どうなっているのだ……。

「先生、それで結局、『トマス・ミッチェル説』はどうなるのでしょうか」

「ええ、そこなんです。日本の学会の大部分は、同説の信奉者です。それで信奉者を代表して、四国大学の市村教授が司会をして、これまた同説の熱烈な支持者であるサントス大学のジョン・ガロワ博士が、この学会で総括講演を行うことになっております。それで、まあ、事実上の決着をつけてしまおうということじゃないんですか」

「そうですか。でも、いささか強引なやり方と言う感じもしますね」

「確かに、そうとも言えますね。でも、日本では『トマス・ミッチェル説』を支持することによって、多くの人が名をなし、地位を得ておりますので、自然の勢い、そうならざるを得ませんね」と、教授は言った。

向山地区に在る生命工学院大学を出た愛川は、キャンパス発のバスに乗って、市の中心部に向った。バスは、広瀬川の清流に沿って丘を降った。清流では、大勢の釣り人たちが糸を垂れていた。頃は六月、アユ釣りが解禁となったわけである。

車中、愛川は揺られながらじっと考えた。……まさしく、今年の十一月における仙台の学会で、トマス・ミッチェル説は正説なりとして決着がつけられる。然り、仙台における学会こそ、同説の正統性を未来永劫、固定化させる大イベントに匹敵する記念すべき祭りの行事なのである。そして、それが終了した後は、倉田の主張していた説は、世間から一顧だに与えられず、自ら消滅せざるを得ないであろう。

そうだ、今年こそ、トマス・ミッチェル説の信奉者たちにとって、まさしく決戦の年であると共に、倉田にとっても決戦の年でもあるのだ。前者は、隣人からの物質の「おすそ分け」による生命維持の説、倉田はこれに反対して、隣家からの警報＝シグナルを受け入れて、直ちに「物質の自己生産体制」に入り、それによって作られた物質によって生命を維持するとの説を主張してきた。

それが、本年の十一月をもって決着することになるのだ。すなわち、倉田説は、その時点をもって消滅する……、とどのつまり、体制の勝利か……。愛川の頭脳の中に、おぼろげながら、一抹の筋書が映じ始めた。

それにしても、倉田という人物は、運に恵まれない人だったな……と、愛川は感じた。

若い時から、農業高校出身というハンデを克服して努力を重ねた結果、彼は彼なりの、それこそ従来の定説に一矢報いるだけの一大原理を見出した。しかしそれは、既存の説にすがる人たちの一大反発を買い、今日まで、ほとんど多数による蹂躙に等しき憂き目に会ってきたのだ。そしてその間、不幸にも、実験室内の爆発事故による片目の喪失。しかし彼は、それにも屈せず敢然としてアメリカに渡り、さらに彼の境地を広げようとした。だが、その意図も充分に達せざるうちに、アメリカにおける恩師であり保護者でもあるロバート・アリグザンダー博士の死に会い、やむなく同博士の研究室を去った。……そして、その後はどうしていたのであろうか……。それから間もなく、いつとはなしに倉田は盲目の人となったらしい……、そして生きるために、空港のポーターとなったのか……。若干の噂と推測とに基づく部分があるものの、倉田なる人物の生涯について、愛川は、そのように考えた。だが、倉田の最後のフィナーレだけは、余りにも異質とも言えるのだ。

自説を記した論文をしっかりと手に握りしめて、母校の冷凍室の壁の中から、突然に、それこそ亡霊の如く現われ出た彼……。しかも身体に、異常とも言える数々の修飾を受けていた……、何故か。

かくして、倉田は死んだ。そしてさらに、彼の学説は、本年の国際学会の席上で、国内外の大勢の学者たちの見詰める中で、ギロチンにかけられることになった。まさしく、倉田と言う人間もろ共に、彼の学説をも合せての完全なる地上からの抹殺である。

一抹のむごさと、倉田氏に対する一掬の同情とを愛川は感じた。

……もしかすると、倉田氏の一件は殺人ではなく自殺だったのかも知れない。愛川は、そのようにも思い始めた。つまり、己の置かれた悲運と、大勢いかんとも仕難き力関係とに、余りにも絶望感を抱いた倉田氏は、自ら母校の冷凍室の壁の凹所に身を屈して入り、そして酸素欠乏と低温とによる死を心待ちしていた結果ではあるまいか。……しかし、それでは、己の自殺死体を半恒久的に地上に残すことになるのだ。マイナス二十度Cの低温は、決して人の死体を腐らせずに、そのまま生前の姿を保持するのだ。……しかし、何のために、そのようにしたのであろうか。……しかも、それは単独で出来ることではない。誰かの極めて心得た幇助を必要とする……。

その夜、愛川と手代木の両刑事は、秘かに仙台駅発の最終夜行列車に乗り込んだ。目指すは、再び釜石……つまり和田ノブ子の故郷であった。

列車は花巻を経て、三陸の地、釜石目指してひた走りに走った。夜明けの沿線の田園、丘陵の合間を縫っては再び広々とした沃野へと移り変る数々の風景を、愛川はほとんど一睡もせずにじっと眺めながら、夜の明けるまで独り沈思黙考していた。手代木は、静かな寝息を立てていた。夜は少しずつ、白みかけていた。目的の釜石には、約三十分で到着する予定である。

早朝の釜石の街は、未だ活動を開始していない。それまでしばらくの間、二人は駅の待合室で過すことにした。外から室内に入る風は、海が近い故かひんやりと冷たかった。

「愛川刑事、何で我々は急に、釜石くんだりまで来たんですか」と、手代木は若干寝不足の目で愛川の顔を見詰めながら言った。

「それはね、釜石沖で獲れる旨い魚を食べるためさ」と、愛川はさらりと言ってのけた。

「えっ、魚ですって」と、手代木は驚いて叫んだ。

「手代木君、ここの三陸沿岸沖は、世界でも有数の漁場なんだ。それだけに、海から揚げたばかりの色々な種類の新鮮な魚がたっぷり食べられるというわけさ」

「ほう、そいつは素晴らしい。それではひとつ、大いに味わわせていただきましょう」

手代木はそう言って、顔をほころばせた。そして、直ちに真顔になると、愛川の顔をじっと見詰めながら言った。

「……と言うことは、愛川刑事、何かをつかみましたね」

「手代木君、我々はこれまで、本事件に関して、見事なドジを踏まされて来たようだな」

と、愛川は落着いた口調で言った。

「それは、どういうことなんでしょうか」

手代木は、若干、不服顔であった。無理もなかった。彼もまた誠心誠意、旺盛な責任感をもって本事件と取り組んできた捜査班の一員なのだ。

「手代木君、ようく考えて見たまえ……」と、彼はそこまで言って、一旦、言葉を切った。そして彼は、周辺をそっと見回した。早朝の駅は、人影は極めてまばらであった。

「……手代木君、例の壁の中から出て来た仏さんね。あれはもしかすると、倉田東一氏ではないかも知れないよ」

「えーっ、何ですって、そんなーっ」

手代木は思わず大声で叫んで、その途端、はっとして周辺を見渡した。幸いにして、近くには人が居なかった。もしも人が居たら、その人たちは、一斉にこちらを見たであろう。それほど、手代木の声は大きかったのだ。

「愛川刑事、それは一体、どういうことなんですか」

手代木は、驚きと興奮の未だ醒めやらぬ声で尋ねた。

「実はね……手代木君、我々捜査班の連中は誰一人として倉田東一なる人物の素顔を見た者はいないんだ。辛うじて、伊集院教授が前に見せてくれた同氏の若い時の写真で見ただけだ。そしてそれ以外は、伊集院教授の証言によってのみ、あの仏は倉田氏と断定されたに過ぎんのだ。しかも、当の伊集院教授でさえも、アメリカに行ったきりの倉田氏とは、その後、三十年も会っていない……」

「あ、なるほど、そうだとすると、伊集院教授が我々に偽証でもしたということでしょうか」

郵便はがき

恐縮ですが
切手を貼っ
てお出しく
ださい

160-0022

東京都新宿区
新宿1－10－1

(株) 文芸社

ご愛読者カード係行

書　名			
お買上 書店名	都道 府県　　市区 郡　　書		
ふりがな お名前		大正 昭和 平成　年生	
ふりがな ご住所	□□□-□□□□	性別 男・女	
お電話 番　号	(書籍ご注文の際に必要です)	ご職業	

お買い求めの動機

1. 書店店頭で見て　2. 小社の目録を見て　3. 人にすすめられ

4. 新聞広告、雑誌記事、書評を見て(新聞、雑誌名

上の質問に1.と答えられた方の直接的な動機

1. タイトル　2. 著者　3. 目次　4. カバーデザイン　5. 帯　6. その他(

ご購読新聞　　新聞	ご購読雑誌

芸社の本をお買い求めいただき誠にありがとうございます。
の愛読者カードは今後の小社出版の企画およびイベント等
資料として役立たせていただきます。

書についてのご意見、ご感想をお聞かせください。

） 内容について

カバー、タイトルについて

後、とりあげてほしいテーマを掲げてください。

近読んでおもしろかった本と、その理由をお聞かせください。

自分の研究成果やお考えを出版してみたいというお気持ちはありますか。

る　　ない　　内容・テーマ（　　　　　　　　　　）

る」場合、小社から出版のご案内を希望されますか。

する　　しない

ご協力ありがとうございました。

ックサービスのご案内〉

書籍の直接販売を料金着払いの宅急便サービスにて承っております。ご購入希望がいましたら下の欄に書名と冊数をお書きの上ご返送ください。　（送料１回210円）

ご注文書名	冊数	ご注文書名	冊数
	冊		冊
	冊		冊

「いや、そうではあるまい。倉田氏は、三十年間もアメリカから日本へ帰国していないんだ。それが事実だとすると、倉田氏と若い時に親しかった伊集院教授でさえも、三十年近く倉田氏の顔を見ていない。しかし、人の顔は、三十年も経ると結構変るものなんだ。ましてや死体ともなると、たとえそれが凍結されて保存状態が良好な場合でも、それが長期間に及べば、顔貌に何がしかの変化が起こるものなのだ。それにもかかわらず、伊集院教授は、凍結死体の顔の特徴からして、これは倉田東一なる人物らしいと、一応の認定をしているのだ」

「うーむ、三十年の歳月を経ていて、しかも死体化に伴う変貌を来たしていながら、それを倉田らしいと、教授は言われた。……ということは、教授の頭脳内の記憶中枢に刻み込まれていた三十年前の若かりし時の倉田の顔貌がそう言わせた……」

「その通りだ。別れてから三十年も経っていながら、当時とほぼ変らぬ風貌で現代を闊歩している人間がいるとしたら……」

「それは、かなり共通した遺伝子を受け継いでいる仲間……、つまり血を分け合った身内……」と、そこまで呟いた手代木の顔が見る見る紅潮してきた。

「そう、まさしくそれなんだよ。手代木君、もう一息だよ」と、愛川は言った。

「うーむ……。それはつまり、親子ということですか」と、手代木は辛うじて言った。

「正解。まさしく、その通りだ。壁の中から出て来たあの仏さんは、実は倉田氏の息子である可能性が高いのだ」

「えーっ、なんと……。それがどうして、あんな冷凍室の壁の中なんかに埋め込まれていたんでしょう」

「さあ、そこなんだ。それを、これから我々が解明していかねばならんのだ。どうやら事件は、振り出しに戻らざるを得なくなったようだな」と、愛川は、むしろ淡々たる口調で言った。

「手代木君、もしもそうだとなれば、これまでに何度も聞かされてきた倉田氏の現在における生存説は、まさしく真実ということになるかも知れんぞ」

「そういうことですね。加うるに、倉田氏は時々日本に帰って来ては、何回も仙台市民に顔を見られている……」

「いや、手代木君、それは違うぞ。これまで仙台市民に、しばしば目撃されてきた御仁は、倉田氏自身ではなく、恐らく息子の方だったと思うな」

「……」

「わからんかね、手代木君。いいかね、ようく考えて見たまえ。その時の目撃者たるべき仙台市民は、あの当時、倉田氏に関しては、皆等しく伊集院教授と同じ相似形の記憶しかなかったはずだ。つまり、若い倉田氏の息子が歩いているのを見かければ、早速にこれまた若かりし倉田氏の顔貌を思い出して声をかけてきたといった具合なのさ。人間の記憶なんてそんなもんだよ」

「なるほど、すると女医との関係はどうなんでしょうか」

「さすが、よくそこに気が付いたね。まさしくその息子なる人と和田女医との関係は、例外中の例外、他の誰よりも濃密な縁《えにし》で結ばれている……血は水よりも濃しということさ」

「……ということは、あの二人の仲は……」

「そうだ、まさしく、これまた親子、つまり言い換えれば、母と子……そのものズバリというわけさ」

「なるほど、それで我々が今朝方、ここにこのようにして来た理由がわかりました」

「そうなんだ。我々はこれから、この女医の出身地釜石で、女医の出産の有無を調べねばならぬということさ。しかも極秘のうちにね」

その頃、太陽は既に高く昇り、駅前の道路にも、人や車の往来が急に増えていた。

「手代木君、そろそろ我々も行動開始といこうか」

そう言って、愛川が立ち上りかけた時であった。手代木が興奮した口調で言った。

「愛川刑事、ひとつだけ質問させて下さい。壁の中から現われた仏が、倉田氏の息子だとしたら、何故に片目が義眼になっていたんでしょうか。倉田氏は、間違いなく左目が義眼になっておりました。しかし、息子までが義眼をはめて、長い間、壁の中に閉じ込められていた。一体、これはどうしたことなのでしょうか」

「うむ、確かに、それは不思議なことに相違ない。だがね、手代木君、私は思うんだが、倉田氏自身は、アメリカには義眼をはめ込んで行った。だが、その後では、彼は義眼なんか付けてはいなかったのではないかと思うな」

「えっ、それは、どういうことですか」

「さあ、その辺りはまだ私の推測なんだが、とにかく私には、そう思えるんだ。でも、これからの捜査で、それらの点も次第に明らかにされてくるだろう。それは、ひとまず後回しとして、取り急ぎ今日のスケジュールに入ろう。これもまた、大変だろうな」

愛川はそう言って、手代木を促して立ち上った。そして駅前でタクシーを拾うと、早速に例の土産物店の女将の所に直行した。

「奥さん、また参りました。折り入って、改めて教えていただきたいことが、また起こりましたので」

そう言って愛川は、女将に深々と頭を下げた。

「ああ、前に見えられた刑事さんですたね。今度は、何のご用件でしょうか」

女将は、前回と同じように、明確な態度で応対した。

「実は、例の和田ノブ子さんのことなんですが、今から三十年前、意図不明の一時帰郷をなさったとか、おっしゃいましたが、その辺の実体について、もう少し詳しくお話をお聞かせいただけませんでしょうか」

「さあ、ノブちゃんのことだったら、もうあれ以上お話すっことはねえんですけど」と、女将は言った。

「奥さん、和田女医はその時、この地で秘かに出産をされたのとは違いますか。その事実の有無だけでもわかればいいんですけど」

愛川の言葉に、女将はしばらく沈黙して何やら考えていた。そしてやがて、つと、奥に入り、程なく何かを書き入れた紙片を持って出て来た。

「刑事さん、これは私から出たことは、絶対に他に言わねえで下さい。この紙さ書いてある舟見イチていう人は、この地で長年わけある女子衆《おなご》の出産ば手がけてきた助産婦なんです。もう八十歳ば越した人なんだけど、まだまだ丈夫でおりす。刑事さん、思い切ってこの人さ聞いてみたらどうだべ。もしかすっと、その辺のことわかるんでがえんか。でも、それでわからねえようだったら、どうにもなんねえかも知れねーな」

愛川は、喜びと同時に感動を覚えた。女将の気丈な性格の反面、いかにも海を見て育ったと言わんばかりの明るく開放的な対応に、強く心を打たれたのであった。頼り甲斐のある線の太い女性……彼はそのように感じた。

女将の手渡したメモ紙片によると、老助産婦、舟見イチは、釜石から、さらに四駅離れた奥地の吉里吉里《きりきり》に住んでいた。

二人の刑事が吉里吉里に着いたのは、その日の正午過ぎであった。舟見イチの住所は、同地区郊外の林の中に在り、裏手は隣りの神社の境内に接していた。イチ女は、見事な白髪を持った小柄な老女であった。愛川らが、警察手帳を示して来意を告げても、イチ女は表情に何らの変化も浮かべずに、二人を家の中に請じ入れた。イチ女は独り暮らしらしく、他に家族らしき者はいなかった。しかし、同女の立ち居振る舞いは頗るしっかりとしていて、これまた東北の強い女性という印象を与えた。

「和田ノブ子という女子《おなご》さんのことすか……」と、細く呟いて、イチ女はしばし黙って天井を見詰めていた。

「……三十年も前のこったなー」と、老女は再び口を開いた。そして、じっと窓外の青空を見ながら、一言ポツリと言って再び黙った。

「さあ、何すろ、たく山の女子衆が、うちさ来たからねー」

そして、後は沈黙のみであった。

無理もなかった。同じ東北で育った愛川には、老女の意中が充分に汲み取れたのである。昭和初期の大不況を経て近代に至るまで、東北の農村漁村は、常に大きな犠牲を強いられて来たのだ。何せ冬が長く、生産性もどうしても低い東北地区では、三年の間隔でやって来るオホーツク海高気圧、いわゆるヤマセと称する一大冷気団の南下と停滞とによって、東北の稲作を中心とする農業は、これまでに幾回となく大打撃を受けて来た。加うるに、約八年間に及ぶ戦争で、多数の働き手を兵士として徴集された東北農村の苦悩は、測り知れないものがあった。釜石には、日本最大の鉄山があり、莫大な鉄の生産を上げて来た。しかし、労働者の生活は決して楽なものではなく、日々の苦しさに堪えて来たというのが実情であった。

その苦境の中にあっても、東北人は、その特有の粘り強さをもって闘い抜いて来たのである。その陰に隠れて、東北農村漁村の女性たちも、男子に劣らぬ苦難の歴史を味わって来た一面が存在したことも事実であった。そしてその結果、並の女性たちが当然喜ばねばならぬ妊娠、出産も、一部の女性たちにとっては、それこそ並ならぬ苦痛として直面せねばならぬ場合も、決して少なくはなかったのだ。

だがしかし、当時は現代と異なり、それに対する頗る厳しい法の規制が存在していたのだ。当然、そのために、生活上の、そしてまた立場上の苦しさから逃れんとして法を犯し、それこそ、疲れてやせ細った女の手に、冷たい鉄の手錠がかけられることも、しばしば、事実としてあったわけである。したがって、これらの悩める女性たちの陰の相談相手となり、彼女らの切実な用件に応じてくれる、これまた陰のお助け婆が存在していたことも事実であった。

東北の一角で生れ、そして、その地で育った愛川も、幼少時代から、それとなく周辺から聞かされた話により、イチ女の存在の意義とその役割についても、自ずから、理解出来たのだ。

「さあ、和田ノブ子つー女子さんねー」

イチ女は、そう言って再び沈黙した。

「ねえ、先生、その辺のことについて、何とか思い出してくれませんか。是非、お願いします」と、彼はイチ女に、先生という言葉を使って懇願した。

「そんだネー……」と、イチ女も、一応の反応を示しながらも、なおも沈思の態を崩さなかった。

「その女子さんの父親というのは、鉄山の技師だつーことですた。その娘さんのこっては、家中でとても心配すていたようですた」

愛川は、咄嗟の間に東北弁に切り換えた。元来、東北人は、天性のバイリンガルの使い手である。現在の東北人のおおよそは標準語は自由に話せる。しかし、いつでも自国の地方弁に切り換え得るのだ。そして、お互いに独自のイントネーションを持った自国弁で話し合うと、その余りの独自性の故に、他国者……特に関西以西の人々には、容易にわかり得ない。

愛川のセリフを聞いたイチ女の顔全体の筋肉が心なしか緩んできた。

「ああ、あの鉄山技師の娘だつーあの女子さんね。思い出しすた。あん時は、娘さんは平気で落ち着いておりすたけど、親父さんは、何だか一人でいきり立って、しょっちゅう、わめいておりすた」と、老女は言った。

愛川は、心の中でほくそえんだ。父親たる人の性状からしても、例の女将の話と一致するのだ。まさしく、和田ノブ子とその父親に相違あるまい。

「そして、その娘さんは、その後どうなりましたか」と、愛川は身を乗り出して尋ねた。

「ホンだね、うちで預って二日程してから、男の子ば産みすた」と、イチ女は、実にさらりとした口調で言った。

二人の刑事は、一瞬、それでほっとした。かくして、和田ノブ子女医は、当時、三十年前に男子を出産したことが明らかとなった。

その男の子こそ、もしかすると……。愛川らの憶測が始まりかけた時であった。イチ女が、さらに呟いた。

「そすて、それから五年程経ってからだったねー。そん時は、その娘さん、独りでここさ来すた」

イチ女の言葉に、愛川と手代木の両刑事は仰天して老女の顔を見た。

「えっ、まだ何かあったんですか」

「んだす。そしてその娘さん、今度は女の子ば産みすた」

「……」

二人の刑事は、まさしく言う術《すべ》を失って、一瞬、沈黙してしまった。

「……そうすると、和田ノブ子さんは、二人の子供を産んだということなんですか」

愛川は辛うじて、イチ女に向って尋ねた。

「さあ、名前は一切聞かねえ約束でやってたこったからネー。でも、その娘さん、二人の子供ば産んだことは間違いなかんす」

こうして、和田女医は、二人の子供の母親であることが、イチ女の証言で確認されたのだ。

今やまさしく、愛川の推理は適中したかの如き感を、捜査課一同に与える結果となった。

……二人の子……男、女のひとりずつ……、しかし、この二人は、その後いかなる運命の過程を経たのか、そのあたりは全く不明としか言いようがない。一体、誰が育て、どこで教育し、そして現在、何を修得していかなる人間に成長しているのか。これらの点は、それこそ今日まで三十年間、全く不明のまま時が過ぎて来た事になる。そして、この世間の誰の目にも止まらなかった盲点の内側で秘かに進行し、徐々に蓄積エネルギーを増大させつつ成長を続けてきた一大マグマ流の爆発により、学会史上未曾有の事件が展開されようとは、愛川はじめ誰も予測し得なかったのだ。

仙台に向かって帰る列車の中で、愛川は窓外の夕闇迫る田園風景を眺めながら、ほとんど一語も発せず、じっと沈思黙考していた。

数年前、薬局の女主人、和泉清子が、広瀬川の大橋の上で目撃した倉田東一と和田ノブ子の二人連れの姿……。恐らく、あれは倉田東一ではあるまい。その時、和泉清子が倉田とばかり思い込んでいた女医の同伴者は、まさしく倉田の息子であったに相違あるまい。しかも、父親倉田によく似た風貌の息子と和田ノブ子との二人連れ、即ち母と子の並んで歩く姿であったと断定しても、恐らく正解であろう。……しかし、イチ女の言う五年後に和田ノブ子の生んだ女の子は誰であろうか。然り、それは決して彼女と倉田との間に生れたものではない。倉田は、アメリカに渡って以来、一度も帰国していないのだ。……少なくとも、それは事実と感覚的にも捉え得る……と、愛川はそのように感じた。だが、そうすると、女の子の父親は誰であろうか。愛川たちは、またしても捜査すべき材料が累積したと感じざるを得なかった。

考えてみれば、大学冷凍室の壁の中から、倉田東一らしき人物が奇怪な死体となって出現して以来、早くも三ケ月以上が過ぎていた。そして、仙台市民はおろか、既に全国的にその事実は流布されているのだ。特に仙台市内では、〝学校お化け〟どころか、子供たちの遊びの材料とされるほど、この事件はポピュラーとなっているのだ。

しかし、事件に関わりのある幾つかの現象が解析され、それに連なる一部の人間像が知られたにしても、それらを総合して機能的に判断させ、それにより一挙に事件の全貌を解明するには程遠い現状なのだ。

マスコミも、ようやくにして、警察の事件に対する姿勢を手緩しとする批判の声をあげ始めたのだ。朝夕、市内で販売される各紙にも、「大学怪談にふり回される警察……」とか「学校お化けの名作で、小中校生たちをハッスルさせてる道化師は誰なのか……」などと、いかにも警察当局を明らかに批判しているとしか思えないシニカルな記事の掲載が目立ち始めていた。

しかし、その中に警察当局、特に愛川らをヤキモキさせる現象が続発し、そのために市内の小中学校に通う児童たちのPTAなどの組織から、公然たる抗議が市の教育課ならびに警察署本部に殺到し始めたのだ。その新たに起きた現象とは、なんと「学校お化け」のいたずらがさらにエスカレートして、それが「イジメ」の方法にまで発展したというのだ。イジメの対象となる子が、いわゆるイジメの集団たちによって連れ出され、学校やビルの塀の内側で、外部からは死角となっている場所に強制的に座らせられる。そしてその子は、イジメ連中によって古新聞紙で作った大きな紙袋を頭から被せられる。次にイジメ連中は、次々とバケツに入れて持参した砂を、その子に被せた紙袋の上から浴びせるといったやり方なのだ。そして、さらに念の入ったことに、被害者は、片目に黒いマスク状の布切れをセロテープで貼り付けられるといった具合に、あたかも、大学内冷凍室の壁の中に埋め込まれていた片目義眼の死体をモデルとしたかの如き有様であった。当然、これは極めて危険を伴うイジメである。ひとつ間違えば、それこそ命にもかかわる大事にもなりかねないのだ。仙台市民たちの状況に対する批判と非難とは、日々、熾烈さを増した。まさしく、それは当然であろう。

市民の声は、マスコミを通ずるだけではなく、直接、学校当局ならびに警察署にも向けられた。しかし、小中学校側は、相変らずのセリフとして、当校は、そんな話は一切耳にしていないとか、そのようなイジメの事実は存在しないとかの言葉をくり返すのみで、何らなす術もないのが実情であった。業を煮やした市民たちは、それこそ血相を変えて警察署に殺到した。お蔭で、署長はじめ愛川ら署員一同、連日、早朝から押しかける市民集団の喧噪なる叫びを拝聴せざるを得ない破目となった。向山署長はじめ、一同、憮然とした表情で過ごさざるを得なかった。

しかし、愛川のみは、独り首をかしげたのだ。「……おかしい」と、彼は呟いた。

街の子供たちは、大学の壁の中から死体が現われたという事実のみを知らされているだけで、その死体が片目であったとか、ましてや義眼だったとかいった具体的な内容については、何も知らされていないはずである。鑑識で得た奇々怪々な結果については、現段階では一同固く口止めの状態に置かれ、外部に漏れてはいない。それにも拘わらず、街の子たちは、そのイジメのやり方からして、明らかに死体は片目であることを充分に承知しているようである。まさに誰かが外に漏らしたのであろうか。いや、そうではない……単なる秘密事項を子供らが知って、興味本意にそれを道具に使っているのではなくて、どこかで大人が子供らにそれを吹き込んで煽動し、その結果として、子供らのイジメのやり方がエスカレートしているのではあるまいか……。愛川は、そのように感じた。

まさしく、新たに第三の亡霊現わるである。

第五章　三本指の魔女を探せ

　その後の捜査会議は、次々と累積して膨らむ一方の難問を前にして、ほとほと難渋した。何しろ、子供たちの思考の方が、警察の先手を打ってエスカレートして行くのであるから、どうにも始末が悪い。

「これは、子供たちの思い付きではありません。どこかで、間違いなく大人が入れ知恵しております。まず、このルーツを探り出すことから始めるべきです」と、愛川は主張した。しかし、そうだとしても、子供の遊びにまで警察官が介入するのは、決して正常な行為とは言えない。向山署長以下、一同はそのように結論した。しかし、愛川は、それに強く反論した。彼は一同の前で、半ば強硬な口調で意見を述べた。それは、次のようなものであった。

「とにかく、これは警察いや社会全体に対する新たなる挑戦と見るべきであります。子供らは、倉田氏と思われる幾つかの特徴を、死体の顔も見ずに、既にとっくに把握しております。しかも、警察では未だ機密事項として外部に発表しない内容までが、早くも子供らのイジメの手段として使われております。そしてその発想は、今回の事件に確実に関連を有している。したがって、子供たちの遊び内容を調べることは、まぎれもなく我々の現在の捜査と直結するように思われるのであります。それ故に、我々の本件に関する調査も、同様に不可欠なものと思います」

結局、彼の意見は採択された。遂に、警察の捜査が子供たちの遊び内容にまで及ぶ事態へと進んだのだ。

当然、刑事たちの負担は、明らかに増加することとなった。さらに、彼らを著しく困惑させたのは、小学校・中学校側の当局者たちの非協力的対応であった。かなりのイジメに関する情報をつかんで乗り込んだ愛川たちに対して、教師側は、「かかる事実はない」とか、「それは本校の生徒は全く関与していない」とかのきまり文句をくり返すのみで、ほとんど得る所がなかった。「君が代国家」とか、「国旗掲揚」の問題となると、一様に目くじら立てて騒ぎ立てる教師たちに限って、イジメの件となると、まるでソッポを向いて見ざる聞かざるの態度を取る言動に対し、愛川たちは首をかしげ、また困惑した。

しかし、一方において、イジメ問題に対して、直接に警察が動き始めたとの情報が市内に広まり、イジメにおける奇々怪々な方法自体が、少しずつ減り始めただけの効果は見られたのであった。

とかくするうちに、釜石市の警察署から、愛川が秘かに調査を依頼していた和田ノブ子の戸籍の現状に関する報告書が届いた。それを見て、愛川は大きく歎息した。ノブ子の父、和田作太郎、母のイネは既に死亡。したがって、ノブ子の実家は、彼女の名義となったままで存続の形となっていた。しかし、肝心のノブ子が生んだと目される二人の男女の子については、どこにも記入されていなかった。二人の子を、いずれかに隠してしまったのであろうか。二人共、現存しておれば、いずれも三十歳に近い年齢のはずである。当然、二人は、それ相応の社会人となっている……、でもまさか、手代木が入手してきたあの奇怪なる情報……つまり、元看護婦が漏らしたノブ子の身辺に出没していた青年と血奴に等しき少女の二人が……それではあるまい。実の娘なら、そんな無情な採血や肉体を切り刻むが如き所業を施すことはなかろう……。

愛川が頭脳の中で、種々の憶測を錯綜させている最中に、署長の卓上の電話が突然鳴り出した。早速に、署長の向山警部が受話器を取った。

「おお君か、そうか……それは良い。早速、その連中を補導の形で連行してくれんか」

そう言って、彼は受話器を置いた。そして、徐ろに一同に向けて告げた。

「今、少年補導係の仁科《にしな》巡査から報告があった。市民からの通報で、例のイジメの現場に急行してイジメ役の中学生四人を補導したそうだ。ところが、その中の一人が極めて重要なことを告白したので、全員を署に連行してくる」

署長の報告を聞いて、愛川は憮然とした。とうとう、ここまで来たか、と感じたのだ。

愛川は、自分が主張したとは言っても、補導連行の形は、出来るだけ避けたかったのだ。なにも少年たちを連行しなくても、イジメ現場からの聞き込みだけで、事は充分に足りると確信していたのだ。

やがて四人の中学生の男子が、仁科巡査によって連行されて来た。彼らはすぐに、取り調べ室に入れられた。岸田捜査一課長の目くばせで、愛川は手代木と共に、彼らの後を追って部屋に入った。

「君たち、もう一度改めて聞くから、我々の前でしっかりと答えてくれたまえ」

仁科巡査の声に、若干怯えた顔をした一同は、一応、素直に頷いた。

「君たちが四人して、一人のお友達をイジメていた時、一人の若い女の人が近付いて来て、何か言ったそうだが、その時の話をもう少し詳しくしてくれないか」と、仁科巡査は言った。

「ボクたち、その時は別にイジメていたわけではないんです。仲間の一人に、今日は、お前が壁の中のお化けになれって言ってフザケてたんです。それで、そいつがお化けになると言って、上衣を脱いで頭から被ろうとしたんです。そしたら、知らない若い女の人がボクらに近付いて来て、キミたち知らないの、壁の中のお化けは、本当は片目なのよ、と言ったんです」と、一人の少年が言った。

「ほほう、それは一体、いつ頃の話なの」と、愛川は思わず身を乗り出して尋ねた。

「それは、先月の半ば頃なんです」と、別の少年が答えた。すると、それは一ケ月以上も前のことになる。

「それでボクらは、お姉さん、それ本当なのと、聞いたんです。そしたら、その人、それ本当よ、壁の中のお化けは、実は左目がないの、そして目の代りに黒いガラス玉が入ってるの、と言って、そのまま行ってしまったんです」

「なるほど、その女の人、どんな人だったの。少し詳しく話してくれない」

愛川は、じっと少年たちの顔を見詰めながら、さらに尋ねた。明らかに、それは本事件に関し市民側より得られた初めての情報にもなり得るかも知れない……と、彼はそのように感じた。

「えーと、その女の人は、二十三か四位だったと思います」と、一人が答えた。

「いや、そんなことネーよ。あの人ったら、二十七か八にはなってんべ」と、さらに別の少年が反論した。

「で、その人はヤセた人、それとも太った人、顔は丸かったの、それとも細い人なの」

愛川の、次々とくり出してくる質問に、少年たちも、さっと緊張し始めた。

「刑事さん、その人、背はそんなに低くはなかったけんど、何だか顔が青白くて、とてもヤセた感じでした。そして、声は少しかすれたハスキーでした。どっちかと言うと、何だか暗い感じのする人でした」

「そうだったの。その他、何か特徴はなかったの」と、愛川は尋ねた。

「えーと、あ、思い出した。その女の人、手の指が三本しかねかったナー」

「えっ、手の指が三本しかないって……」

愛川は、驚いて叫んだ。

「うん、えーと、確か右手だったたな。右手の方の親指と人差し指の二本が、何だか途中から吹っ飛ばされたみてえに、なくなってました。何だか気の毒な感じですた」と、その少年は、かなりしっかりとした口調で言った。

「へー、そうだったの。すると、その女の人は、ヤクザか暴力団にでも関係のあった人かしら。それで、自分で自分の指を詰めた……」

愛川は、自分の想像がやや飛躍し過ぎるのを意識しながらも、敢えて質問してみた。

「いや、そんな感じのする人ではなかったです。それに、手の指の具合も、自分でやったつー感じではなく、何か事故にでも遭って、指さ持っていかれたんであんめいかつー具合ですた」と、少年は克明に申し立てた。

その瞬間、手代木は、愛川の両眼が異様な光を帯びたのを感じた。

「なるほど、その後、君たちは、その女の人とどこかで会ったことがあるの」と、愛川は尋ねた。

「いいえ、ボクらはありません。しかし、他の連中で『壁の中のお化け』ごっこをやってると、その女の人が来て、そのお化けは片目なんだと言う話を聞かされたつーことは、方々であったようです」

「うーむ、そうすると、その女の人は、君たちばかりでなく、方々に現われて、お化けふざけをしている連中に対して、そんな話をしていたのね」と、愛川は言った。

「そうだと思います。それで『壁の中のお化け』は左目がなくて黒いガラス玉を入れているのだということになって、お化けになるヤツの左目の上さ、黒い紙を貼ることが流行《はや》ってきたんです」

ははあ、やはりそうだったか……と、愛川は心の中でそのように感じた。……結局、今、市中で流行っている学校お化けごっこは、単なる子供らの発想だけではなくて、結構、裏で大人が入れ知恵して、それなりの操作をしていることがわかった。これは、市内の少年たちの生活行状へ与える影響からしても、まさに、由々しき問題である。

「君たち、もう今後は決して遊びやイジメに、そんな『お化けごっこ』はしないと約束してくれないか」と、愛川はまるで懇願するような口調で少年たちに言った。

少年たちは、一応、無言で頷いた。愛川は、さらに語を続けた。

「是非、君たちは約束を守ってくれたまえね。これをイジメに使うなどとは、まさに、もっての外だ。片目に黒い紙切れを貼り付けて、頭上から紙袋を被せ、その上からまた砂を降り注ぐなどということは、実に危険なことなのだ。どこで覚えたのか知らないが、ひとつ間違えば人命にかかわる重大事故にもなりかねないこんなイジメは、本当に止めたまえね」

愛川は、切々たる口調で少年たちに語りかけた。すると意外にも、少年たちは別の反応を示し始めたのだ。そして、何と、その中の一人が、厳しい口調で愛川たちに反撃してきたのだ。

そして、意外なセリフをまくし立てた。

「そんなら刑事さん、早く犯人を逮捕して下さい。大学の壁の中から出て来た人は、左目を抉り取られて、そこに黒いガラス玉をはめこまれ、体全体に白い布を被せられて壁の奥に押し付けられて、その上から砂とセメントを流し込まれて塗り固められたというじゃないですか……」

愛川は、それを聞いて愕然とした。そして、改めて少年たちの声を頭脳の中で回転させた。

そして喘いだ。

「君たちは、どうしてそれを知ってるんだ。一体全体、君たちは誰からそんなことを聞いたんだ」

愛川の言葉は、瞬く間に説教口調から、尋問口調に変った。

「誰からって……他のグループが、その女の人から聞いた話として、回り回ってボクらの耳に入って来たんです」と、その少年は頗る恬淡として言った。

愛川は、再びぎょっとした。実は、署としては、新聞記者やマスコミ報道関係者たちに対してすら、そこまで仔細には発表していないのだ。公の報道機関すら知らぬことを、街の少年たちが既に知っていて、しかも、それをあそびやイジメに応用している。

「それじゃ、その君たちのイジメと言うのは……一体それは……」と、さすがの愛川のセリフも、残念ながら、と切れ、と切れになってしまった。

「ええ、だから刑事さん、ボクらは虫の好かないヤツの左目に黒い紙を貼り付けて、頭からスッポリと紙袋を被せて壁側に押し付けて、上から砂……つまりセメントを注いで、三年でも五年でも、このまま封じ込んでしまうぞというオドシの意味で、今まであんなことをくり返してきたんです。つまり、ボクたちのやってきたのは、あの壁塗り殺人事件の犯人のマネだったんです」

標準語と仙台弁とをミックスしての少年たちの話を聞いた愛川は、まさしく、足元のよろける感じであった。

……迂闊だった……、彼は心の中で、思わず舌打ちした。

愛川たちの本件に関する捜査が、未だ遅々たる段階で、犯人像すら浮んでいない間に、あたかも、その犯人と目されてもよい人物、つまり、その実体を最もよく知っている女性が、市内の少年たちを操作して幅広く動かしていたのだ。始めのうちでは、愛川らの見聞してきた少年たちのイジメは、単に『壁の中のお化けごっこ』が独自にエスカレートしたに過ぎないとばかりに思っていた。ところがなんと、それは壁塗り込め殺人事件における犯人の犯行そのものの実に見事なシミュレーションモデルの実演であったのだ。

まさに然り、本件における犯人は、既に堂々と巷に姿を現わして、仙台市内の多くの子供たちや少年たちを駆使し、市内の至る所で事件のシナリオを再演させてはＰＴＡの父兄たちを狼狽させ、さらに警察そのものをも愚弄していたのだ。

「何たる大胆不敵な女であろうか……」と、愛川は思わず呟いた。しかも、その女は自らの特徴を世に憚らず堂々と露出させているのだ。青白くやせたスタイル、そしてハスキーボイス、さらに驚くべきことに三本指の右手……。まさしく、犯人は既に名乗り出ているに等しい。警察はそれに気付かずに、子供らの遊びとばかりに思い込んで、今日まで時を過して来たことになるのだ。

「でも、私の推測は適中していたようだ……」と、彼は心の中で呟いた。しかり、巷のイジメ事件の流行は、事実上、かの倉田事件と底辺で連なっているのが立証されたのだ。

……よしっ、この女を直ちに逮捕せよ。そのためにも、今から早速にこの女のモンタージュ像を作製しよう。愛川は逸早く、そのように決断した。

それでも、モンタージュは、目撃者の少年が四人もいながら、かなりの時間を費やしたあげくにどうにか完成した。少年たちは、厳重説諭の上、一応、全員を帰宅させた。ただし、愛川たちとの対話の内容は、秘とすることを約束させた。

翌日の捜査会議は、異常なほど熱気が溢れた。犯人と目される人物が、自ら亡霊の如く市内に出没しているのだ。しかも女性、そして三本指の特徴を有している。愛川はじめ一同は、捜査室内のスクリーンに映写された例の女性のモンタージュ像を熟視した。やや眼の細い全体がやせてほっそりした顔立ちである。勿論、一同の中で誰も見た者はいないし、また記憶に思いあたる者もいない。

それに、子供や少年たちのお化けごっこや、イジメの現場に行って聞き込みをすれば、それだけでもかなりの成果が得られるのだ。若手の連中が張り切ったのも、まさしく当然であった。彼らは、署長の命令も持たずに四方に散った。そして、単独で、またはペアを組んで市中を秘かにパトロールしながら子供たちの「お化けごっこ」や「イジメ」の現場を見付けては駆け寄って、三本指の女性亡霊について聞き込みを行った。その結果、市中各所で得られたその女性の風貌については、先に愛川らが得たそれとほぼ一致した。だが、その女性の住所、氏名などについては、一切が不明であった。時には、不特定多数の市民たちに、その女性のモンタージュ写真を見せても、多くの市民は、ただ首をふるのみであった。まさしく、亡霊の如き存在であった。倉田氏の壁の中に塗り込まれるシミュレーションの現場だけに現われて、子供や少年たちに何かを告げては消えて行く女性……。愛川らは首をひねり、動員された私服警察官たちの間にも、次第にアセリの空気が漂い始めた。そして、時は次第に過ぎて行った。

しかし、その女性の拘束に手間取る反面、愛川らの洞察と努力とは、別の面で著しい効果を上げたのだ。その効力とは、警察によるパトロールと聞き込みとが開始されてから、例の「お化けごっこ」と「イジメ」とが、急速に減少したことであった。これに対しては、市民層、特に小中校生の子を持つ親たちや、ＰＴＡ組織から、拍手を伴う高い評価が警察に与えられた。そして特に、イジメは程なく、ほとんど消滅したのである。市民たちが、ほっとしたのも事実であった。

しかし、愛川たちにとっては、それらの結果は、実際の所、まことに痛しかゆしの状態であった。愛川たちにとっての唯一の情報源は、「お化けごっこ」や「イジメ」の現場にいる子供や少年たちであった。彼らの口を通じて、幽霊女の存在とその行動、さらにその顔貌などのアウトラインが明らかにされたのだ。しかし何故か、一般市民の間からは、全く何らの情報も得られなかったのだ。今や、その肝心の情報源が消滅してからというものは、これまで続いて来た例の三本指の女性の出現と行動とに関する情報の流れも次第に細まり、やがてピタリと途絶えたのだ。

愛川は首をかしげた。余りにも見事な駆け引きである。いつとはなしに、亡霊の如く市内に出没し、最初は無邪気なマネゴト遊びの如く子供たちを操作し、そして遂に、一般市民を狼狽させる程の陰湿なイジメの手段にまでエスカレートさせて警察に挑み、たまりかねた愛川らが出動し始めると、速やかに舞台から姿を消す。確実に大人の作戦であったわけである。一体、誰が何の目的で……。

「……三本指のやせて青白い、そして若い女性……」と、彼は幾回となくこの同じセリフを呟いた。警察関係者では、誰も彼女の実体を見た者はいない。……話を聞いただけでも、何たる陰気臭さだ。皆一同、そう思った。しかし、愛川は、そのまま首をかしげ続けていた。その幽霊女がやせていようと、太っていようと、そんなことよりも肝心の所、今回の市内の騒動は、果たしてその女性の単独の仕業であろうか。とにかく、広い仙台市内に出没しては、子供や少年たちに吹き込みと煽動とを行って、あれだけ広範囲にわたって遊びやイジメに熱中させ、事不利と見るや、瞬く間にそれを終息させてしまった見事なる手際の良さ。愛川らのこれまでの経験と勘所からしても、到底、一人の仕業とは思えないのだ。何人かの協力者がいるに相違あるまい……愛川は、そのように思った。

捜査会議の席上では、向山署長は頗る上機嫌であった。無理もなかった。あれだけ市内の子供を持つ親たちの気持をいらだたせたイジメ問題が、とにかく終息したのだ。市民たちの安堵感と共に、感謝の念が一応、警察署に向けられたのだ。

しかし、愛川の発言と主張とは、これらに水をさすが如き観を呈した。彼は、今までの経過は、決して我々の勝利ではない。むしろ、極めて巧みなる敵の戦術により、ただ、敵を空しく取り逃したに過ぎないのだ。したがって、今後は再び何らかの方法で巻き返して来ることも充分予想される。要するに、今回の市中における変態的なイジメの流行は、誰か大人の仕掛けた社会に対する挑戦であり、倉田事件とも決して無縁ではない。それ故に、本件に対して、我々は今後も追及と捜査の手を緩めるべきではないと主張した。

今回のイジメ流行の一件に対し、その過程に何らかの不自然さを感じていた一部の連中もこれに同和したので、結局、改めて愛川らを中心とする捜査班を組織して、更に問題の検討に当らせることを決議した。

捜査会議が終了すると、タバコ好きの幾人かのメンバーたちが、各自、タバコを口にくわえて、ライターで火を付け始めた。タバコを好まぬ愛川は、黙ってそれを眺めていた。各自、人さし指でライターを押さえ、親指で発火装置を操作して点火させる……。その瞬間、彼の頭の中に、一条の光が横切ったのである。……もしも、あのライターが爆発物であったとしたならば……そして、点火と同時に、轟然、爆発したとすれば、手の指の何本かは吹き飛ばされるに違いない。その時、確実に吹き飛ばされるのは、まさしく、人さし指と親指である……。さらに、彼は、ふと思い出した。そうだ、あの三本指の幽霊女は三本指の右手……、しかも、手の指の中で、人さし指と親指とが、あたかも吹き飛ばされたように千切れた痕が見えたと、少年たちは告白しているのだ。……しかし、それでは想像が過ぎるかなと、彼は思った。しかし、幽霊女は倉田氏の事件と、どうやら関連があるらしい……。ということは、四年前に研究室内で爆死した津軽大学の八島教授とも、まんざら無縁でもないことになる。そう思った瞬間、愛川の心の中に一連の火が点じられ、それが次第に輝きを増し、光を強く放ちながら燃えさかるのを感じた。

次の朝、愛川と手代木の両刑事は、東北新幹線の車中の人となり、北に向けて直行していた。目指すは、津軽大学である。青森県の五所川原市に着くと、彼らは直ちに、警察署を訪ね、予め打ち合せて置いた成田刑事と会った。朴訥で善良な彼は、再び快く二人の刑事との協力に応じた。

「成田さん、例の八島教授の爆死事件の時、爆発後の現場で採取された物件は、現在でも保存されておりますでしょうか」

「ええ、まだ捜査資料室に保管してありますよ。ご案内しましょう」

そう言って成田刑事は、一行を地下の資料保存室に案内した。そこには、各事件の物証となるべき物件が、事件毎に分類整理されて、きちんと保存されていた。焼けこげた衣服、ちぎれたネックレス、つぶれた腕時計……などの、事件の真相を物語る数々の物件が、整然と鉄製の戸棚の中に並べられていた。

「……まことに申し訳ないんですが、人の体の一部でも見付からなかったでしょうか」と、愛川は尋ねた。

「ああ、それならば、こちらのコーナーですね」

そう言って成田刑事は、部屋の一隅に掛けてあった黒いカーテンを、サッと開いた。瞬間、さすがの両刑事も、思わず「アッ」と叫んで目を閉じた。そのコーナーには、川に流されて来た胎児の死体や、千切れた耳の一部などの物証が、それぞれ容器内でホルマリン漬けにされて、いずれもどす黒く変色して保存されていた。

「八島先生の分は、これに入れてあります。何しろ、全身ひどい火傷で、焼けただれた手だの、足だの、顔までが床にこびりついた恰好で倒れていました。それで、皆すて先生ば病院さ運んでから、床さくっ付いた皮膚だの、肉切れだの、焼け残った毛髪だのば、一応、丹念に床からはがして、先生一人の分として、この容器の中さ、一緒に入れました」

　そう言って成田刑事は、一個の容器内にホルマリン漬けにされた資料を指さした。

「先生一人の分……か」と、愛川は心の中で呟いた。彼らは、未だに事件当時の現場に、八島教授一人しかいなかったと確信しているらしい……。しかし、複数の人間の存在も有り得るのだ。愛川は、心の中でそう思いながら、容器内のホルマリン漬けの物件を、じっと見詰めた。

「成田刑事、これを、しばらくの間、我々に検証させていただけませんか」と、愛川は言った。そして、それは容易に認められた。

　愛川と手代木の二人は、同署三階に在る鑑識課検査室の一隅に固定された双眼顕微鏡で、八島教授の体組織片とされてきた保存資料のひとつ、ひとつを、ホルマリンの中からピンセットで丹念に拾い上げては、対物レンズの下にセットされた浅いプラスチック容器に移して、対眼レンズで覗いて観察した。毛髪の大部分は、焼けてちぢれていた。皮膚や肉片らしきものも、どれも損傷が甚だしかった。双眼顕微鏡は、二人の観察者が向き合って、同時にレンズを覗ける構造になっていた。二人の刑事は、互いに歎息し合いながら、長時間、観察を続けた。

「手代木君、これは何だろう」

　そう言って愛川は、指示装置からの光の矢で、対物鏡下の物件を指した。それは、明らかに、砕けて破損した肉片と思われた。しかし、その一端に、何やら光った透明な薄片が付着していた。瞬間、二人の間に、さっと緊張感が漲った。

「これは、ヒトの指の破片です」

「そうだ。そして、この部分はツメだ」

二人の会話は、瞬時にして一致した。二人によるその物証の検索は、さらに丹念に続行された。そして、それは、まぎれもなくヒトの指の先端部分であることが確認された。それは直ちに、成田刑事にも告げられた。

「いや、八島先生は、顔だの体のあちこちさ、ひどいヤケドはありましたけど、手の指ばなくなってたっつーことは、ねかんした」

成田刑事は、朴訥な東北弁ながらも、当時の記録を見ながら、キッパリと断言した。

それに意を強くした二人は、さらに綿密なる観察を続行した。そして、さらに新たなる第二の重要物証を、レンズ下に捕捉したのである。それは、またしてもヒトの指の破片であった。しかも、それにも明らかにツメの部分が付着していたのである。二人の刑事は、これら二つの指の破片を、対物レンズ下の小容器内に並べて、双方からレンズを介して比較観察した。二つのツメは、明らかに大きさが異なっていた。人さし指と親指、小指とクスリ指程度の相違が感じられた。

「手代木君、とにかく、この二点はお借りして仙台に持ち帰ろう。そして、さらに詳細なる鑑定を仰ぐことにしよう」

五所川原署の諒解を得た二つの物件は、新しいガラス小容器内で十パーセントのホルマリン液に浸されたままの形で密封され、秘かに仙台まで持ち運ばれた。

四年前の津軽大学研究室における爆発事故に際しては、現場には被災した八島教授だけが居たと断定されている。しかるに、今回の二人の刑事による物証の再鑑定の結果、明らかに、かなりの損傷を受けてはいるが、ヒトの指の破片とも見られる物件が二つも発見されたのだ。そして、八島教授の両手は、焼けただれてはいたが、指は付いていたと、現地側では判断している。……と言うことは、爆発現場には、当時、まぎれもなく複数の人間がいたことになり、その中の一人は、明らかに爆発により二本の手指を吹き飛ばされ、それらを現場に遺棄したままで立ち去ったことになる……。それは誰か……。大火傷を受けた当の八島教授は、息を引き取るまで、夫人にすら、その詳細を語らないままで死んだ。しかもである……。「あの子には、すまないことをした」との一語を残したとのことである。……あの子とは、夫人をはじめ多くの人々は、てっきりそれは、同教授夫妻のグレたドラ息子の誰かに対する家庭教育の不備に対する父親としての教授自身の述懐として受け止めていたらしい。

「……しかし、どうも違うようだ……」と、愛川は車中で、心の中で呟いた。刑事同士は、車の中とか、劇場とかいった公共の多人数の集合場所では、決して捜査の現況についての会話はしない。したがって、手代木は早くも愛川の隣席で、軽い寝息を立てていた。

「……教授には、人の知らない実子が、どこかにいるのかも知れんぞ……」

愛川の心の中での独白は、さらに続いた。

もしも、現場に居合せたもう一人の人間が全くの見ず知らずの他人であれば、八島教授は、その事を周辺の人々に告げるはずである。しかるに、その片鱗さえも語ることもなく、ただ、あの子にすまぬ……との、一セリフのみを残して死んだ。この言葉は、考えようによっては、実の子に対する愛情の表現であり、さらには、かばいの心情とも取れるのだ。そしてまた、父親としての子に対する悔恨のセリフにもなり得るのだ。

……しかし、実の子とすれば、何故にあれ程の悲惨な爆発の現場に、教授と共に居合せたのであろうか。しかも、巡回に来た守衛の目から隠れてまでして……。そして、爆発で自分の指を二本も吹き飛ばされたままで姿を消したのだ。

……思えばあの頃、夫人の証言によると、八島教授は、外部から、しきりとかかってくる電話で悩まされ、そしていら立っていたとのことである。電話の主は二人……、一人は年輩の男性らしく、もう一人は、声からして若い女性らしいとのことであった。そして、若い女の方は、何かしきりと、データを早くよこせ……とか言って、幾度となく教授に迫っていたとか、夫人の証言からも明らかにされているのだ。

データとは、一体、何であろうか。そのデータなるものが、電話の主にきちんと手渡されてさえおれば、教授は、あんな目にあわなくてすんだのかも知れない……。愛川の推測は、果てしなく続いた。

新幹線は、さらに思考を深めた一行を乗せて、仙台に到着した。署に戻った愛川の要請で、直ちに捜査会議が開かれた。席上で愛川は、四年前の津軽大学における教授爆死事件は、偶発ではなく、明らかに第三者の計画的犯行であり、その際、犯人も巻き添えを食って、自分の手の指を二本も失っていること、そしてさらに、今回の壁の中から死体となって現われた倉田氏らしき人物との関連についても一考すべきであると力説した。彼はさらに付け加えて、若しも想像が許されるならばと前置きして、今回の一連の「お化け」ならびに「イジメ」などに関わる子供や少年たちの前に現われたと言われているあの女性もまた、手の指を二本も失っていると、多くの少年たちが証言している。したがって、この女性と四年前の津軽大学における八島教授爆死事件との関連についても、改めて捜査すべきである旨を力説した。

彼の発言が終了するまで、捜査陣の面々は一語も発せず、彼の意見を傾聴していた。確かに、彼の論理には、何がしかの飛躍が感じられた。しかし、八島教授は、爆死の二年程前に、アメリカのミネソタ州ミネアポリス空港で、半ば盲目化した倉田と出会っているのだ。そして、それから二年後に、八島教授は謎の爆死を遂げている。これは、今迄は単なる偶発事故としか考えられていなかった。ところが、今回の愛川らの再捜査により、それには第三者の関与が新たに確認され、しかもその人物は、現場に自己の手指二本を残して立ち去っている。そして、その四年後に、何と倉田氏本人らしき人物が、壁の中から死体で現われ、それに端を発した市内での「お化けごっこ」や「イジメ」の流行、さらに、その現場に現われたという幽霊女出現の怪、そしてその女は何と、右手の二本指のない三つ指であったとのことである。そこへ今回、愛川らが持ち帰った二本の指、ホルマリン漬けにされたとはいえども、これは間違いなく厳然たる物証ともなり得るのだ。この二本の指が、幽霊女の指三本の手にくっ付けば、まさしく元の五本指の手に復元するのだ……。

若干、変色はしているが、ホルマリン液に浸された大小二つの指を、愛川によって鼻先に突き付けられた捜査課一同は、いずれも等しく黙って頷いた。

二本の指は、直ちに鑑識課長、杉戸警部に手渡され、即刻、検索が開始された。当然、鑑識課と大学法医学研究室との往来の頻度も高まってきた。その結果は、七日後に明らかにされた。そしてそれは、愛川はじめ、捜査課一同を大きく驚かせたのであった。

杉戸警部は、一同の前で、極めて落ち着いた口調で、鑑識結果を発表した。

「まず第一に、資料は二点とも、かなりの損傷を受けてはおりますが、まぎれもなく二点とも、ヒトの手指の一部であります。そして、組織内に残された指骨の構造から判断するに、ひとつは、明らかに人さし指の一部、他のひとつは、まさしく親指の一部であることが、判明致しました。そして、血液型はO型であります」

「性別はどうでしょうか」と、愛川が尋ねた。

「ハイ、資料中のツメの部分について検索しました結果、ツメの構造に老化による変化はほとんど認められず、年齢的にも、十歳台から二十歳前半の若い年代と思われます。肝心の性別でありますが、ツメの一部にピンクのマニキュアが認められましたし、それに、全体としてかなり華奢な構造を致しておりますので、一応、この指の保持者は女性と推定致しました。しかし、極め手となりましたのは、結局、染色体構成でありました。つまり、我々は苦心の揚げ句に、親指のツメの原基周辺の真皮細胞の二ケ所に、細胞の有糸分裂像の検出に成功致しました。それによりますと、染色体の構成は、まさしくXX型の女性タイプでありまして、男性のXY型とは明らかに異なっておりました。したがいまして、以上の結果から、我々は、この二本の指の落し主は、比較的、華奢な体付きをした二十歳代前半の若い女性と断定致します」

杉戸鑑識課長の報告を聞いた捜査課一同の間から、歎息とも、どよめきともつかぬ声が上った。すかさず、愛川が再び口を開いた。

「杉戸課長、爆発物は何でしょうか」

「爆発物についてでありますが、採取しました指の破片の肉質や皮膚ならびにツメの一部に、明らかに黄変部分が検出されました。これは一般的に言うタンパク質に対する硝酸反応と考えられます。したがいまして、当時の現場では、まず最初に、ニトログリセリン系統の物質が爆発し、それに誘導されて、近くにあった多量の有機可燃物が一瞬にして発火したものと考えられます」

愛川の頭脳の中に、瞬時にして、ひとつの情景が浮かび上った。ほっそりした若い一人の女性が、華奢な人さし指と親指とで、ニトログリセリンを仕込んだ小さな起爆装置を、そっと静かにつまんで、有機可燃物を大量に集積した実験台に向って秘やかに近付いて行く。台の前には、死刑執行を待つかの如き態度で、八島教授が、うなだれて立っている。その女性は、八島を一瞥すると、つと細い手を伸ばして、二本の指でつまんでいた起爆装置を有機可燃物の堆積物の間に押し込むと同時に、起爆装置の上端に仕掛けられた発火小ボタンが小さく突き出ている部分を、親指と人さし指とで、両側からつまむようにして強く押す。瞬間、内部に仕掛けられた小電池から電流が流れて、起爆剤が鋭い音を立てて炸裂する。その時、彼女の二本の指も飛んだ。しかし、彼女はそれにも屈せず、素早くその場から後退して、多量の有機可燃物を入れた容器の多数が破壊され、そこから一斉に流れ出した液体可燃物が、瞬時にして火の波濤と化し、たちまちにして八島教授に襲いかかる光景を、手から血をしたたらせながら、冷たい目で見届けた後、驚いて駆け付けてくる守衛たちを尻目に悠々と立ち去った。

「……余程の恨みと憎悪とのこもったストーリイだ」と、愛川は呟きながらも、慄然たる思いにかられるのであった。

「……しかし待てよ、この女性の血液型は、O型と言ったな」と、彼はさらに呟いた。

捜査会議の結論は、とにかくにも例の不可思議な女性を、重要参考人として拘引すべしということになった。要するに、倉田氏事件に関する手掛かりとしては、この女性以外にはないことになったわけである。

「手代木君、すまないが、例の『お化け女』のモンタージュ写真を持って、和田女医の所に、しばしば現われたとかいう奇妙なカップルの顔を知っている元看護婦の所に行って、その時の若い女性とモンタージュとの比較をしてきてくれないか。もっとも、あれから若干、年月が経ってはいるけどね」

愛川の要請に応じて、手代木は直ちに出動した。彼は、期する所あって、和田女医への直攻は、敢えて避けていたのだ。したがって、彼は手代木に、和田女医には触れざるように厳命した。

「四年前の八島教授爆死事件の現場にいた若い女性もO型の血液型保持者か……」と、愛川は呟いた。瞬間、彼の足は、某所に向って速やかに動いていた。仙台の空は、梅雨も終り、早くも夏の青空が光っていた。どこからともなく、ニイニイゼミの鳴く声が聞こえてきた。彼は、午後の太陽の光をいっぱいに浴びながら、和泉薬局の女主人、清子の店に入った。

「おや、愛川さん、ようこそ。街のイジメ問題がなくなったのも、警察のお手柄だっていうことで、愛川氏、またしても名を挙げましたね」と、清子は愛想良く言った。

「とんでもない、そんなことありませんよ。それよりか、今日は是非とも教えていただきたいことがあって来たのです。もう、これこそ、和泉さんの記憶に頼るしか方法がないんですから」と、愛川は、彼女の前に深々と頭を下げた。

「へー、急に改まってどうされたんですか」と、彼女は気さくに言った。

「実は、またしても三十年も前のことで、まことに恐縮ですが、当時の若かりし倉田、八島氏と、これまた若き乙女であり、医大受験生でもあった和田ノブ子氏たちとの間で、何かややこしい人間関係がありませんでしたか」

愛川の咄嗟の質問に、清子は、しばし黙した。彼女は、しばらく無言で愛川の顔を見詰めていた。が、やがて意を決したように口を開いて語り出した。

「そうですね。八島さんも事故死されたし、倉田さんも仏になられましたからね。確かに、前に見せられた古い写真に写っていた女子《おなご》さんは、刑事さんのご明察の通りに、今の和田ノブ子女医さんに相違ありません」

彼女は、そこまで言った後、再び黙した。

「やはりそうでしたか。実は、我々は先日、和田女医の郷里まで行って、それを確かめてきたんです」と、愛川は言った。

「そうでしたか、そこまで調べられたんですか……」と、清子は言葉を落して言った。

「刑事さん、お二人の男性は、もうこの世におられません。しかし、肝心の女性だけは、現在もちゃんと健在でおられるんです。ですから、私もまだ多くは話したくありません。でも、こうなったら、お話しせぬわけにもいかないようですね。でも、私が話したことだけは、口外しないようにお約束願います」

そう言って、清子は、ぽつぽつと語り始めた。愛川は思った。やはり清子は、ノブ子のその後の経過について、かなり良く記憶しているようだ。しかし、これまでの清子との対話では、ほとんど何も覚えていない素ぶりで今日まで通してきたのである。

「……やはり、清子女史も仙台人だな」と、愛川は感じた。東北人、特に仙台人は、なかなかに口が固い。とりわけ、仲間同士の庇い合いの感覚は、どの地方よりも強く、仲間の不利は、何としてでも皆で防ぎ通す習慣が未だに根強く残っている。その清子が、遂に口を開いてくれたのである。それだけに、彼女の話には、かなりの信憑性があるとみてよい。愛川は、思わず身を乗り出した。

「ノブ子さんは、あの当時、刑事さんがお察しの通り、倉田さんに熱い思いを寄せていたことは事実です。倉田さんも、わざわざ郷里釜石から仙台まで出て来て、医学進学塾で将来の女医を夢見て勉強を続けるノブ子さんの健気な態度に、段々と惹かれたんですね」

「それで相思相愛の仲となったんですか」と、愛川は結論を急いだ。

「ええ、まあ、そういうことですね。倉田さんは、始めのうちはノブ子さんの勉強を見てやっていた程度だったんですが、最後は理性の限界を越える所まで行ったと思います。それでも二人とも、所期の目的だけは見失うようなことはなかったようですね。何しろ、倉田さんは猛烈な頑張り屋で、徹夜実験なんか始終やり通す人でした。その時なんかは、昼間の塾での勉強を終えたノブ子さんが、夜の研究室に、わざわざ夜食を作って倉田さんに届けるといった具合でした」

「なるほど、そうすると二人の仲は、誰が見ても将来を誓い合った強固なものとなっていたわけなのですね」

「ええ、そういうことなんですね。あの当時は、研究室に出入りする女性のまだ少ない時代でした。それで、私なんかが薬品の注文取りに研究室に入ると、いつとはなしに、研究室に出入りする女性の方とも、次第に親しくなるような状態だったんですね」

「そうでしたか。それで女同士、お互いに打明け話に時を過ごすチャンスも自然と増えたというわけなんですね」

愛川も、自ら理解出来るような気がした。和泉清子の如き、線の太い頼り甲斐のある女性ならば、彼女よりかずっと年下だった和田ノブ子が、何かと相談を持ちかけて来ても不思議はない、と彼は思った。

「実はですね、刑事さん。本当は、それからが大変だったんですよ」

「ほほう。その後で、何があったんでしょうか。是非、話していただけませんか」

「それはですね。二人の仲が益々熱くなって来るにつれ、ノブ子さんは倉田さんという男性でなく、倉田さんのやっている研究にも惹かれるようになって、それこそ昼間の塾での授業が終ると、もう毎晩のように大学研究室にやって来て、夜更けまで倉田さんの研究を手伝うようになったんですね」

「そうでしたか……」

「ノブ子さんは、頭も良かったし、それに手先も器用だったんですね。ですから、倉田さんが必要とする仕事のコツをすぐに覚えて、それで倉田さんは、とっても助かっていたという話でした」

「なるほど、まさしく献身的なヘルプですね。そりゃ、倉田さんも助かったでしょう」

「ええ、でも刑事さん、どちらも若い二人だけあって、やはり行き過ぎが出て来るんですね。それで、周囲の人たちから、段々と批判の声が出始めて来たんです」

「ほほう、何でしょうか、それは……」

「実はですね、刑事さん……。倉田さんの研究は、沢山の血液を材料として使うテーマだったんです。しかし、あそこは医学部ではありませんから、原則としてヒトの血は使えません。それで、使うのはシロネズミかウサギの血液に限られるんです。ですから、使える血の量は僅かなんです。私も薬学部時代に、そういう経験をしました。それで倉田さんは、これがシロネズミでなくて、ヒトだったら、もっとよくわかるんだが……。ヒトだったら、もっと沢山の血が取れるからなーと、時には口にするようになったんですね。そうしたら、いつとはなしに、ノブ子さんが自分の血を提供するようになったんです……」

「エッ」。愛川は、ハッとして思わず清子を凝視した。

「自分の血を、倉田氏の研究に提供したんですか……」と、彼はやっと言葉を出した。

「そうなんです。それからは、まるで日課のように、ノブ子さんが自分の血を捧げた時期が長く続いたはずです。それで、倉田さんの研究は、急に進んだとか言われてます」

「そうでしたか。倉田氏の並はずれた業績の裏には、そんな隠された秘話があったんですか」

と、愛川は言った。

それからさらに、清子の話は続いた。当然の事ながら、倉田とノブ子との、まさしく異常とも言える情熱の交流は、研究成果とは別個に、次第に周辺からの批判の振幅度を高めてきたのだ。それを最も強く懸念したのは、倉田の直接の指導教官である三国教授であった。教授は、しばしば倉田を自室に呼んで、二人の行動に慎重を要すべき旨を忠告した。しかし、その効果は、ほとんど現われなかった。まさしく、二人の情熱の流れは、最早、何ものも阻止することの出来ない奔流となっていたのだ。主任教授も手を拱かざるを得ない状態が、しばらくの間、批判の中に続いたわけである。とりわけ、倉田の友人たちの中でも、この事に最も関心を持ったのは、八島であった。

「倉田、少し自重した方がいいぞ。何しろ、若い女の子から際限なく採血するなんてことは、いずれは摘発されて問題にされるぞ。とにかく、ここは医学部とは違うんだから、規定に反することは、余りやらん方がいいぞ」

何度かくり返された八島のこの言葉も、当然のことながら効果はなかった。それどころか、若い双方の間に、次第に感情的な対立さえも芽生えて来るようになった。そして、時には同じ実験室に居ながらも、双方で全く口もきかぬ状態が続くようになった。若き研究者同士の感情的対立とは別個に、倉田の研究成果は、日を追って進捗した。まさしく、「トマス・ミッチェル説」に公然と挑戦すべき素材が、着々と若き倉田の研究ファイルの中に蓄積されていった。

しかし、悲劇は突如として、倉田を襲ったのだ。それは思いがけない実験室における過塩素酸の爆発であった。その時、飛び散ったガラスの破片は、倉田の左眼を破壊した。それは、倉田にとっての大きな打撃であり、倉田とノブ子にとっても、思いがけない挫折でもあった。ノブ子は、それでも病院のベッドで呻く倉田に付き添って、懸命に介抱した。その時、二人は共に、見舞いに病室にやって来る仲間の中で、八島だけは頑なに拒絶して病室に入れなかったのだ。

「ほほう、なぜだったのでしょうか」と、愛川は清子に尋ねた。

「それはですね、刑事さん……」

清子は、なぜか言いかけて、しばし沈黙した。

「刑事さん、あの二人は、爆発は八島さんが故意に仕掛けたと思い込んだんですね」

清子は、やっと言葉を継いで言った。

「そうでしたか……。で、それは八島氏の仕業だったんでしょうか」

「さあ、それはよくわかりません。しかし、実験を始める直前まで、八島さんと倉田さんの二人が言い争ってたそうですし、爆発の直接原因は、過塩素酸と言う爆発し易い試薬の分量を、八島さんが計算違いで多量に分解ビンに入れ過ぎたためだということだったんですが、後になって、それは八島さんが、爆発を意図して、故意にそうしたんだという噂も出たんですね。それに、何よりもまずかったことは、八島さんが大量の過塩素酸を入れた分解ビンをガスの炎の上に固定して、直ぐに実験室の外に出てしまったことなんです。爆発は、その直後に起こったそうです。本来ならば、分解ビンを火の上に置いてからは、しばらくはその場にいて、分解ビンの中の変化を見ながら、火の勢いを調節したりして、試薬間の反応を順調に進行させるものなんです。それをやらずに、直ぐに室外に出たという所に、倉田さんの八島さんへの不信と疑惑とが出たんですね」

「ほほう、そうでしたか……」

「それでも八島さんは、あれは飽くまでも自分の手落ちによるものだ。だから、どこまでも責任を取ると言って、治療費などの負担をしようとなさったんですが、倉田さんは、どうしても、それを受けようとはしませんでした。結局、二人の間の感情のシコリは、どうしようもないところまで行っていたんですね」

「……して、ノブ子さんの方は、その後どうなったんでしょうか」

「ええ、ノブ子さんは、その後、倉田さんが、アメリカに出発してしばらくして、いつとはなしに姿を消したのを覚えています」

「……なぜでしょうか」と、尋ねる愛川の両眼は、鋭い光を帯びていた。

「さあ、なぜかわかりません。恐らく、誰に聞いても、今では知っている人はいないと思いますよ」

……ハハア、その時だな、妊娠して帰郷したのは……と、愛川は腹の中で思った。倉田とノブ子との関係が、協力を越えて愛情へと進み、妊娠に気付いたノブ子が、急いで身を隠す……、確かに世に有り得る話なのだ。

しかし、待てよ……、それから五年を経た後に、ノブ子はまたしても二人目の子を生んでいるのだ。まさしく、その時は、相手たる倉田はアメリカに渡ったままで、日本には帰っていない。そして、ノブ子自身も既に女子医科大学に進学していたはず……。一体、それは、どういうことなんだ。それよりか、先にノブ子の生んだ男子は、誰が育てていたのであろうか。

しきりと、次々と湧き起こる疑問に対する自問自答に、愛川は、しばし沈黙のままで時を過ごし、清子が新たに茶を入れ替えてくれたのに全く気付かなかった。

清子の薬局を辞して署に戻った愛川を、手代木が待ち受けていた。

「愛川刑事、一応の成果がありましたよ」

彼は、開口一番、そう言った。

「おお、それはご苦労さん。で、どうだったい」と、愛川は期待を込めた声で言った。

「ええ、例の元看護婦だった女性は、お化け女のモンタージュ写真を見せられて、確かにあの時、血を採られに病院に来ていた女の子に相違ないと証言してくれました」

「やはり、そうだったか。これで少しずつわかってきたぞ」

そう言って愛川は、手代木の顔を見詰めた。

翌朝、愛川は手代木を伴って、東北新幹線上り「やまびこ60」で南下し、郡山駅で磐越西線

「ばんだい3号」に乗り換えて西に向かい、昼前に会津若松に着いた。そこは、倉田東一の故郷でもあり、彼の実家の所在地でもあった。二人は真直ぐに、市役所の戸籍課に急いだ。そして、倉田家の家族構成を調べた。同家は、旧会津藩の武士団の頭領の一部に属する旧名家であった。倉田家は、兄弟の両親は既に他界し、東一の渡米後、すべて東一の実兄が取り仕切っていた。愛川は、倉田一家の家族構成について克明に調べた。当主は倉田光三である。妻のユキエは、近くの喜多方市に在る旧家の津川家から嫁して来た女性で、いかにも旧家同士らしく堅実な家族構成であることが確認された。

そして、子供についての記載の項目に入った途端に、愛川の両眼が鋭く光った。そして、書面上のある一点をピタリと指で捉えた。そこには、養女クスミの文字だけで、他に実子の記載はなかった。要するに、実子のない光三夫妻が、クスミという少女を養女として入籍させ、そして育てたということになるのだ。では、クスミの出生の由来はどこか。クスミに関する記載の傍らには、倉田東一が認知したる実子であり、そこより実兄たる光三夫妻の所へ、養女として入籍した旨が記載されていた。

手代木は、愛川の顔に、ほのかな微笑が浮かんだのを見逃さなかった。

二人の刑事は、直ちに会津若松市の西部にある倉田家を訪れた。同家は、いかにも旧会津藩主松平家の重鎮に当たる武士団頭領の家系を示す家柄らしく、現代でも重々しく風格に富んだ造作であった。主人は、弟の東一に風貌の似ている実兄、光三氏である。

「ええ、クスミは確かに、私たち夫婦の養女として、弟の東一の所から引き取りました」

愛川の質問に対し、光三氏は、サラリと言った。同氏は別の場所で、かなり大きな旅館を経営しているとのことであった。

「えーと、あれは……今から二十五年程前のことでした。アメリカに行って五年程した弟の東一から、突然に、生後六ケ月の女の赤子を引き取れという話が来たんです。私たち夫婦は、弟と方針が異なり、旅館の経営を親から引き継いでおりましたし、既に両親も早くから他界し、それに、私たち夫婦も結婚以来十年も経つのに、子供が出来ませんでした。それで、一応考えてみようという事になりました。しかし、それまで私たちは、弟の所に新しく女の子が生まれたなんてことは、全く聞いておりませんでした。ですから、そのあたりの事情を弟に詳しく聞いてみようとしたんです。すると弟は非常に怒って、同じ会津人であり、しかも、同族の倉田一党の血が流れている赤ン坊のことを、何故にそんなに詮索する必要があるのか、とえらく激しい見幕でした。それを聞いた私たち夫婦も、それならばというわけで、その赤ン坊を引き取ることに同意したんです」

「エッ、同族の血ですって……」と、愛川は驚いて問い直した。

「はい、そうです。刑事さん方、私たち会津人にとって何より大切なのは血なんです。何しろ、明治維新に際して、私たちの会津藩は、薩摩と長州を中心とする新政府によって、事実上、壊滅的な打撃を受けました。加うるに、会津藩に属する武士たちの大部分は、津軽や下北半島などの未開拓地に強制移住させられて、その地で大勢の人々が凍死や餓死をするなど、多大の苦難を強いられました。ですから、その当時、その地で散り散りになった人々が、その後百年以上も経ってから方々で再会し、偶然ながらも同じ血の流れを知って、改めて同族としての誓いを交す人々も結構これまでにいたんです。ですから、弟もアメリカで同じ血の流れを持った人との出会いでもあって、こういうことになったのかも知れないということにして、その辺の詮索はしないで、そのままその子を引き取ることにしたんです。そしたら間もなく、全く知らない年取った女の人が、東一からあずかって来た赤ん坊だと言って、クスミを届けに来ました」

「うーむ、同じ血の流れですか……」

愛川は、同じ血の流れ……の言葉をくり返し口にした。

「はい、刑事さん、私たち会津人を結束させているのは血なんです」と、光三氏は再びそれを強調した。

「いや、よくわかりました。ところで、そのクスミさんは、今どうしていらっしゃいますか」

と、愛川は尋ねた。

瞬間、光三氏の顔に、明らかに困惑の表情が浮かんだのを、二人の刑事は見逃さなかった。

しばらくの間、両者間に沈黙が続いた。

「……クスミは、今はここには居ません」

やっと光三氏が口を開いた。

「クスミは頭も良いし、小学校の成績も常に上の部でした。ご覧の通り、私たち夫婦には子供が出来ませんでした。それで、クスミを我が子と同様にして育てたつもりでした。しかし、長ずるにつれ、次第に私たちに反抗するようになりました。そして、自分の本当の親はどこに居るんだなどと、言い出す始末でした。その傾向は、中学に入る頃から、ますます激しくなり、そしてしばしば、家から出奔するようになりました」

「ほほう、家を出て、どこに行かれるんですか」と、愛川は尋ねた。

「ええ、始めは、私たちもわかりませんでした。しかし、家出の回数を重ねるうちに、私たちも、誰かがクスミを連れ出すらしいということに気が付きました。それで人を使って、クスミの後をつけさせました。そして郡山で、クスミは家出の度毎に、そこである人と会っているのをつき止めたんです」

「えーっ、一体、誰と会ってたんでしょうか。そのあたりについて、是非、お話いただけませんか」と、愛川は思わず身を乗り出して尋ねた。光三氏は、しばらくの間、黙って考えていた。そして、やっと意を決したかの如く口を開いた。

「……実は、娘と会っていたのは、ある一人の女性だということがわかりました」

「なるほど、その女性とは、一体、誰なんでしょうか」

「始めは、私たちもわかりませんでした。しかし、時が経つにつれ、その女性は、自分が実の母親だと言ってクスミを呼び出していたことに気付いたんです」

「えっ、実の母親だと名乗って現われたんですか」

「はい、実はそうだったんです。それを知った私たちは、クスミを追及してみたんですが、娘はどうしても、それを明かそうとはしませんでした。しかし、何度めかの追及の中で、クスミは私たちに向かって、自分の体の中には、間違いなく私たちと同じ同族の血が流れているんだから、もうそんなことは聞くな、と激しい口調で言いました。その瞬間、私たちは、クスミは実弟の東一が、だれかの女性に生ませた子に相違あるまいと覚えるようになりました」

愛川は、それを聞いて、黙って大きく頷いた。

「倉田さん、そのクスミさんを生んだ女性というのは、どういう方なのか、今はおわかりでしょうか」と、愛川は若干の間を置いて尋ねた。

「ええ、何でも仙台で、医術を業としている女性だという所まではわかりました。しかし、それ以上のことは、私たちも詮索しないことにしました。その理由は、私たちは在米の弟の意志を尊重し、信頼することに決めたからです。弟が血を分けた娘ならば、生みの母親の詮議は必要ない。クスミは、間違いなく私たちと同じ倉田家の血の支流を有しているのだ。そう思うことで、私たちの気持は、どうにか割り切れました。そして、却ってクスミに対する親としての愛情が、改めて高まりました」と、光三氏は淡々として話した。

「そうでしたか。でもわかります。で、その後のクスミさんの行状は、いかがでしたか」

「それが、親の期待していた程には、変りませんでした。とにかく、不規則ながらも、義務教育である中学校だけは卒業させました。そして、地元の高校に入学させたんですが、出奔をくり返し、そのために常に出席日数が不足し、とうとう退学処分になってしまいました。その後は、ほとんど完全に家出同様な形で出奔して仙台に行き、ごくたまに姿を現わすだけとなりました。そう言った状態が、もう七、八年続いてます」

「仙台では、どうやって暮らしておられるんでしょうか」と、愛川の質問は現実的な面へと移って行った。

「ええ、仙台へ行ってから始めの間は、会津に帰る度に、金を無心しました。……何でも仙台で、どこかの専門学校へ通って技術を身に付けるためだとか言っておりましたので。何しろ、私たちの死後は、当家の財産は全てクスミに相続させるつもりでおりましたので、言われるままの金は手渡しておりました。しかし、どこの学校へ入ったのか、何を勉強しているのか、そのあたりは、どうもはっきりしませんでした」

「そうでしたか、すると、クスミさんは、今まで時々は会津に帰っておられたんですね。で、クスミさんは、今は仙台のどこにお住まいなんでしょうか」と、愛川は尋ねた。

「はい、それはわかっております。でも娘は、しょっちゅう居所を変えるんですよ」

そう言いながら、今度は妻君が、クスミの居所を示してくれた。それは仙台市内ではなく、若干離れた海岸に寄った多賀城市内にあるアパートであった。それをすかさず、手代木が手帳にメモした。

「ところで、クスミさんについて、改めてお尋ねしたいんですが、仙台に行かれて以来、何か変ったご様子はありませんでしたか」

愛川の新たな質問に対し、一瞬にして夫妻の顔が曇った。

「ええ、刑事さん、娘は帰る毎に顔色が悪くなり、しかもやせてくるんですよ」

「ほほう、それはなぜでしょうか」と、愛川は尋ねた。妻のユキエが、それに答えた。

「なぜか、それはわかりません。私がいくら聞いても、心配ないの一点張りでした。それに、たまに帰った時に、折角、私が風呂を立ててやっても、なかなか入りたがらないんですよ。私が一緒に入ろうと言っても、絶対にいやがるんですね。そして夜更けに、家の人が皆、寝しずまった頃に、一人でこっそりと風呂に入るんです。私も不思議に思って、そっと風呂から上って来た娘の裸身を物陰から見たんです。その時、私は驚きました。娘の下腹に、大きな傷痕が二つもはっきりと真横に右側一文字に付いているのが見えたんです」

「そうでしたか、で、それはどうされたんでしょうか」

「私もそのことについて、娘を問い詰めました。すると娘は、お母さん、なぜ陰から見たりするの。あれは何でもないの、仙台で急性盲腸炎の手術をしただけよ。だけど、その後も、何だかすっきりしないで、もう一度つまり再手術したのよ。だから傷痕が二つも付いたの、ただ、それだけよ、と言うんです」

妻の後から、主人の光三氏が言葉を重ねた。

「いや、その点で私たちもほとほと手を焼きました。四年程前には、バイクとの事故で、手の指を二本もなくすし、実に困りました」

「えっ、手の指をなくされたんですか」

愛川と手代木の二人の刑事は、驚いて同時に叫んだ。

「ええ、あれは今から丁度四年前でした。クスミが久しぶりで家に帰って来ました。しかも右手を、部厚い包帯で包んでおりました。見ると、右手の指の何本かがひどく傷ついているんです。何でも娘は、仙台の街中でバイクと衝突して、手の指をなくしたとか言っておりました。それで会津若松市の知り合いの外科病院に入院させて治療させました。しかし、右手の親指と人さし指の二本は、どうにもならない程いたんでいたので、結局、二本とも切除せざるを得なかったんです」

光三氏の説明を聞きながら、愛川は一語も発せず、黙って宙を見詰めていた。そして、しばらく間を置いて、愛川は静かに夫妻に尋ねた。

「その頃、クスミさんは、実の父君と思われる東一さんとの接触はありませんでしたか」

「いや、それはなかったと思います。なにしろ、弟は電話でも、クスミのことで私たちに話をすることなど、ほとんどない状態でした」

「でも、東一さんは、実家としてこの家に連絡された際、クスミさんとの対話の機会は充分にあったのではありませんか」

「いや、クスミの幼い時はありました。しかし、長ずるにつれて、その対話は急速になくなりました。それはむしろ、クスミの方が、それを拒否しているようにも見えました。そして、東一が電話でクスミに対話を求めると、必ずと言ってもよい程、クスミは出奔して家からいなくなりました」

「うーむ、そうでしたか。すると、クスミさんと東一さんとの間には、成長後の対話は全くと言ってもよい程、なかったわけですね」

「まあ、そういうわけですね」

こう言った愛川と光三氏との対話の中に、突然、妻のユキエが口を入れて来た。

「でもね、お父さん。ひとつ思い出したことがあるよ。たった一度だけだけど、東一さんが向こうから電話をかけてきてね、お前らんとこのクスミは、一体、何をしてんだ。もっとキチンとシツケをしろと言ってきたよ。たった、それ一回きりだと思ったけどね」

「そうか、そんなことがあったのか。オレは知らねえがな」と、光三氏は言った。

「あんた、忘れてんだよ。東一さんにしては珍らしいことだと思ったけどね」

夫婦の対話の中に、今度は愛川が口をさし入れた。

「それは、いつ頃のことですか」

「えーと、あれは確か……かれこれ四年程前のことでした」と、妻君が答えた。

「そうでしたか」と、愛川は一言を口にしただけで、再び、じっと宙を見詰めた。

「お二人にお尋ね致します。この似顔絵は、クスミさんに似ておりますでしょうか」

愛川は、敢えて言葉を変えて、例のモンタージュを光三夫妻に示した。

一様に、それを覗き込んだ夫妻は、共に大きく頷いた。

第六章　精子と卵子の秘密

帰仙した二人の刑事は、直ちに多賀城市に急行し、クスミのアパートに踏み込んだ。しかし、クスミは既に転居していて、そのアパートにはいなかった。でも、それは、愛川らの予想通りでもあった。

「何しろ、気ままな女でした。何しろ、部屋を散らかし放題にしたままで、まるで風のように出て行きましたよ。ですから、部屋は未だそのままにしてあります」

管理人の話を聞いた二人は、クスミの部屋に入った。とにかく、何らかの物証を得なければならぬのだ。二人は、部屋の隅々まで丹念に調べた。しかし、その割には、部屋の中で見付かったのは、ベッドの周辺から採取された彼女の物と思われる数本の毛髪に過ぎなかった。次いで、愛川は浴室のドアを開いた。その一角には、トイレが設置されていた。しかし、浴槽もトイレも清潔に使用されていた。

「ん？」。愛川の目が異様に光って、タイルの一角に置かれた丸い蓋の付いた黒いプラスチック製の小容器に注がれた。

彼は直ちに、その蓋を外した。中に、数枚の特殊な形をした布の小片が入っていた。そして、それらのひとつ、ひとつに、赤黒く凝固した血液状の物質が、しっかりと、こびりついていた。言うまでもなく、クスミの血液の付着した生理用ナプキンである。

「しめたぞ……」と、愛川はほくそえんだ。これだけの血液があれば、彼女のＤＮＡ構造が充分に検索できるのだ。そして、津軽大学における八島教授爆死事件の現場から採取された二本の女性の指のＤＮＡと比較するのだ。

……もしも、それらが一致すれば、八島教授の爆死現場に、まさしく彼女が居たことになる……。そしてさらに、八島教授の事件と倉田氏の壁の中に秘められていた死体出現の一件とは、幽霊女であるクスミの存在を介して、完璧に結び付くのだ。その時こそ、クスミに対する逮捕状を、堂々と請求できる。そして、これまでの一連の事件に関する本質を一挙に解明できるかも知れぬ。愛川は、胸の高鳴りを覚えた。

彼は、それらの有力なる証拠物件ともなり得るクスミの血液の付着したナプキンのひとつ、ひとつを丁重につまみ上げては、予め用意した茶色ガラスの小容器に入れると、それをアタッシュケースの中にキチンと収めた。

「これでよし。手代木君、もう引き上げよう」

愛川は、かなりの自信と満足とをもって、傍らの手代木に言った。その時である。

「愛川刑事、これは何でしょう」

手代木はそう言って、机の引出しの中に無雑作に散らばっている小物の中から、黒い小片をつまみ上げた。それは、現像した写真のフィルムであった。

愛川は、丸められているフィルムを長く伸ばして、中の映像をジッと透かして見た。五枚続きのフィルムの中には、何やら多数の円形の像が、いずれのコマにも細かく写っていた。彼の感覚からして、それはどうやら、ある種の物質の解析像らしかった。しかし、それが何であるかは、さすがに理系出身の愛川にも咄嗟の判断が付かなかった。

「とにかく、これは私が預かろう」

そう言って、彼はその連続したフィルムを、自分のポケットに収めた。実は、そのフィルムの映像こそ、事件の全貌を知る重要な鍵となることを、その時点では未だ彼は気付いてはいなかったのだ。

翌日の捜査会議は、一段と活発なものとなった。一同は、愛川らの迅速なる判断と行動とに対し、等しく称賛の目を向けて、彼の報告に聞き入った。誰もが、今回の事件に関して、あのクスミなる女性が極めて主要なる役割を果たしている事を信じて疑わなかった。

そして、それから五日後の捜査会議は、ほとんど歓声に等しき声が各所から聞こえた。

「DNA分析の結果について報告致します。愛川刑事らの採取された生理用品に付着していた血液成分中のＤＮＡは、津軽大学の爆発現場より得られた二本の指から分離されたＤＮＡと完全に一致します。したがいまして、両者のＤＮＡの保持者は、完全に同一人と判定致します」

鑑識課長、杉戸警部の報告は、あたかも神の声であるかの如き印象を一同に与えた。

こうして、事件の構造の一角は、ようやく明らかにされたわけである。四年前の八島教授の爆死事件は、偶発的な事故ではなく、また自殺でもなく、それは完璧な殺人事件と断定してもよいのだ。そして、その犯人は、まさしくあのクスミ……。さらにその女性は、幽霊女として市内を徘徊し、生命工学院大学の冷凍室における倉田東一氏の死体を壁に塗り込めた事件に関しても、何らかの役割を果たしていたらしいのだ。しかも実父の死体を……。

直ちに、幽霊女クスミを逮捕せよ、との逮捕令状がその場で発せられた。しかし、一同の緊張を外にして、愛川の表情は余り冴えなかった。

「何故にクスミは、八島教授を殺さねばならなかったのだ……」と、彼は呟いた。

会津若松で直接に、倉田東一の実兄たる光三夫妻から聞いた話によると、クスミは夫妻に対して、私の体の中には、同族たる会津党の血が流れているのだから心配するな……と、喝破したそうである。そして、それを聞いた光三夫妻は、ああ、やはりクスミは、弟の倉田東一本人が、誰かある女性に生ませた子に相違あるまいと感じて、内心で些かほっとしたとのことであった。しかるに、さらに段々と話を聞いていくうちに、クスミを生んだその女性というのは、仙台で医術を業としているとのこと……、とすると、これまでの事件の経過からして推測すれば、直ちに浮上して来るのは、まぎれもなく和田ノブ子女医ということになる。もしも、そうだとすれば、クスミはまさしく、倉田東一とノブ子との間に生れた子、言い換えれば、倉田がノブ子に生ませた子ということになる……。やはりそうか……と、愛川は思った。

倉田東一とノブ子との熱烈なる関係は、今でも和泉清子をはじめ、知る人は知っているのだ。そして、それら二人のエネルギーの結集が、「トマス・ミッチェル説」なる既存の学説を痛打するに等しき新学説の提唱となったわけである。加うるに二人の愛の結晶は、ノブ子の秘やかなる男子出産の事実にも連なるのだ。このことに関しては、舟見イチ女が証言している。しかしその後、五年を経てから、ノブ子は女児を生んでいるのだ。これも、イチ女が証言している。これがクスミとすれば、以前に倉田東一が実兄夫妻にクスミの養女としての入籍を申し入れてきたことも頷ける。そしてクスミは、養父母に対し、自分の体内には間違いなく会津党の血が流れていると言い切った。その事だけでも、クスミは倉田東一がノブ子に生ませた子であると考えても、一応は納得できる。しかし、クスミは中学生の頃からグレ出した。そしてそれは、生みの母と称するノブ子が、しばしばクスミを呼び出すことと関連があるらしい。もしも、ノブ子が、真実、クスミの母親だとするならば、他家の養女となったクスミの放縦なる生活に、わざわざ拍車をかけるようなことをするわけがない。むしろ、クスミに対して、生活リズムを制御すべく忠告、助言をすべきである。しかし、実兄、光三夫妻の証言からも、そのような母親らしき対応は、殆どなされていなかったようである。なぜなのだ……。さらに、どうにもわからぬのは、クスミが後年において、何故に八島教授に何回も強迫電話を入れては何かを強要し、揚げ句の果てに、父の旧同僚たる教授を爆殺しなければならなかったのか……。人間の情と理性とを完全に否定しても、なおそれを上回る憎悪と憤怒の炎とがクスミに燃え盛ったとしか言いようがないのだ。

それよりか、まず第一に幾山河隔てた東一がノブ子に子を生ませ、ノブ子もそれを受け入れたなどとは、到底、考えられないということである。しかるに、それが事実として、まさしく現実の姿となって一同の前に立ちはだかっているのだ。……してみると、もう一方の役者、倉田東一はアメリカで、この事実経過をどう見ていたのであろうか。

とにかく、幽霊女の正体はクスミであると、おおよその断定は付いた。しかし……、肝心の事件のシナリオは、それによって却って混迷の度を深めたのだ……。愛川は、他の連中のクスミ逮捕を思うハッスルした言動とは裏腹に、むしろ憮然たる表情で天井の一角を見詰めていた。

「どうかね、愛川君。ここらで和田ノブ子女医をアタックしてみるかね。そろそろ潮時と思うんだが」と、岸田捜査課長が言った。

「イヤ、それは少し待って下さい」と彼は叫んだ。

「なぜかね、愛川君。もう事柄がはっきりしたように思えるんだが」と、捜査課長は言った。

一同も等しく、愛川の顔を見詰めた。

「課長、我々の目的はあくまでも、倉田氏の死体が生命工学院大学の壁の中に塗り込められていた事件の事実解明であります。そして、我々は今日までに、どうにか本件に関与していた人物の正体について割り出すことが出来ました。しかし、我々は未だ事件の本質には到達していません。とにかく、やっとのことで倉田クスミに対する逮捕令状が出せるようになったに過ぎません。しかし、そのクスミでさえも、我々は事実、逮捕しているわけではありません。むしろ、我々としては、和田ノブ子女医こそ、当事件の鍵を握る重要参考人として考えるべきで、この点は課長のご見解に同感であります。しかし、今日に至るまで、我々は同女医を逮捕するだけの物証を得ておりません。したがいまして、我々としましては、早急なる同女医の逮捕は避けて、むしろ、同女医ならびにその周辺に対する監視と内偵とを改めて強化し、その中から本事件の解決に連なる物証を得ることが肝要とも考えられるのであります。また、そうすることによって、クスミの逮捕も早められるものと考えるのであります」

愛川の説明に対し、岸田課長はじめ捜査課一同、等しく大きく頷いた。

愛川の予測通りに、クスミの逮捕は、はかばかしくなかった。とにかく、杳としてクスミの消息は消えてしまったのだ。だがしかし、クスミは必ず、和田ノブ子女医の周辺に現われる。愛川らは、そのような確信を持って、和田女医の周辺に鋭い目を注いでいた。

他の刑事たちも、仙台市内ならびに近郊のアパートをシラミつぶしに捜査しても、クスミの存在は確認されず、全ての聞き込みも、悉く徒労に帰した。

このようにして、夏も終りに近付いた。しかし、捜査一課一同のクスミに対する捜査活動は、秋以降も粘り強く続けられた。

ある朝、愛川は久しぶりに伊集院教授を訪ねた。

「先生、如何でしたか。あのフィルムの中身について、何かわかりましたでしょうか」

愛川は、開口一番、教授にそう尋ねた。

彼は、多賀城のクスミの引き払った元のアパートの引き出しの中から、放置されていた数コマの現像フィルムを押収してきた。そして、それらフィルム内の映像の判別を、伊集院教授に依頼していた。

「ハイ、一応、おおよその判定はつきました。ですから、そろそろ、ご連絡しようかと思っていた矢先でした」と、教授は淡々たる口調で言った。

「そうでしたか。それはまことに有難うございました。で、正体は何だったのでしょうか」

愛川は、目を輝せて尋ねた。

「あれは、まぎれもなく、精子と卵子との結合、つまり受精のプロセスを順序に従って写した一連の顕微鏡写真です」

そう言って教授は、それら一連のネガフィルムを焼き付けた五枚の写真を順序に従って机の上に並べた。

「ほほう、受精の写真とは珍らしいですね」と、愛川は身を乗り出して、デスク上の写真に見入った。

「これが、精子の集団です。そして、その中央部分にある一個の大きい細胞が未だ受精していない卵子、つまり、未受精卵というわけです。次の写真をご覧下さい。精子が一斉に頭を卵子に向けて進んでいる状態です。そして、この三枚目の写真は、卵子と精子とが結合し終った場面のものです。卵子には、唯一個の精子しか入れませんので、それ以外の精子は、皆、群をなして受精卵の周りを漂うだけなんです。次に、この四枚目を見て下さい。卵子が二個になってますね。これは、受精が正常に行われた結果、発生が始まり、最初は一個の細胞に見えていた受精卵が卵分割を始め、二個の細胞となった段階を捉えた写真です。最後のものは、この卵分割がどんどん進んで、多数の細胞の集団となり、細胞間のけじめが見えなくなり、その結果、全体として特殊な形態を示すようになったものです。この時期のものを、一般に胞胚期の胚と言っております」

「うーむ、なるほど。同じ理系でも、私などは物理学専攻でしたから、これはまことに珍らしい興味ある写真です」と、愛川は、熱心に写真に示された微視的な生命体の誕生と、その発達のプロセスを見詰めた。

「しかも、これは体外で受精された胚の発生なんです。なかなか、うまく撮れてますね。イヌでもネコでも、またはラットやマウスでも、受精から始まる胚発生の進行は、すべて同じなんです」と、教授は言った。

「そうですか。なかなか、面白いものなんですね。で、これは、動物の種類は何でしょうか。

やはりマウスなんでしょうか」

「ええ、そこなんです。私たちも最初はマウスとばかり思っておりました。ところが後になって、これは、どうやらマウスではないらしいということがわかりました。それで改めて、精子や卵子の大きさや形、それに胞胚の形などを、精細に検索し直して、ようやく、その本体をつき止めたばかりなんです。それで今日まで、このように時間を食ってしまったというわけなんです」

「そうでしたか。で、正体は何だったんでしょうか」と、愛川の声は若干、高まった。

「まぎれもなく、これは、ヒトの卵子と精子でした」と、教授は明白に断言した。

「えっ、ヒト……と言いますと、人間のそれということですか……」

「その通りです。ご存じと思いますが、現在では人間の卵子と精子とを、それぞれ体外に取り出して、特定の培養液を入れた小容器の中で卵子と精子とを接触させて受精を完了させることが可能となりました。本来ならば、女性の卵管か、子宮の上部でのみ可能だったヒトの受精が、こうして、体外で遂行させることが出来る時代になったのです」

女性の体内でのみなし得る天与の神秘の業が、こうして人為的に体外で遂行させることが、今やまさしく可能な時代となったのだ。

愛川は、改めて大きな驚きと感銘とをもって、写真に示されたヒト生命誕生のプロセスをまじまじと見詰めた。

「ところで先生、このヒトの胚は、人工的にどこまで成長するものなんでしょうか。このまま赤ん坊になるものなのでしょうか」

愛川の素朴な質問に、教授は笑顔をもって答えた。

「いえ、そこまでは不可能です。いずれ将来は可能となるかも知れませんが、現在は、この最後の写真に示されているように、体外では胞胚期までが限度です。もしも、どうしても、これを赤ん坊まで育てたかったなら、この胞胚を女性の子宮の中に入れるんです。つまり、女性の体内に戻すわけなんです。すると、その女性の子宮壁は、着床といって、この胞胚をそっとソフトに受け止めて、赤ん坊になるまで育てるんです。何と言っても、結局は、女性本来の力に頼るしか方法がありませんね」と、教授は言った。

「なるほど、でもその際、卵子の提供者……つまり卵子の母親なる女性が、いずれかに立ち去って消えた場合はどうするんですか」

「その時は、別の女性でも良いんです。なにも母親に限らず、女性の子宮は他人の胞胚でも、それをやわらかに受け入れて、出産まできちんと育て上げるものなんですよ」

教授の話は、まことに理解し易かった。

「わかりました。まことに貴重なお話を長時間聞かせていただきまして、本当に有難うございました。いや、まことに驚きました。外国でも、こう言った研究は盛んにやられているものなのでしょうか」と、愛川は改めて尋ねた。

「ええ、アメリカ、イギリス、ドイツなどでは、かなり以前から、こう言った研究はなされておりました。しかし、どの国でも、倫理上の世論を考慮に入れて、余り大きくは発表しておりません。でも、アメリカあたりでは、既に三十年程前から、一部で盛んに研究されていたようですよ」

「えっ、アメリカですって……」と、愛川は驚いて叫んだ。

「そうです。でも刑事さん、驚くことはありませんよ。日本だって、精子の永久保存は三十年前には完成しておりましたよ。つまり、ウシの精子なんかを、摂氏マイナス一九六度の液体窒素を使って凍結保存するんです。すると精子は、超低温の中で眠ったまま何年でも、いや何十年でも生きているんです。ですから、後で精子を常温に戻すと、眠りから覚めて動き出すんです。そこでそれを、雌ウシの子宮内に入れると、そこでタイミング良く受精した卵子が発育して、やがて仔ウシとなって生れるんです。ですから、精子を遺して死んだ雄ウシでさえも、雌ウシに自分の仔ウシを生ませることが可能なんです。マア、父親の死後でも、その父親の子を世に出すことが出来たわけです。ところが、その後間もなく、精子ばかりでなく卵子も同様に、超低温で長期保存が可能となり、動物の世界では、このような人工体外受精の研究が飛躍的に進みました。ヒトの精子と卵子も同様です。当然、ウシやマウスの場合と並行して、人間の場合も、いつとはなしに進歩して来たわけでしょうね」と、教授の話は続いた。

その時、愛川の頭脳の中を、一閃光が横切るのを感じた。

「先生、当時、アメリカにおられた倉田氏は、そう言った研究に興味を持たれたんでしょうか」と、彼は教授に尋ねた。

「えーと、そうですね。あ、思い出しました。倉田がアメリカに行って何年か経ってから、こちらからも誰かがアメリカの学会にも出席するようになりました。それで当然、こちらで仲間だった連中の中にも、彼の地で倉田とちょくちょくと会う者も出てくるようになりました。確か、その中の誰かだったと思います。……何でも倉田の話によると、アメリカの繁殖学のレベルは、なかなかのレベルで、それに中身も面白い。特に最近は、富豪の男性の中には、自分の精子を永久保存させておき、自分の死後でも、愛する女性に人工受精で子を生ませ、それによって遺産を守ろうとする考えが台頭して来ている。そうだとすると、オレなんかでも、精子を凍結保存したままで日本に送って、オレの好きだった女に、幾人でも子を生ませることが出来るな……なんて、倉田としては珍らしいジョークを飛ばしていたと話していた者がおりました」

「えーっ、それはいつ頃のことでしょうか」

愛川は思わず身を乗り出して、鋭く伊集院教授に尋ねた。

「そうですね。それは、今からおおよそ、二十年以上も前のことでしたね……。何しろ倉田自身も、なかなかに好奇心の強い男でした。ですから、何か感ずると、すぐに実行に移してみたがる男でしたから……」

「そうでしたか、アメリカでは、その頃からそんな研究がなされていたんですか」

愛川の言に、伊集院教授も大きく頷いた。

「それにしても刑事さん、この写真は、どこで入手なさいました」と、教授は尋ねた。

「ええ、国内のある所からなんですが、実は今日まで、どうにも判別できなかったものですから、それで……」

「ほほう、国内で手に入れられたのですか。それにしても、このフィルムは一昔前の古いタイプのものですね。現在では、生命科学の発達に伴って、細胞内の小顆粒やリボゾームなどの微小器官を克明に写す目的で、フィルムの素材や感光剤などが随分と改良されて、昔とは比較にならぬ程、微細な粒子でもはっきりと写るんです。それにしても、こんな古い品質のフィルムで良くこれだけ撮れましたね」と、教授は改めてフィルムを手に取り、それをすかして見ながら言った。

「そうですか、そうすると、このフィルムはいつ頃まで使われた物なんでしょうか」

「そうですね、これですと、今から二十年以上も前の物ですね。でも、その頃ですと未だ日本では体外受精の研究はどこもやられていませんでしたよ。ましてや、人間の卵子と精子などは、まだまだ未来のものでした。それなのに、ここにこうして、きちんと写っている。これは、どういうことなんでしょうね」と、教授は首をかしげながら言った。

愛川は、教授に丁重に礼を述べて、研究室を辞した。初秋の青葉山が画く夕暮のシルエットの真上に、ヴィーナス、金星が早くも光っていた。彼は立ち止って、しばらくの間、西の空に輝く金色の光をじっと眺めていた。公害の極端に少ない仙台市の空気は、他のいかなる大都市よりも澄んでいた。したがって、宵の明星、金星の輝きは、他の星に較べて抜群である。彼は、学生時代の天体観測実習の事を思い出した。キャンパスの高台の一角に設けられた小天文台に仲間たちと立て籠って、夜の明けるまで望遠鏡と取り組んで過したものであった。その時、彼の心に深く印象づけたのは、やはりこのヴィーナス、金星であった。しかし、いかなる時でも、この金星の姿は、レンズの下では半月形にしか見えなかった。他の星をすべて見下すかの如き輝きを持ちながらも、何故か半月形にしか見えぬ星……、もしもこれが、他の星と同様に円形の姿で、それなりの光を放っているとしたら、地球から眺める我々にとって、実にまばゆい光の存在となるであろうな……。

彼の思い出は、しばし続いた。当時、担当の教官は、学生たちにこう説明した。

「金星と太陽、そして地球との宇宙空間において三者が存在する位置の立体的相違から、地球から見た金星は、我々には、常に半月形の横顔しか見せぬのだ」

彼は、教官の言葉を思い出しながら、しばし感慨に耽って星を眺めていた。

その時、彼はふと思った。

「……まてよ、我々もまた、事件の横顔しか見てこなかったのではないか……。そして、事件の本質は、あくまでも目に見えぬ暗黒部分にあるのではないか。……思えばこの事件のプロセスは、三十年に及ぶ長い年月を経て今日に至っている。それだけに、暗黒部で過去にたとえ犯罪が行われたとしても、事実上、それは時効として終っているものもあるはずである。関係者は、それを見越した上での事実の積み重ねをくり返して来たのではあるまいか……。もし、そうだとすると、二、三十年前の事実を示す直接証拠がなければならぬ。そうか、二十年以上も前に行われた事実を立証する物と言えば、先程、伊集院教授が指摘したように、このヒトの卵子と精子とが写っている一連の顕微鏡写真のネガフィルムが、まさしくそれに該当する……いや、それしか外にないのだ」

彼は、そう呟きながら、教授の返還してくれたネガフィルムの入ったアタッシュケースを見詰めた。そして、彼の憶測はなおも続いた。

「……もしも、そうだとすれば、この一連のネガフィルムは、二、三十年前に起きた事実のいずれの部分と関連するのであろうか。伊集院教授の話では、その当時は日本では、ヒトの体外受精は未だ行われていなかったとの話である。しかるに、当時の日本のメーカーによる古いタイプのネガフィルムにそれが歴然と写っているのだ。しかもそれを、クスミが所持していた……。なぜだ、一体どうなっているのだ……」

星を仰ぎながら、彼の独白は続いた。

「いずれにしてもあのフィルムは、星に例えれば、あの暗黒の太陽の光の当らない部分で起きた事実と関連しているのだ……」

彼は、最後にそう呟くと、若干、うつむいたままで歩き出した。

その後も、クスミの消息は不明であった。捜査課の担当者一同の間にも、漸くあせりと疲労の影とが見え始めた。会津若松に在るクスミの実家に問い合せても、全く同様であった。倉田家の現当主の性格からしても、嘘言を弄するとも思えなかった。

そのある朝である。署の捜査課のデスクの前に座していた愛川の所に、慌しく手代木が駈け込んで来た。

「愛川刑事、これを見て下さい」

そう言って彼は、愛川の前に土地の有力新聞、「河南新報」の朝刊を広げた。

それを見た愛川の目が、さっと光った。第一面に大みだしで、次のように書かれていた。

「仙台市民病院で、体外受精新法で待望の男子誕生。仙台市民病院産婦人科の和田ノブ子主任は、これまでの体外受精の方法にさらに改良を加えた男女生み分けの方法を開発し、それによって、男子を熱望している夫婦の卵子と精子とを用いた体外受精法によって、念願の男子を出生させることに成功した。すなわち、新生児の男女の性別は、受精に際しての精子によって決定される。つまり、男子と女子とをそれぞれ別個に決定する二種類の精子の中から、和田ノブ子女医は男子を決定する精子の類別に成功し、その精子のみを唯一個だけ取り出して、卵子に受精させることに成功した。その受精卵を妻なる女性の子宮に戻して着床させ、昨夜、念願の男子を出生させた。これにより、同女医の長年の研究が実を結び、ここに体外受精による男女生み分けの方法が確立し、今後の家族性別構成の上にも、新時代が到来したと言える」

おおよそ、そのような内容であった。まさに、素晴らしい和田女医の業績と言える。

しかし、愛川の目は、その記事のある行のみに注がれていた。

「……同女医の長年の研究……か」と、彼は手代木の顔を見詰めながら言った。

「そうすると、あのフィルムの内容は……」と、愛川が言った後で、「まさしく、和田女医と関連ありますね……」と、手代木の言葉が続いた。これで、和田女医に対する事情聴取の条件も揃ったことになる。岸田捜査課長も、これに同意した。

翌日の午後、愛川は、手代木と共に市民病院に和田女医を訪ねた。病院の駐車場には、前日の余波らしく、数台の報道関係の車が見受けられた。

「この調子では、今日は会ってくれるかどうかわからんぞ」と、愛川は手代木に振り返って言った。

案の定、二人は待ち合い室で長時間待たされる破目となった。二人の座している椅子の周辺でも、和田女医の男女生み分け体外受精の話で持ち切りであった。愛川らは黙して、周辺の会話に、鋭いきき耳を立てていた。

ようやくにして、報道陣の一団がどやどやと引き上げてきた。彼らの中の幾人かは、重たい脚立付きカメラを担いでいた。記者会見の本日の分も、どうやら終ったようである。間もなく看護婦が飛んで来て、十五分間に限って面会可能な旨を告げた。二人は早速に、和田女医の部屋に駈け上った。

「先生、今回はまことに素晴らしいご研究の発展でお目出とうございます。このような時に、反対にご迷惑をお掛けするようで、本当に申し訳ございません」と、愛川は丁重な態度で挨拶した。

「どう致しまして、どうせ、皆さんの職務でございましょうから」と、女医は椅子に座したままサラリとした口調で言った。

……相変らず人の心を先取りして、ものを言う人だな……と、愛川は心の中で感じた。そして改めて、女性を見詰めた。女医の表情には、これだけマスコミに騒がれながらも、泰然自若とした落ち着きがあった。いや、確かに市民の多くの女性たちからの信望と期待とを一身に担う充実した貫禄さえ窺われた。

「で、刑事さん方、今日は何のご用件でしょうか。この後、診察の予定がございますので十五分間だけお話を承ることに致します」

女医の言葉にも、ずっしりとした重みがあった。愛川は一瞬、気圧されるのを感じた。

「先生にご鑑定をお願い致したい物を持参して参りました。何卒、ご判別をお願い申し上げます」と、愛川は、言葉を節約して、単刀直入の態度に変えた。

そして、例のクスミの元のアパートから押収した体外受精の一コマを写したネガフィルムを女医に示した。女医は早速に、フィルムを手にして、それをすかし見た。

「ああ、これは、卵子の精子による受精のプロセスを捉えたものですね。これが何か……」

　女医の返答も簡明直截であった。

「先生、このフィルムの内容にご記憶はありませんでしょうか。あの当時としては、このようなものを取り扱い、そしてそれを顕微鏡下でフィルムに収める技倆の持ち主は、先生を置いて外にございません」と、彼は言った。

「あの当時と言いますと……」

「そのフィルムの質を、よくご覧下さい。それは今から少なくとも、おおよそ二十年前に広く一般に普及していた物品です。勿論、大半の研究室が、これを使用しておったはずです。いかがでしょうか、ご記憶がおありではございませんでしょうか」

「さあ、そう言われても……、私は産婦人科の医者ですので、これと同じ現象を無数に見てきましたからね。第一、これは、どこから入手なさいました。確かに、フィルムは一昔前の物には違いありませんけど」

「先生、これは、倉田クスミという若い女性の方が遺棄していかれたのを、一応、私たちがお預りしているものなんです」

「ほほう、倉田クスミ……、それはどういう方なんですか」

「恐らく、先生がお生みになった女性と思われますが……」

　その言葉は、余りにも鋭さが籠められていた。その為に、却って手代木の方が仰天して、女医ではなく、思わず愛川の顔を見た程であった。しかし、女医の顔は動じなかった。

「さあ、何のことでしょうか。私は、そのような方は全く存じ上げておりません。ましてや、私が生んだなんて、とんでもない話ですね。それよりか、何の目的で刑事さんたち、ここへこうして来られたんでしょうか」

「私たちは、倉田クスミさんに、どうしてもお目にかからねばならない用件が生じたんです。しかし、なかなか、その消息がつかめなくて難渋しております。ところが、先生がどうやら、その女性とご関係があるらしいとの情報を得ましたので、もし、ご存じならばと思いまして、こうして参上致しました」

愛川の態度は、あくまで、慇懃丁重であった。彼は、かなり気を遣って、女医の感情を高めないように配慮したつもりであった。

「先程も申し上げましたように、私は、そのような方は全く存じ上げません。そろそろ、お約束の十五分が過ぎようとしておりますので、今日はこれで失礼致します」

そう言って、女医は立ちかけた。

「それでは、最後にもうひとつだけ質問させて下さい」

「何でしょうか。私は急がねばなりませんが」

「津軽大学の八島教授をご存じのはずでいらっしゃいますね」

「え、何ですって……」と、一瞬、女医の顔が曇った。しかし、無言のままであった。

「四年前に、何者かの手によって爆死された八島貞次教授です」と、彼は冷然と言った。

「とにかく、これで失礼します」

そう言って、女医は室外に去った。

病院から署に戻る車の中で、二人の対話は果てしなく続いた。

「愛川刑事、あれでいいんですか。唯、あの女医を刺戟しただけで、何も決め手は得られなかったんと違いますか」

「うん、あれでいいと思うな。とにかく、フィルムの件は否定していなかったじゃないか。我々が知りたかったのは、フィルムの中身は勿論だが、あの古い時代に、女医が当時の古いタイプのフィルムで、受精現象を写していたかどうかということなんだ。それに、八島教授なる人物を知らぬとは言わなかったな。それはつまり、それら二点を、あの女医は肯定していると取ってもよいのだ」

「なるほど、してみるとクスミは、あの女医が、どこかに秘かに匿っている……」

「その通りだ、手代木君。いずれ近い中に、あの女医の周辺で何かが動き出してくるぞ。我々は改めて、あの女医の内偵と観察とを強化しなければならぬな」

愛川の言葉に、手代木も大きく頷いた。

「ところで手代木君、和田女医のＤＮＡ資料を入手する方法はないだろうか」

「えっ、何ですって」と、手代木は、愛川の唐突な言葉に驚いて叫んだ。

「まあ、言うなれば、彼女の毛髪とか血液とかだな……。次に必要なのは、それだということになるんだ」

「なるほど、でも相手は女医ですよ。それなりに難しいんじゃないですか」

「その通りだ。それなりに我々としても、あの女医に対して迂闊なことは出来んのだ。したがって、さっきまで考えていたんだが、ひとつだけ、礼を失しないでやる手がある」

「何です、それは」

「あの女医の行き付けの美容院はないだろうか、そこに行けば、彼女の毛髪は容易く手に入ると思うな」

「なるほど、それは良い作戦だ。彼女が美容院に入ったのを見届けてから、婦人警察官を客に変装させて、後から入り込ませる……」

「その通りだ、手代木君」

かくして、作戦の手筈は整えられた。

愛川は、しばらく沈思黙考した。やっとの事で正体を突き止めて、とにかく逮捕令状まで用意しながら、クスミはどうにも捕まらぬのだ。彼女は、一体どこへ消えたのだ。しかし、クスミは、間違いなく和田女医によって、どこかに匿われている。したがって、いずれは和田女医の周辺に、クスミは浮上してくるに相違あるまい。愛川と同様に、そのように考えていた捜査課員も幾人かいた。

しかし、愛川の思考は、それよりかさらに深まっていた。クスミのＤＮＡは、今や完璧に構造が決定された。そして次いで、和田ノブ子のＤＮＡを知ることによって、クスミとノブ子との母子関係が明らかにされるのだ。父親の鑑別は別としても……。そしてさらに、壁の中から現われた倉田東一？　とされている死体のＤＮＡを調べて、それらを比較することによって、ノブ子・クスミ・東一？　ら三人の血縁関係もわかってくるという仕組なのだ。……とにかく、クスミの父親は倉田東一であると、会津一党の実兄、光三夫妻は固く信じているのだ。それは、それでよい。しかし、アメリカに渡ったきりで、三十年も帰国していなかった東一氏が、どうやってノブ子にクスミを生ませたのであろうか。……とにかく、ノブ子とクスミとの母子関係をＤＮＡの比較検索によって明らかにすることこそ、先決条件なのだ。それが決まらない限り、本事件の解決の糸口には断じてならぬのだ。これまでに得られた材料だけで事件の全貌を推測し、それによってのみ捜査を強行して、解決をあせってみたところで、かえって迷路に入ってしまうのがオチである。愛川は、そのように判断した。

「捜査のついでとして、倉田東一氏と目される保存死体のＤＮＡ検索を行うことを提案致します」

捜査打合せ会議における愛川の動議は、直ちに承認された。

署の冷凍室に安置保存されていた倉田東一と目される死体は、愛川らによって丁重に引き出され、若干の毛髪が採取された。死体の血管には、女性ホルモンであるプロゲステロンが多量に含まれている女性の血液が、たっぷりと詰め込まれているし、脾臓には誰かの肝臓細胞が移植されているなど、血液と、それに直結する内臓や筋肉組織からでは、ＤＮＡ検査の結果に、不確定要因が入るとの懸念から、愛川らは、敢えて検査の対象を毛髪に決めざるを得なかったのだ。

死体から採取された毛髪は、直ちに鑑識課の分析グループに送られた。

「これでよし。さあ、倉田さん、事件の真相を早く我々に話して下さいよ」

愛川は、死体に向って呟いた。

その後も、クスミの消息は、何としてもつかみ得なかった。しかし、捜査課の連中は、東北人特有の粘り強さをもって、根気よく捜査活動を続けた。そんな矢先、彼らの所に緊急の電話が入った。それは、和田女医の身辺の監視を続けている町屋アケミ婦人警察官からであった。

「たった今、和田女医が国分町のコスモ美容院に入りました。直ちに指令を仰ぎたし」

愛川は小躍りした。そして、急ぎ返事した。

「諒解、直ちに所期の行動に入られたし」

町屋婦警は、一般客を装って美容院の中に入った。特定個人への監視の際は、周辺への配慮から婦人警察官の制服は着用せず、普通のＯＬ並のスーツを着込む。町屋婦警が、難なく美容院に入って見回すと、和田女医も早くも大鏡の前に座して、二人の美容師が懸命に女医の髪を梳いていた。美容師たちの態度からしても、和田女医は、この美容院内でも並々ならぬ尊敬と信望とを集めている様子であった。間もなく、美容師たちの手で、女医の毛髪の一部が次々と切り取られて床の上に散った。町屋婦警の目は、じっとそれに注がれていた。女医の髪は、五十歳に達しているにも拘わらず、白髪は殆どなく、見事な黒々とした光沢を帯びていた。床上の黒髪は、丁度、手頃の程度に積もっていた。まさに、良き獲物である。町屋婦警の心は躍った。そして、早速に作戦の準備に取りかかった。

彼女は、手下げバッグの中から、一個のピンポン玉を取り出した。故意に彼女の手から放れたピンポン玉は、軽やかな音を立てて床上で二、三回バウンドした後、そのまま滑らかに転がって、女医の毛髪が散らばっている場所で止った。見掛け上、些か慌てて立ち上った婦警の手によって、ピンポン玉は再び拾い上げられた。同時に、かなりの量の女医の毛髪が、町屋婦警の手中に帰したのである。その後、何食わぬ顔で一応の毛髪のセットを終えた婦警は、拍手と歓呼の声の中に署に戻った。こうして、和田女医の毛髪が、作戦通り入手された。一方において、秋に仙台で開催される予定である「国際生体器官形成学会」に関する予告説明の記事が、しばしば市内の新聞や雑誌にも紹介されるようになった。まさしく、倉田東一―和田ノブ子らの血のしたたる労苦の揚げ句の新学説に対する死刑執行の日時が刻々として近付きつつあったのだ。

そして、待望のＤＮＡの分析結果の報告会議の日が到来した。

愛川らは固唾を飲んで、鑑識課長である杉戸警部の報告を待った。やがて消燈された会議室のスクリーンに、さっとスライドの映像が投ぜられた。それは、和田女医、クスミ、倉田氏のDNA解析像が、同時に並列された形で示されたものであった。画面には、特有の切断酵素で細かな区分に分断されたDNA断片が、三者のそれぞれの個性に応じて、独自な、しかし整然とした形で並んでいた。

「それでは、これから説明致します」

杉戸警部の声に、一同、さっと緊張した。

「まず、和田女医とクスミとの比較から申し上げます。ここに示されておりますように、親子関係を現わすDNA断片を検索致しましたところ、和田女医の断片区分と全く同一のものが、クスミのDNA断片の中に検出されました。つまり、これとこの区分に、そのことが示されております。したがいまして、和田女医とクスミとの間には、まぎれもなく、親子関係が成立致すことが立証されたわけであります」

杉戸警部の声に、各所から小さなどよめきが起こった。愛川は、まじまじとスライドの中に映写されている神秘の影を見詰めた。そこには、母たる和田女医の生命体のシンボルたる幾つかのDNA断片の群が、一定の大きさと数と共に、特有の配列を成して一角を占めていた。そして、クスミのDNA断片像の同じ一角に、和田女医のものと全く同一の大きさ、数、そして配列を示す一群が歴然と認められた。

「そうか、やはり親子だったか……」

予想が適中したとは言え、愛川は溜め息と共に呟いた。

「次に、倉田氏の件についてでありますが……」と、杉戸警部は言いかけて、一旦、言葉を切った。愛川は、思わず警部の顔を見た。

「これが倉田氏のＤＮＡ像でありますが、この部分、つまり、和田女医とクスミとの親子関係を示す同一部分に、これら両者のものと全く同様な大きさ、数、配列を示すＤＮＡの一群が検出されたのであります……」

そして、杉戸警部は再び言葉を中断した。

一瞬、捜査会議の一同の間にも、沈黙が起こった。

「で、どういうことなんですか……」と、愛川が尋ねた。しかし、彼の声には、若干の興奮の震えがこもっていた。

「つまり、結論から申しますと、和田女医と倉田氏との間には、明らかな親子関係が成立することになります。さらに言うなれば、倉田氏とクスミとは血を分けた兄妹、そして両人は共に和田女医の生んだ子供たちということになります」

杉戸警部の言い終らぬ中に、満座は一瞬にして、沸騰のルツボと化した。

「そんなバカな……、まるで信ぜられん」

「和田女医が倉田氏を生むわけがない。検索の間違いじゃないのか」

「以前の倉田氏の血液型の判定の場合と言い、今回のＤＮＡ検索と言い、今回の事件にはワケのわからんことが多過ぎるぞっ」

まさしく、色々なセリフが乱れ飛んだ。

「それでは、それら二人の兄妹の父親の鑑別はどうなんでしょうか」

愛川の質問によって、議場は若干の静けさを取り戻した。

「ハイ、実は、その父親の件なんですが、これも予想外の結果が出たのであります」

杉戸警部の冷徹な声と態度とによって、一同は、ようやく平静さを取り戻した。

「ここには、父親なる人のＤＮＡ像はありません。しかし、同じ父親に由来するとすれば、倉田、クスミの両者のＤＮＡ間に、必ず共通した断片群が存在する筈なのでありますが、それがどうしても検出されません。ところが、恐らくこれが父親から由来した断片群であろうと目される部分を比較致しますと、それがどうにも似ておらず、明らかに異なっておるのであります。したがって、結論から申しますと、倉田、クスミの両人は、和田女医を共通の母として、それぞれ異なった父親との間に生れた兄妹ということになるのであります」

杉戸警部の言葉が終ると同時に、一同の間から太い溜息が聞こえてきた。

「これで捜査は、完全に振り出しに戻った。さて、これからどうするか……」と、誰かが呟いた。まさしく、多くの面々は、等しくそう思った。

愛川は、周辺のざわめきとは別に、口を一文字に結んで沈思黙考していた。

「やはり、あの壁の中から現われた死体は、倉田東一氏ではなくて、東一・ノブ子の両人の間に生れた息子の死体だったのか。ここには、比較対照となるべき東一氏自身のＤＮＡの解析像はない。しかし、当時の経緯からして、死体の父方由来のＤＮＡ断片群は、まぎれもなく倉田東一氏に由来すると考えて差支えなかろう。そうか、まさしく、以前に推測した通りであった……」と、彼は心の中で呟いた。

倉田東一なる人物は、やはり生きているらしい。素晴らしい業績と、燃えるような野望とを持ってアメリカに渡った人物。それが意外にも彼地で、盲目に近い状態で空港のポーターとして生きている姿を見られている……。しかし、自分の息子に、自己の社会的シンボルとも言うべき「トマス・ミッチェル説への反論」を記した論文を、しっかりと手に握らせたまま大学研究棟の冷凍室の壁に葬り込んでしまった理由は何なのか。そしてまた、その意図は……。

さらに、クスミの父親は、果たして如何なる人物なのか。ノブ子がクスミを生んだ動機と経緯は何か……。

愛川の頭脳の中では、幾つかの思考が、それこそ音を立てて渦巻き錯綜し、そして、きしみ始めた。

「課長、意見を言わせていただきます」

捜査会議の面々は、一斉に私語を中止し、等しく発言者、愛川の顔を見た。

「何かね、愛川君、何なりと言いたまえ」

岸田捜査課長の声で、彼はさっと立ち上った。

「私が思いますに、本事件に関与する人物の中の三名が、今回の捜査で明らかにされました。すなわち、壁の中から現われた死体の主は倉田氏本人ではなく、倉田氏の息子と考えてよいと思います。そして、その母親は、間違いなく和田女医であります。その理由は、過去の倉田氏と和田女医に関する状況からして、そのように断定しても差支えないと考えられます。そして、今回のＤＮＡ検査から、三本指の幽霊女の正体はクスミなる女性、しかもこの女性は、事実、和田女医の生んだ実子であることも明らかにされました。しかし、未だ不明の点が二件残されております。それは、クスミの父親は誰かということ、そしてクスミが何故に八島教授を殺さねばならなかったかということであります。したがいまして、我々はこの二件の解明に集中すべきだと思います」と、彼は一息にしゃべった。

「しかし愛川さん、倉田氏の息子を壁の中に塗り込んだ犯人はどうなんだ」と、一人の刑事が声高に言った。

「それは、今日のＤＮＡ判定の結果で明らかになりました」と、愛川は決然と言った。

「えっ、それは誰なんだ」と、各所より同じ声が上った。

「それは、和田女医とクスミの母子であります」と、彼はサラリとした口調で言った。

「それは、なぜだ」と、岸田捜査課長が尋ねた。そして、一同は沈黙して愛川の顔を見詰めた。

「はい、それは、あの死体が女性用の白衣に包まれて壁の中に塗り込まれていたということでありまず。しかも、その白衣は、サイズからして、やや小柄で丸味を帯びた体格に合せて作られている……、つまり和田女医の体格にぴったり適合致しております。そしてさらに、死体をその白衣で包んで塗り込めた……これは愛情の表現、つまり、我が子の遺体を我が身の衣類でくるむという心情は、母の子の遺体に対する愛情と惜別の心の現われと考えてよいと思います。しかし、全てが、女手ひとつでは容易にやれない。つまり、もう一人の助力者……いや、共犯者がいたことになります。その際、まず考えられることは、同じ和田女医から生れた子、つまり、クスミが兄たる人間の埋葬を手伝った……ということになります」

「えっ、埋葬だって……」と、何人かが叫んだ。

「そうです。この件に関する限り、殺人ではなくて、あくまでもこれは埋葬と思われますね。しかし、強いて言えば、死体遺棄にもなりますでしょうね」と、愛川は強調した。

「うーむ、息子の埋葬劇だったというわけなのか」と、岸田捜査課長が唸った。

「そうです。倉田氏の息子は、父親がアメリカに去った後に、日本で成長し、そして秘かに暮らしていた。しかし、成長するにつれて、容貌が次第に父親たる東一氏に似てきた。それで、倉田氏の若い時の容貌を記憶している仙台市民の一部は、たまたま、どこかで見かけた息子の顔を、古い記憶にある父親の顔と重ね合せて東一氏と錯覚し、当人はアメリカに出た後でも時々帰国していたと、思い込むようになっていた次第です」

　愛川の理路整然たる説明に、捜査課一同、等しく大きく頷いた。

「それならば、母親とその娘は、何故に我が息子であり兄でもあるあの死体の主を、わざわざ、あんな大学研究棟の壁の中に塗り込まねばならなかったんだ」と、一人が叫んだ。

「確かに、そこが不可解な点なんです。しかし、それよりか、我々がまず知らねばならぬのは、あの倉田氏の息子と見られる遺体の主がどのようにして死んだのか、つまり死因は何であったかということであります。それを知ることが先決条件であります」

愛川の提言は、至極もっともなものと受け取られ、殆ど大多数のメンバーが頷いた。

確かに、愛川の言う通りであった。死体の主の死因は、未だ不明なのだ。また、死体の状態と、それにまつわる人物像からしても、他殺ではないようである。それならば、自殺か自然死か……自然死の中には病死も入り得る。しかし、死体の外観にも、他殺や自殺を思わせる痕跡もなく、胃内容物からも、何らの毒物も検出されていないのだ。

しかし、そう言っても、死体の内部には、余りにも異常な人工的処置が施されているのだ。左目が義眼に入れ換えられている。そして死体の血液型の判定が困難な程、血管内に別人の血液……しかも女性の、それもプロゲステロン分泌期相当の特定な性周期における血液……その血液型は、死体のAB型とは異なるところのO型！　さらに、死体の脾臓には、誰のものかわからぬが、まさしく肝臓細胞が多数、それも組織の一部を形成する程、びっしりと移植されているのだ。

「何のためにこんなことを……」と、愛川は独り黙想に入り始めた。

「よしっ、どうだ諸君、これで和田女医逮捕の理由が出来たというもんだ。直ちに逮捕令状を出させようじゃないか。どうだ、愛川刑事、君も特に異議はないね」

岸田捜査課長の声で、愛川ははっと我に返った。そして、慌てて立ち上った。

「待って下さい、警部……。我々は、女医と死体との親子関係の鑑別が終了したに過ぎないのです。先程も申しましたように、死体を壁に塗り込んだのは、まぎれもなく和田女医だと思います。しかし、現時点で女医を逮捕しても、それは死体遺棄容疑にしか過ぎません。それだけでは、本事件の全貌を明らかにするわけには参りません。本件の行先には、もっと大きなイベントが待ち受けているように思われて仕方がないのです。とにかく我々としましては、今少しく内容を捜査致したいと思います。ですから、今しばらくのご猶予を……」

そう言って愛川は、天井の一角を見詰めた。ハハア、何かつかんだな……、人々はそう思った。

「とにかく、クスミの父親は誰かということを知らねばなりません。それを明らかにすることによって、本事件の裏の真相が大きくクローズアップされることと思います。和田女医は、このまま放置しても、決して逃げ隠れは致しません。今しばらく、我々におまかせ下さい」

そう言って彼は、一同に対し丁重に頭を下げた。

確かに、彼の言う通りである。今や事件の焦点は、和田女医に絞るべきであることは、誰の目にも明らかであった。現段階で逮捕するとしても、その理由は死体遺棄にしか該当しないのだ。それどころか、もっともっと複雑怪奇な事実が幾重にも層を成して女医の周辺に飛び交い、次々と顕著にして意表を突く現象が捜査の度に出現しては累積して来るのだ。また倉田東一氏の兄の妻君が証言した事実、兄夫婦の養女だとしても、クスミの純白の下腹部に刻まれた幾条かの一文字の傷痕……これのみでも何らかの共鳴現象を伴いながら愛川の心に迫るものを感ずるのだ。

「愛川刑事、君の御意見は、一応わかった。だが、君が先程口にした事件の本命たる大イベントとは何かね」

岸田捜査課長の言葉で、皆、一斉に愛川の顔を見た。課長が珍らしく、敬語を使ったのだ。

「それは、私もまだよくわかりません。しかし、秋十一月に仙台市内で開催される『国際生体器官形成学会』で、何かどえらい事が起こるように思えて来るんです。いや、きっと起きます。今は、私としても、それしか言えません」

愛川は、彼の心の中で次第に膨脹して来る第六感所に押されて、そのように返答した。

「皆さん、今後の本番に備えて、今しばらくのご辛抱を願います」と、彼は語を加えた。

二日後、愛川と手代木の両刑事は、急ぎ国内航空で山口宇部空港に降り立った。そして直ちに、陸路で日本海岸に向い、その日の夕刻近くには、早くも東萩の地域に到達した。駅には、予め連絡しておいた東萩署の高杉刑事が出迎えていた。仙台から西下して来た二人の刑事は、高杉刑事の案内で、八島教授の実家を訪ねた。途中での高杉刑事の話では、八島家は長州藩毛利家の家臣団の中でも、格式の高い旧家に属し、幕末における戊辰戦争に際しても、維新政府軍の一員として遠く会津から函館五稜郭へと幕府軍を追って転戦し、数多くの武勲を立てた家門であるとのことであった。

「えっ、会津ですって……」と、愛川は思わず叫んだ。

「ええ、八島家には大変に古風な風変りの九十歳を過ぎたオバアさんがおられましてね。今でも、大変にお元気なんですよ。その方が外来のお客さんが見えられますと、必ずと言ってもいい程、オバアさんの祖父だった八島源太夫様の戊辰戦争での手柄話を長々とされるんです」

「ほほう、今時としては珍らしいお年寄りですね」と、愛川は言った。

「全くですよ。特に、祖父の源太夫様は会津城の攻略で大変な手柄を立てられたそうで、そのあたりの話になると、オバアさんの熱弁たるや、玄人の講釈師も舌を巻くと言われる程なんです」

高杉刑事の話が続くにつれて、時々、同刑事の顔を見詰める愛川の両眼が、異様な光を帯びて来るのを、手代木は見逃さなかった。

一行は、間もなく八島家に到着した。そこは、周辺の一部に、今でも白い土塀を残している古風な家屋であった。しかし、関ケ原の役後、幕府から四分の一に減封されて、粒々辛苦のうちに討幕の力を貯えてきた長州藩の家臣だけに、その家作は左程大きくはなかった。家族は、故八島貞次教授の祖母である九十七歳のキヨエ老女と、教授の両親、貞利、ウメの夫妻とであった。教授の二人の息子は東京に出たままであり、教授の未亡人は何故か、依然として津軽の五所川原で独り住いを続けている。八島教授は一人息子で他に兄弟がなく、結局、実家を守るのは、老齢に達した両親と祖母のみであった。

「ご両親様にお尋ねしますが、四年前に大学で事故に会われて亡くなられたご子息の八島教授は、会津出身の倉田東一氏と、長い間、何らかの係りがおありでなかったでしょうか。何かそのあたりで、ご存じの事がおありでしたら、お話しいただけませんでしょうか」

愛川は、老人たちを刺戟しないためにも、精いっぱい丁重な態度で臨んだ。

「ああ、あの倉田さんですか……」

そう言って、当主の貞利氏は空を見詰めた。

「やはり、皆さんはご存じなんですね。そのあたりについて、何でも結構ですから、どうかお話しいただけませんでしょうか」

愛川は、内心、ほっとした。見た目、いかにも古武士的な風格を持った人たち故に、ニべもなく拒絶されるかとも思っていたのだ。

「いや、倉田さんの頑固さにも負けました。あれは、今から三十年も前の事でした……」

貞利氏が言いかけた時であった。突如として近くの日当りの良い廊下で、厚手の大座布団に座していた八島家の大御所、キヨエ老女が口を開いた。

「倅よ、それは当然じゃ。倉田ちゅうあの若造にだって、会津人としての意地があったんじゃ。いくら自分が痛い目に会ったからちゅうて、仇敵たる長州人の助けなんぞ受けんとの心情からじゃ。まさに、会津人としての恨みと誇りからじゃよ」

「そうですなあ、あの倉田さんの心構えには負けましたよ」

そう言って、貞利氏はキヨエ母堂の言に大きく頷いた。

「それだけではないわ、それと女子《おなご》への意地とが、まさに重なったと言うことじゃ」

老女は、さらに語を加えて言った。

「えっ、何か女性問題があったんですか」

愛川は、思わず身を乗り出して尋ねた。

「いや、伜は倉田さんとある若い女性のことで、少しばかりいざこざがありました。実はどこにでもある話なんですが、結局、そのことで、倉田さんは私たちに弱味を見せたくなかったんですね」と、父、貞利氏が言った。

「それを是非とも、お聞かせいただけませんでしょうか」と、愛川は言った。

「ええ、要するに、倉田さんは会津人たる故に、長州人である我々に内心対抗意識を持っていたようですね。ですから、あの人が研究室で顔に大火傷を負いながらも、私たちの謝罪とお見舞いの意味を込めての治療費負担を終始拒絶されたんですね……」

やはりそうか……と、愛川は内心でそう思った。八島家の人々は、かなり以前の研究室事故による倉田氏の火傷の件は、今でもよく記憶しているようであった。それだけに、当時の倉田氏と八島家の人たちとのやり取りは、かなりのインパクトの強さを当家の人々に残しているらしい。

「女性問題と申されますと……」と、愛川は再び丁重な口調に戻った。

「いや、所詮、孫の嫁には、あの娘では駄目じゃ。長州人の男には、やはり長州の女子に限る。だから、あれでいいんじゃ」

大御所たるキヨエ老女が、すかさず口を入れた。いかにも、長州生粋の老女らしく、極めて断定的なセリフでもあった。

「どんなことだったんでしょうか……」

再び、愛川は尋ねた。

それに対し、主人の貞利氏は少しく思案の揚げ句に、徐ろに口を開いた。

「倅が、仙台の生命工学院大学に進学して大学院の三年頃だったと思います。その頃、仙台市内のドイツ語塾で、ある一人の娘さんと知り合ったんです。その娘さんは、東北のある田舎から医学部進学を目指して仙台に来ていた受験生でした。あの頃は、医学を修めるには、まだどうしてもドイツ語が必要だったらしいです。倅もドイツ語に興味を持っていたらしいので、そこで、その娘さんと知り合ったんです。そして倅は、その娘さんと将来結婚しても良いとまで考え始めた時機があったようです」

「なるほど、で、その当の娘さんの方はいかがでしたか」

愛川の質問は、至極、当然なものであった。

「ええ、その頃は、その娘さんも充分にその気だったと思います。何しろ、伜が両親に紹介すると言って、ここまで連れて来た時も、素直に伜にくっ付いて、わざわざ仙台から東萩まで来ました。見た所、とても良い娘さんだったので、私たちも伜に似合いの嫁になるぞと思い始めたんです。ところが……」

貞利氏は、そう言った後、一旦、言葉を切った。そして、沈黙して首をかしげた。

「そうね。あれは何だったのか、今でもよくわからないね」と、妻女のウメが言った。

「何がでしょうか……」と、愛川が尋ねた。

「そこから先は、わしが話すよ。わしは、記憶が良いからの」

そう言って、大御所、キヨエ老女が語り始めた。直ちに、愛川、手代木、高杉の三刑事は、老女の話にじっと聞き耳を立てた。

「あれは確か、あの娘が家に来てから四日目のことじゃ。丁度、明日は孫の貞次が、娘を連れて仙台に帰ると言うので、わしが案内して家中を見せて歩いたんじゃ。そして、二階の奥の間、つまり曾祖父、源太夫様の遺品の置いてある部屋に案内して、源太夫様が時の東征大総督の有栖川宮様に付き随って会津征伐に向われた話をしたんじゃ。ところが、始めは素直にうなずいて聞いていたその娘が、源太夫様が、会津の城下町に攻め入って、手向う会津の武士たちを次々と切り倒して、会津の城の真近まで切り進んだ話になったらばじゃ、急に険しい顔になって、わしの顔を見るんじゃ。わしも、なぜかなと思いながら、一通りの話を終えてから、源太夫様が長州に凱旋なさる時、会津から持ち帰られた品々、つまり定紋の入った茶器や女子の手鏡など、いろいろと十点程並べてある所を指さして、ひとつ、ひとつ、説明してたんじゃ。すると、きつい目付きになった娘は、それらを丹念に見詰めているうちに、急に顔が真青に変り、それこそ、オコリでも始まったように体中が固くなって震え出したんじゃ。わしも驚いて、どうしたんじゃと娘に尋ねたんじゃ。すると、品物の中の一点を見詰めて、真青になって震えていた娘は、はっと気付いたような顔付に戻ってわしの顔を見上げて、いえ、何でもありませんと一言だけ言って、さっと自分で部屋の外に出てしもうたわい。そしてそれからは、家人とは口もきかなくなった揚げ句に、翌日はロクな挨拶もせねで、貞次と一緒に仙台に帰ってしもうた。とにかく、あれは何とも妙じゃったのう」

キヨエ老女の話に続いて、妻女ウメが語を継いだ。

「それからというものは、その娘さんは、急に伜から離れて行ったそうです。伜、貞次が何度もそのわけを聞いたそうですが、私はアンタと一緒になるわけにはいかない、いや一緒になってはいけないんだの一点張りで、とうとう伜もあきらめたようです。でも伜は、相当長い間、内心おだやかではなかったらしいです」

さらにその後を、当主の貞利氏が語り継いだ。

「ですから結局その後は、その娘さんは倉田さんの方に向いて行ったということです。でも、そのあたりは、もうあちらさん同士のことですから、その詳しい中身は知りません」

「そうでしたか、で、その娘さんは、その源太夫様が会津から持ち帰られた品々、つまり戦利品の何を見て、そんなに急に様子が変ったんでしょうか」と、愛川は尋ねた。

「何を見たかって……、それが今でも、わしにはようわかりませんのじゃ。とにかく、尋常ではなかったのう」と、老女は答えた。

「それでは、その品物を見せていただけませんでしょうか」と、愛川は丁重に懇願した。徐ろに立ち上った老女を支えて、貞利氏は一行を二階の間に案内した。

その部屋は、若干薄暗く、そして古めかしい独特の香りが漂っていた。一段と高くしつらえた床の間には、由緒ありげな陣羽織を真中にして、その周りに黒い色をした当時の野戦用の上衣、野袴などの一揃いの軍装束が並び、さらにその前には、太刀、鉢金の付いた鉢巻きや厚手の足袋などが置かれていた。上衣には、所々に一文字の裂け目を無造作に縫った糸の末端が垂れ下っていた。

「この裂け目は、源太夫様が会津の城下で、敵と激しく切りむすんだ際に付けられた相手方の刀の刃の跡ですのじゃ。とにかく、激しい戦いじゃったそうで、源太夫様も何度か討ち死にを覚悟されたそうじゃ。でも、天のご加護で、函館の五稜郭まで攻め下って、大層な手柄を立てられた後、無事、長州にお帰りになられましたのじゃ」

老女の誇り高き話は、しばらく続いた。

「それで、会津から持ち帰られた品とは、どれなんでしょうか」と愛川は尋ねた。

「おお、それは、これですのじゃ」

そう言って老女は、床の間の一角を指さした。そこには、茶器、女性用の手鏡、印籠や扇子など十余点が、一まとめにして置かれていた。どの品も、さすがに徳川家譜代の松平家に属する武士団の用具らしく、どれもが品良く、そして優雅に作られていた。

愛川は、じっとそれらの品々に目を注いだ。

「これは何でしょうか」

そう言って愛川は、その中の一点を指さした。それは、ほんのりと朱色の房の付いた白鞘の短剣様の物件であった。

「ああ、それは、女子用の懐剣ですじゃ」

そう言って老女は、それを手に取り、そして鞘を払った。鞘の抜き身は、氷の如く光り輝く冷い白刃であった。

「拝見します」

そう言って愛川は、老女の手から懐剣を受け取った。それは、小さい割りには、意外と重量感のある逸品であった。

「ん?」と、彼は小さく叫んで、懐剣の白木の柄を見詰めた。

その部分には、小さき梅花印の家紋らしき形をした銅製の金属細工の小片が打ち込まれていた。そして、その下の部分に、小さく、しかし明確に「うの」と、黒く墨で記されていた。彼は、何故か、ひどくそれに惹かれて、じっと見詰めていた。

「お客さん、その懐剣には、あの時の健気な会津娘の心を語る話が籠められておりますのじゃ」と老女が感慨深げに言った。

「お袋様、それは……」と貞利氏が止めようとしたが、老女の話の方が先に切り出されてしまった。

「わしが娘時代に、源太夫様からの話として、何度も両親から聞かされた話じゃが、会津落城の何日か前に、源太夫様が城下町で続けざまに会津兵どもを斬り捨てて城の真近までお進みなされた時じゃそうな。折からひどい俄か雨が来て、それで戦は一時小休みになったそうな。そこで源太夫様が改めて周りを見渡すと、そのあたりは武家屋敷が固まって建っている所じゃったそうな。源太夫様は、もしや会津兵が隠れひそんではおりやせぬかと思うて、その屋敷の内を、ひとつ、ひとつ丹念に調べられたそうな。しかし、どの家も皆、空っぽで猫一匹おらなかったそうじゃ。ところが、ある屋敷に入って、ひとつの奥の部屋の襖を開くと、そこに一人の若い娘が座っていて、源太夫様の姿を見ると、いきなり手にした懐剣を抜いて我が胸に突き立てようとしたそうじゃ。そこで源太夫様は、すかさず躍り込んで娘の手を押さえて懐剣をもぎ取り、死を思いとどまるよう諭されたそうじゃ。それでも娘は言うことを聞かず、素手で源太夫様に手向い、果ては自分の髪に刺していた鉄製の笄《こうがい》を抜いて、そのきっ先で自分の喉を突こうとまでする始末じゃったとな。ところが、近くでまた大砲の音が轟き始めたので、戦が再開されたと思いなされた源太夫様は、あばれて手こずらせたその娘に当て身を与えて、気を失った娘を抱きかかえて部屋の隅に横にさせたまま、急いで持ち場に戻られたとのことじゃ。その時、娘から取り上げた懐剣は、そのまま持ち帰られて、今でも当家に置かれている次第ですのじゃ」

「なるほど、そうでしたか。すると、この梅花印はその家の家紋、その娘の名は、この柄《つか》に書かれている『うの』というわけなんですね」と、愛川は老女に言った。

「そういうことですわい。昔の武家の娘たちは、誰でも家の定紋入りの懐剣に、自分の名を書き入れて帯にはさんでおりました。それで、いざと言う時は敵を刺し、時には己の胸を突く心構えの証しとしておりました」

「そうでしたか。おばあ様は、まさに日本の近世史を眺めて来られた生き証人とでも言うべきお方なんですね」と愛川は言った。

「なんの、わしなんぞは小さい時の白髪だらけだった源太夫様のお姿やお声は、ほんのウロ覚えの程度じゃ。おおよそは、物心ついてから、両親から聞かされたものばかりですわい」

「源太夫様は、おばあ様と同様に、お丈夫で長命なされたんでしょう」と愛川は尋ねた。

「はい、源太夫様は、明治四十四年の秋に、七十六歳で亡くなられました。その時の様子は、わしは今でも思い出します。確かに、相当にお丈夫でおられましたが、それでも帰国されてからも、五稜郭の戦で足に受けられた鉄砲弾丸《だま》の傷で、長いこと悩んでおられましたじゃ」

「ほほう、そんなことがおありでしたか」

愛川の言葉の後で、貞利氏が直ちに話を継いで語り始めた。

「いや刑事さん、曾祖父は、五稜郭から長州に凱旋の際に、右足に弾丸が入ったままで歩いたそうです。とにかく、気丈な人だったらしいです。それでも祖父たちの話によると、時々、傷が痛んで出血し、随分と苦しんだそうです。それで、明治十二年頃に西南戦争の終った後で、家人一同で源太夫様を東京まで運んで、当時、横浜に来ていたドイツ人の医者を招いて、弾丸《たま》を取り出して貰ったそうです。とにかく、当時としては大変だったらしいです」

「そうでしたか……」と愛川は、例の白鞘の懐剣から目を放さずに言った。

「お客さん、ホラ、これがそうなんですじゃ」

大御所の老女はそう言って、床の間の片隅に置かれた黒塗りの丸い筒型の容器の蓋を取った。中身は、黒ずんだ布切れがぎっしりと詰め込まれ、その上に褐色に変色した金属の小片が乗っていた。それは、現代の弾丸と異なり、先端が尖らずに鈍角の形をしていた。

「ははあ、スナイドル銃の弾丸だな」と彼は、口の中で呟いた。

スナイドル銃とは、当時、アメリカにて大量に生産され、広く海外に売り込まれ、日本でも幕府は勿論、薩摩、長州などの各藩でも大量に購入されていた。犯罪の捜査上、新式、旧式を問わず、国内外の銃器類の知識に深かった愛川には、それがすぐにわかった。

がしかし……彼は、ふと容器の中にぎっしりと詰め込まれている赤黒い布切れに目を据えた。

愛川の長年の経験からして、それは古い血液の染み込んだ布切れであることがわかった。

「ああ、お客様、それは源太夫様の足から弾丸を抜き取る際に流れ出した血ですのじゃ。何せ貴い名誉ある血というわけで、源太夫様のきついお言い付けで、ドイツ人の医者から貰い下げて、郷里まで持ち帰りましたじゃ」

老女の言に、愛川は大きく頷いた。一昔前の我が国の習慣としては、しばしばあり得た事である。事実、愛川の郷里でも、古く日清・日露の両戦役や、昭和に入ってからの満州事変における戦死者や戦傷者の遺品や私物が故国に送り還された際にも、その中に当人の血が赤黒く付着している衣類などが含まれている例もあった。その際、どこの家でも、血に染まった遺品は、祖国のために命を捨てた家族の名誉の証しとしたり、または心命を賭して戦った勇気の象徴として、永久に家の奥深く保存する習慣であった。

しばし無言で、老女の言葉のひとつ、ひとつに、丁重に頷いていた愛川の目が、突然に鋭い光を帯びて来た。そして、八島家の展示物の上に、彼の視線は熱く注がれていた。

「いかがでしょうか。改めてお願いがございます」と、愛川は、八島家一同の顔を見渡しながら、丁重な口調で懇願した。

「何でしょうか」と貞利氏が問い返した。

「四年前、研究室で事故死された貞次様の遺品がおありでしたら、是非とも拝見させていただけませんでしょうか」

「……と申されますと……一体、何をお望みでしょうか。当時、倅の死後、色々な書物やら衣服など一括して送られてきた物はすべて、一まとめにして蔵に入れてありますけど……」

「その中で、特に血液とか毛髪とかが付着していた物件がございましたでしょうか……。何しろ、かなりの火傷を負われたとか伺っておりましたので……」

愛川の余りの熱意に、同行していた手代木、高杉の両刑事も、思わずまじまじと愛川の顔を見詰めた。

「さて、そんな倅の血の付いた物件はありましたかな……」

そう言って貞利氏は、少しく首をかしげた。

「特に、そんな物はなかったようですよ」

妻女のウメも、傍らから口をはさんだ。

「お客さん、孫の血が見たいのかの」

老女キヨエが明確な言葉で言った。

「はい……、出来ますならば……」と愛川は、老女の言葉に押され気味のセリフを述べた。

「それは、どうじゃろな……」と、さすがに当家の大御所も首を捻りながら唸った。

そして、しばらくの間、室内に沈黙が続いた。

「若しも、それが出来なければ、いかがでしょうか、ここにございます源太夫様の血液が付着している布切れのほんの一部をいただけませんでしょうか」と、愛川は丁重に言った。

「何にお使いなさるんでしょうか」と、貞利氏が不思議そうに尋ねた。

「私どもは刑事でございます。ある事件の捜査のために、ここにこうして参りました。そのためにも、源太夫様の血染めの布切れ一片だけをいただきとうございます。つまり、事件解決のために、是非とも源太夫様のお力をお借りしたい次第でございます」

愛川としては、精一杯の名セリフを述べたつもりであった。

「ほほう、刑事と言えば警察関係の人じゃな。つまり、お国の御用で当家に見えられたと言うわけじゃな」と大御所は言った。

「はい、その通りであります」

愛川にとって大御所の言葉は、それこそ神の言葉に等しきものであった。まさしく、愛川は祈る気持で答えたのだ。

当主、貞利氏の些かの当惑気な沈黙を別として、鶴の一声にて、源太夫の血液……しかも百二十年前の古き血は、一片の布切れと共に愛川のアタッシュケースの中に、きちんと収められた。血の染み込んだ布切れは周囲がしっかりと縫い糸で縁《ふち》取りされた外国製……恐らくドイツ製と思われる縫帯であった。

「皆様に、もう一つのお願いがございます」

愛川は、さらに丁重に懇願した。

「何ですのじゃ」とキヨエ大御所が言った。

最早、問答は愛川と大御所との間のみとなったのである。

「源太夫様が会津から持ち帰られた品々を、写真に撮らせていただいて宜しいでしょうか」

それも、大御所は、いと容易に頷いた。

こうして、百二十年前の当家の勇者の血液と、会津戦争の戦利品の数々を克明に収めたフィルムと共に、愛川一行は帰仙の途に就いたのであった。

第七章　真紅のＤＮＡ

それから十日後、愛川と手代木の二人は、仙台警察署の鑑識検査室の一角で、スクリーンに大きく写し出された映像をじっと見詰めながら、鑑識課長、杉戸警部の説明に耳を傾けていた。

スクリーンには、二台のプロジェクターから投影された二つのＤＮＡ解析像が映っていた。一つは、愛川らが長州の八島家から持ち帰った源太夫の血液から分離されたＤＮＡの解析像であった。それは、百二十年前の古き血液に由来する。しかし、ＤＮＡは、それ自体かなり安定な物質なので、血液の保存が良ければ、百年はおろか千年を経ても変化することはない。

「ここを、よくご覧下さい。源太夫なる人のこの部分の解析像と、和田女医の同一部分のそれとが、かなり一致します。この部分は、主として人間の血縁関係を示す部分なのです。両者ともかなり似ている、いや一致していると見てよいでしょう」

愛川は、全身の神経を目に集中して、両者のその部分を凝視した。一見、無数に散らばって存在するＤＮＡ断片像の中で、杉戸警部の示す断片群の一部に、かなりよく似た配列を占める個所が認められたのである。愛川は、大きく頷いた。

「よろしいですか。次に、この両者を重ねて見ましょう」

杉戸警部は、そう言って二枚のスライドを重ねてスクリーンに投影した。二人分のＤＮＡ断片像が、重ねられてスクリーンに投影された。複雑に散らばった多数のＤＮＡ断片群の中で、その一部分のみが、見事にぴったりと重なった。

「これは、ＤＮＡ構造のこの部分が共に一致したことを意味します。つまりこれは、源太夫なる人物と和田ノブ子とは、明らかに相互に血縁関係を有することを示します」

杉戸警部の淡々たる説明は、それこそまさしく、一大霹靂となって愛川の心に響いた。

「わかりました。警部、それから源太夫とクスミとの関係はどうでしょうか」

彼は、上気した面持ちで言った。

「当然、予想される通りの結論であります」

杉戸警部はそう言って、和田ノブ子のＤＮＡ解析像のスライドを外して、クスミのＤＮＡスライドを入れ換えた。スクリーンに、すかさずクスミのＤＮＡ像が、さっと映じられた。それを見た愛川は、思わず叫び声を出しかけた。源太夫とクスミのＤＮＡ像の双方の同一部分に、全く同じ配列を示すＤＮＡ断片群が明確に認められたのである。杉戸警部は、さらに両者を重ね合せて投影した。結果は言うまでもない。愛川は、うつむいて大きく嘆息した。予想していたとは言え、大きな衝撃であった。壁の主《あるじ》のDNAも、同様に一致した。

「愛川刑事、これで源太夫、和田ノブ子、クスミそして壁の主は、何れも血縁関係を有することになります」

杉戸鑑識課長の結論に、愛川は大きく頷いた。しかし、DNA検索終了後も、愛川は独り沈思黙考していた。パズルは、確かに見事な形で解けた。DNA解析を用いて得られた結果は、最早、動かし難い冷厳なる事実であり、現代における最も確定的な結論となるのだ。

最初に、愛川が手代木を伴って長州に八島教授の実家を訪ねた動機は、クスミが八島を最後に殺害しなければならぬ何らかの理由と、和田女医と故八島教授との間に、人知れぬ深く隠された因果関係があるかも知れない……、あるならばその一端のみでも、家人から聞き出したいとの漠然たる二つの理由からであった。

だが、その結果は、愛川の推測をはるかに越えたすさまじいものとなった。

八島貞次なる人物のDNAを示す身体部分は、DNAの測定が不可能なほど全て焼け焦げているのだ。しかし、彼の曾祖父の八島源太夫なる人物の、まぎれもなき曾孫《ひまご》であることは確認出来た。従って、当然のことながら、八島貞次は源太夫と同じDNA区分を保持していることは間違いない。しかるに……、和田ノブ子とその子……つまり捜査線上のクスミとの二人にも同じく源太夫の子孫である証《あかし》が確認されたのだ。そして、壁の主にもそれが……。

これらの事実は、源太夫なる曾祖父を象徴とする八島家こそ、今回の事件に関与して登場して来た一連の人物像群の主流とも言うべき血の正統派であり、倉田東一は、ほんの一時的な飛び入りの存在にしか過ぎないことを示す事にもなる。

……しかし、倉田東一を含めて、これらの人々の間に、何とも言いようのない深く暗い怨念が漂い、それがいずれかで赤き炎となり、時には青白き鬼火ともなって互いに音もなく、しかし激しい憎悪の光ともなって、不気味な閃光を発して交錯する……。愛川には、そのように感じられた。

「……何だか、わけがわからなくなってきたな」と彼は独り呟いた。

……一体、和田ノブ子の先祖は誰なんだ。どこでどうして、和田家に八島源太夫の遺伝子が入ったのであろうか。しかも、それはいつのことであろうか……。してみると、ノブ子の娘、クスミは、八島貞次教授とは間違いなく同族たる血縁関係を有することになる。それでありながら、どうしてクスミは、八島教授を殺さねばならなかったのだ。それも、爆殺という一見派手にして、しかも頗る残忍なる手段で……。愛川の思考は、果てしなく続いた。

今回のＤＮＡ検索により、壁の主は倉田東一その人ではなく、和田女医の生んだ男子であることが確認された。当初は、伊集院教授の証言によって、その死体は倉田東一のものと断定された。ところが、それは倉田と和田女医との間に生れた子？　であることが判明したのだ。……だが、驚くべし。それは父親と同様に、左眼が義眼となっている。一体、どうしたというのだ……。

当然のことながら、署内の捜査一課の中には、最早、直ちに和田女医を逮捕して、即刻、厳しい尋問に入るべしとの強硬意見が台頭して来た。しかし、愛川は、依然として強くこれに反対した。たとえ、今の状態で和田女医を逮捕したとしても、死体損傷ならびに遺棄の罪状にしかならないであろう。下手をすれば、それは奇怪な猟奇的な事件として世に紹介されるだけで、真相は永久に未知の闇の中に葬り去られるだけで終ってしまう可能性の方が強いのだ。現在の和田女医では、到底、隠された裏の真相を告白することはあるまい。彼女に、それを自白させるには、こちらとしても、事前に、かなりの証拠となる事項や物証を揃えて置き、それを彼女に突きつけながら尋問に入る以外に道なしと、愛川は考えていた。

「……手強い女性だな、一体、正体は何者なのだろう……あの女は……」と、愛川は低く呟いた。

……それに彼女は、若い娘時代のある時機に、これまた若き当時の八島に伴われて、はるばる長州、山口県の東萩に八島の実家を訪れている。その際、当家の曾祖父、源太夫の会津討伐の際に入手して長州まで持ち帰った幾つかの戦利品のある一点を見た途端に、急に顔が蒼白となって身を震わせて、明らかに心の動揺を示したとのことである。そして、その後は、急速に八島から離れ、以後、彼女の方から倉田に傾いていったというのだ。

「……一体、彼女は何を見たというのであろう。……そして、何故に激しく心を動揺させたのであろうか……」

彼は、東萩の八島家で写してきた数々の会津からの戦利品の写真を並べて、それらを見詰めながら、再び呟いた。

写真には、武士の用いる扇子、茶器などが写っていた。さすがに、徳川家譜代の大名たる松平家の武士たちの所有物だけに、いずれにも高い品格が感じられた。彼は、一点毎に克明に写された写真を次々と眺めながら独白をくり返した。そして、女性用の美しい懐剣の写真へと目を移した。

写真は、すべてカラーフィルムで撮られていた。捜査用のフィルムだけに、物件の些細な個所が、形、色彩ともにどれも克明に写っていた。それなりに、懐剣の柄《つか》に埋め込まれた梅花印の小金属の家紋らしき部分が、由緒あり気に光っていた。そして、その下に明らかに女性の筆によると見られる「うの」と書かれた文字が美しく読み取れた。

愛川は、八島家の大御所たる老女から聞かされた会津の戦いにおける健気なる娘のことを思い出した。東北出身の愛川も、当時の戦いの様子と、それにまつわる勇ましくも悲しきエピソードの数々を知っていた。白虎隊の悲劇、さらに武家の娘たちで編成した娘子軍の話など、彼が少年時代に聞かされた物語の数々を思い起こしながら、懐剣にじっと目を向けていた。

大御所たるキヨエ老女の話によると、この懐剣の持ち主である「うの」という若い娘は、この懐剣を振るって侵入者、八島源太夫に手向って来たそうである。そして、源太夫を刺すか、己の胸を刺して自害するか、いずれとも決着に至らざる中に、源太夫から懐剣を取り上げられて当て身を受け、気を失って倒れたそうな……。老女の話を思い起こしながら、愛川は、懐剣の柄《つか》に埋め込まれた家紋を示す梅花の形をした小金属の細工物を見詰めていた。それは、小さいながらも見事な工芸品であった。それには、五つの花弁と、一個の雌シベに数個の雄シベがからむ情景を思わせる繊細な線とが、優雅に、しかも品良く刻まれていた。

じっと家紋を見詰めていた愛川の目が、次に、その下に書かれた細い女文字に移った。……「うの」か……と、彼はその文字を心の中で黙読した。瞬間、彼は頭脳の中を、稲妻の如き電光が横切るのを感じた。間髪を入れず、彼はさっと立ち上った。

「手代木君、ちょっと来てくれないかっ」

彼の声は、若干、興奮に上ずっていた。

「何かありましたか、愛川さん」

そう言いながら、手代木刑事は急いで愛川のデスクに近づいた。

「手代木君、すまないが、もう一度、和田女医の郷里、釜石を訪ねてくれないか。しかも極秘にだ。そして、実家の家紋を確かめてきて貰いたいんだ。もしかすると……」

そこまで言って、彼は口を閉じた。そして、彼は、手に持っていた「懐剣の写真」を、手代木に渡した。

手代木は、瞬時に、以心伝心的に愛川の意中を察した。彼は、愛川から写真を受け取ると、直ちに室外に消えた。

戸外の仙台の空は、幾分どんよりと曇ってはいたが、西の空に晴れ間が見え、そこから緑青色の空が光っていた。秋の到来である。

一方では、北都仙台市にとって、それこそ世紀のイベントとも言うべき「国際生体器官形成学会」開催の準備が着々と進められていた。会場に定められた仙台パシフィックホテルでの室内改造、発表会場となる各階大ホールの豪華なる模様替えの光景が、センセーショナルな記事と共に、市内の各新聞に掲載される日が増えてきた。

愛川は、手代木が釜石に出た翌朝の捜査一課のデスクを前にして、国際学会に関する紙面記事を眺めていた。学会委員長には、生命工学院大学の学長である藤田謙次郎博士が決定し、同学長の温和な容貌と学会開催の意義に関する談話とが、写真入りで掲載されていた。ふと愛川は同じ紙面の中欄に目を向けた。そこには、学会時におけるコンパニオン、ホステス役として採用が決定した女性たちの写真が並んでいた。期待される活躍……との見出しが付いて、十名余りを、それぞれ一団とする女性群の幾つかの写真に、彼は惹かれたのだ。記事には、外国からも著名な学者と、その家族たちも多数来日するので、市内在住の通勤可能な女性たちで、外国語に堪能であるとか、人との応対や接待に熟知しているとかいった有能にして適性ある人材を募集し、厳重なる銓衡の結果、三十人の女性が選ばれたと記してあった。

愛川は、いずれも正面を向いて明るく笑っている女性たちの顔を、次々と眺めている中に、彼は、はたと目を止めた。

「どこかで見た顔だ……」と、彼は呟いた。それは、やや大柄の二十七、八歳と思われる女性であった。愛川は、やや細面の引き締った口許をしたその女性の顔を何度も見詰め直した。

「そうだ、思い出した……あの時の女性だ。この女は、まさしく、あの十六夜娘たちの一人……旧姓笹村……今井トミ江に間違いない」

愛川の記憶は、実に鮮明であった。

「何かが起こる……学会の当日に……」

愛川は、長年にわたる職業的第六感から、起こり得る何事かを予想して、思わず窓外の空を睨んだ。しかし、それは、ほんの一瞬であった。彼は無意識のうちに、車を駆って国際学会開催事務局に向った。それは、パシフィックホテル二階の一角に在った。彼は、もどかしげに事務室のドアを押して中に入った。そして、室内の事務取扱い責任者に、コンパニオン、ホステスとして採用が決定した女性全員のリストのコピーの引渡しを要求した。それは当然、それほど困難なことではない。それは、いと容易に彼の手に入った。

署に戻った彼は、早速に、それをさらに幾つかにコピーして数を増やした。

「捜査課長、このリストに載っている三十名の女性たちの身許調査を改めてお願いします。どうしても、気に懸かる事があるんです」

愛川の顔をじっと見ていた岸田捜査一課長は、黙って大きく頷いた。

愛川は、四名の若手刑事を選んだ。そして、「このリストに載っている女性たちの過去の経歴、そして既婚者の旧姓、その他何でもよいから、各個人に関する特筆すべき特徴があったらメモしてきてくれないか。勿論、極秘でだ……」

愛川から、それぞれリストのコピーを受け取った四人の若手刑事たちは、直ちに四方に散った。その時、釜石市の駅内公衆電話より手代木からの連絡が入った。

「愛川刑事、これから仙台に戻ります。予想通りの結果でした。そちらに着くには夜になりますが、そのまま待機をお願いします」

「よしっ、何時まででも待つよ。ご苦労様だった」

愛川の心は躍った。事件の真相に、早くも数歩も踏んだ感じであった。

「もしも、そうだとすれば、この事件はまさに百二十年前の歴史に端を発することとなる。それにしても、東北人の粘り強さと過去を忘れぬド根性とは、まさに恐るべきものだな」

愛川は、己《おのれ》が東北人であることを忘れて、大きく歎息した。

その夜、十時近くなって、待ちに待っていた手代木が署に戻って来た。彼の顔は、興奮に幾分輝いていた。

「ご苦労だった」と、愛川の口から自と、言葉が発せられた。

手代木は、満面の笑みでそれに答えながら、バッグの中から数枚の写真を取り出した。そして、その中から先ず一枚を選び出すと、それを、さっと愛川の目の前に突き出した。

目を皿のようにして、それを見詰めた愛川は、思わず「アッ」と叫んで食い入るようにそれに見入った。

それは、見るからに古びた、そして小さな一つの墓であった。そして、幾分、風化してかすれてはいたが、その墓石に刻んだ文字だけは明瞭に読み取れた。

「和田うの之墓」、明治二年七月十日没、行年十九歳……。愛川は、その字をしっかりと目で捉えて黙読した。次に彼は、その墓石の正面の下部に太く深く刻まれた家紋を指で示しながら、じっと手代木の顔を見た。

その家紋は、明らかに梅花の形を示していた。手代木も、愛川の顔を見詰めながら、大きく頷いた。

かくして、長州の八島家で見た同家に伝わる会津攻略の戦利品たる女持ちの懐剣の主は、今やまさしく、釜石市郊外の旧墓地に、ひっそりと眠っていることが判明したのだ。

「和田うのなる女性は、十九歳で死去したのか……」と、愛川は小さく呟いた。

明治二年で十九歳とすれば、今の和田女医の代から数えて、恐らく五代前の人であろう。それは、うの女からすれば、実に百三十年後の現世の人たちへの告白ともなるのだ。

愛川は、八島家で聞いた物語……あの峻烈なる若き女性、うの女の激しい叫びが、どこからともなく聞こえてくるような錯覚に襲われて、思わず背筋に一抹の冷気を感じた。

「愛川刑事、我々が八島家で聞いたあの話、つまり和田女医が、何かを見てひどく心を動揺させたとかいう一件の謎も、これでどうやら解けたようですね」と、手代木は言った。

「いや、それよりかもっと重要なことがわかってきたようだ……」と、愛川は言った。

「……と言うと、何でしょうか」

「手代木君、これは想像だが……いや、多分、間違いあるまい……」

「一体、どうなったんでしょうか……」

「手代木君、あの時、うのという若い会津女性は、住居内に侵入して来た八島源太夫に向って、懐剣で激しく抵抗した。しかし、源太夫にその懐剣を奪われた……」

「ええ、そうでしたね。あの八島家のお年寄りの話では……。そして、それがあの懐剣というわけですね」

「そうだ……、しかし、その後で……うの女は、さらに何かを奪われた……」

「エッ、一体、何をですか……」

「恐らく、その後で源太夫の当て身で気を失った彼女は……源太夫に身体を犯された……つまり貞操をも奪われて、その結果、身籠ったのだ。そして、子が生れた……」

「あっ、なるほど、そして、その生れた子供の子孫が……」

「その通り……。その子孫こそ、まさしく現代の和田ノブ子となるわけだ。こう考えると、あのＤＮＡの謎も、すべて解けたことになる」

「そうか、いや、まさしく、そうだったんですね。つまり、和田女医やクスミたちの体内成分に現われた源太夫のものと同型のＤＮＡ断片区分は、その時に、うのの体内に入れられ、子孫の数代にわたって固定化されたのだ」

「そうなんだ。これで、八島家と和田家との間に存在する暗く複雑なシガラミも明らかとなったことにもなるのだ……。手代木君、これはどうやら、我々の想像も付かぬ根の深い事件となり得るようだな」

「そうですね。これで、和田家と八島家とは、不自然な始まりながらも、一応の血縁関係が成立つというわけですね。それでありながら、両者間には根深い血の恨みが潜在していた……」

「その通りだよ、手代木君。だからこそ、クスミは血を分けてる筈の同族……八島教授を殺したのかも知れないな」

「つまり、クスミは八島を殺すことで、百三十年前の先祖たる『うの』の敵《かたき》を取ったということですね」

「いや、手代木君、クスミが八島教授を殺した理由は、もっと切実で身近な所にあったと思うな。それが以前から百年以上にわたって潜在していた八島家に対する血の恨みを大きく突き上げた……、それが結果として、あのような爆殺と言う極めて残忍な方法を選んだんだ。恐らく、それに間違いあるまい」

「愛川刑事、その身近で切実な理由とは、一体、何でしょうか」

「それは、はっきりはわからん。ただ、何となく、そのように思えるんだ。それがわかりさえすれば、この事件の解明は大きく進むと言うもんさ」

二人の刑事は、そのように問答しながら、うの女以降の明治、大正、昭和に至る和田家歴代の墓石の写真に、次々と目を移した。愛川の予想通りに、現代の和田女医は、うの女から数えて五代目と確認された。そして、どの墓石にも、梅花印の家紋が、くっきりと刻まれていた。

翌日の夕刻近くに、四人の刑事たちによって調査された国際学会コンパニオン、ホステス役の三十人の女性たちの身許調査書が、愛川の手許に届けられた。愛川は直ちに、それを持って資料室に入り、調査書のひとつ、ひとつを丹念に、古い記録と比較照合した。

一通りの調査を終えて、愛川は再び捜査課に戻った。彼は、資料の束をデスクの上に投げ出すように置くと、椅子に座して腕を組んで天井を仰いだ。そして、机上のメモ用紙を見て、大きく歎息した。

それには、大方、姓は変ってはいたが、今から七年前に補導した今井トミ江はじめ、当時の「十六夜《いざよい》娘《むすめ》」九名全員が三十名の女性群の中に参加している証しがメモされていた。

「これは、決して偶然ではない。彼女たち全員が、学会に蝟集して来る目的は何なのか。果たして、学会当日、何が起ころうとしているのだ……」

愛川は、狂わしい程の予測と不安とに悩まされた。

「……学会は、学会所属の学者、研究者らによって遂行されるのだ……。しかし、それとは別に、全く異なった思考を有する人間たちの集団が、何かを画策して割り込もうとしている。そのグループを裏で動かしているのは誰なんだ。そして、何をしようとしているのだ……」と、愛川は、疲れた頭で呟いた。

クスミは、未だに逮捕されていない。目下のところ、逮捕状が出ているのは、クスミだけである。しかし、その消息は依然として不明である。

愛川たちの焦りを、あざ笑うかの如くに、日はどんどん過ぎて行った。そして、例の国際学会開催の日までに、あと二週間を余すのみとなった。それまでに、愛川は何としても知りたい一点があったのだ。

和田女医は、クスミを生んだことは間違いなき事実である。それならば、クスミの父親は誰なのか。鑑識課長、杉戸警部の鑑定では、壁の中から現われた死体とクスミの両人は、まぎれもなく和田女医の生んだ子であり、しかも、いずれもそれぞれ異った男性との間に生れた子であると断言した。壁の中から現われた男子の父親は、一応、倉田東一と見ても良いであろう。

……とすれば、クスミの父親は誰か……。その夜の愛川は、一睡も出来なかった。

翌朝、憮然たる思いでトーストを齧りながら、しきりと思考をめぐらしている愛川の頭脳の中に、あるヒントが閃いた。

「そうだ。我々はついでに、八島教授のDNA構造を知ろうとして、東萩で、その素材を求めたが、それは果たし得なかったのだ。だが、それと同じDNA構造断片の保持者を探し出せば、それは可能となる。それは誰か……、そうか、八島教授の子供を探し出せばよいのだ。我々は、もっと早く、それに気が付けばよかったのだ」と、彼は思わず叫んだ。

その日の正午前に、彼は東北新幹線の人となり、東京に向っていた。東京に着くや否や、彼は真直ぐに警視庁の資料保存室に走った。彼の記憶の中に、五所川原署の成田刑事の話の中で八島教授の息子の一人が、麻薬常習の容疑で、警視庁に逮捕された事実を思い出したのだ。通常、麻薬容疑で逮捕された者は、必ず血液を採取され、それは後日の証拠として、長期間、凍結保存されることになっていた。警視庁の資料保存課の担当官は、快く愛川の申し出に応じて協力してくれた。担当官は、部厚な記録書を見て、極めて容易に、四年前の麻薬常習者の検挙者リストの中から八島貞明、つまり、八島教授の二男の名を探し出した。彼は、三ケ月間の拘置後、多額の保釈金を積んで出所していた。当然、その際、採血された血液は、二本の硬質硝子チューブに分けられて、完全に凍結保存されていた。

愛川は、その中の一本を、重要犯罪捜査の参考資料として仙台に持ち帰った。その血液資料は、直ちに鑑識課に回されて、DNA検査官に手渡された。

それから六日後、愛川と手代木の両刑事は、鑑識課長、杉戸警部に呼ばれた。室内に入った二人の目の前に、早くもスクリーンに映し出された幾人かのDNA断片像が、くっきりと鮮明に投写されていた。

「愛川刑事、クスミと麻薬常習者であるこの青年とは、明らかに父親を同じくする異母兄妹《きょうだい》らしいですな」と、杉戸警部は、さらりと言った。

「えっ、それは本当ですか……」

愛川らは、開口一番の杉戸警部の言葉に、大きな衝撃を受けた。

「これをご覧下さい。これが例の青年のＤＮＡ断片像です。そして、こちらがクスミのもの。この双方の父方由来のＤＮＡ断片群が、このように全く同様の配列像を示しております。それに較べて、母方由来のものは、双方共に、位置も配列像も全く異なっております。したがいまして、この青年とクスミとは、まぎれもなく、母は異っても父親を同じくする、互いに血を分けあった仲ということになります」

スライドの投写面に克明に映し出されたＤＮＡ解析像を、指で追いながら子細に説明する杉戸警部の言葉のひとつ、ひとつを、燃えるような眼差《まなざし》で心に焼き付けていた愛川は、緊張の余り、目の眩む心持がし始めた。

まさしく、鑑定の結果は、重大な局面の展開を新たに招いたことになるのだ。

鑑識課を出て、捜査一課のデスクの前に戻った愛川は、衝撃と緊張とで、未だに茫としていた。まさかと思いつつ、時には想像していたことが、今や完全に事実として立証されてしまったのだ。

「どうにもわからん……、八島教授が、クスミの実の父親だなんて……。するとクスミは、自分の生みの父親を爆殺したことになる。加うるに、クスミの母親たる和田ノブ子は、それに、一体、どのように関与していたんだろうか。ノブ子が、倉田の留守中に八島家の子を生むなんて、おおよそ考えられない。それにも拘わらず、ノブ子は事実として八島の子を生んだ。それが娘のクスミだ。そして、その娘は、父親である八島を殺した。それも、最高の恨みを込めた方法で……」

愛川は、この言葉を、何回もくり返し心の中で反芻してみた。

しかし、彼の心の中には、依然として、職業意識だけは克明に保たれていた。

「これで、やっと和田女医を喚問する理由が出来たと言うものだ……」

彼の呟きは、苦悩の中に在りながらも、事件の真相に迫る真実の一端に、大きく足を踏み入れたことを感じた言葉でもあった。

しかし、愛川は、それでも和田女医の事情聴取喚問には、余り気が進まなかった。たとえ、和田女医を喚問したとしても、クスミの消息と八島教授や倉田東一との関係を糺すだけで、直接に彼女を逮捕する理由は、未だ得ていないのである。倉田の息子を壁に塗り込めた一件にしても、それは未だ愛川の推測であって、直接の物証は得られていないのだ。

それよりか、国際学会のコンパニオン、ホステスのメンバーの中に、七年前に補導した九名の女性の全員が入っていることの方が不気味なのだ。

「とにかく学会前に、クスミを逮捕することの方が先決条件なんだ」と、愛川は呟いた。そう言いながらも、国際学会開催の日取りは刻々と近付いて来た。これまでの科学的捜査によって、事件に関わる人物の人間関係のおおよそは解明された。しかし、その中で明らかに殺人犯人と断定されたのは、クスミだけであって、他はすべて推測の域を出ていないのだ。その唯一の現実の極め手であるクスミさえ、未だ逮捕しかねている有様なのだ。

しかし、現在までに、警察によって明らかにされて来た事件に関する点と線とに、それまで不明のまま胚胎し、深い霧に隠されていた現象が一斉に正体を顕わして結び付き、瞬くままに鮮明な画像となって出現し、驚き慌てる市民大衆の上に赤黒き火焔となって襲いかかる日……それはいつか、十一月十五日に開催される「国際器官形成学会」……その日である。愛川らは、そのように断定した。その日に起こる現象こそ、全ての人間の行動と役割、そして全シナリオとが明らかにされるのだ。今となっては、我々は、小出しに散発される事件の末端にふり回されることなく、全警察力を揚げて国際学会全体を包囲して、厳重なる警戒体制を敷くべきである。そして、その場で不審な行動を示す人物があれば、直ちに検挙すべきである。最早、我々としては、それのみが残された手段である。そう考えているうちにも、「学会開催」の日は急速に近付きつつあるのだ。今や、一刻の猶予も許さるべきではない。

愛川は、捜査会議の席上で、常にくり返し、それをまくし立てた。

そして、漸くにして、その方針が決定されたのだ。だがしかし、自由討論の場である学会……しかも国内外の学者、研究者ら数千人の集《つど》う一大国際学会を、日本の警察が統括するとなると、それはまさしく、重大なる問題である。成り行き如何によっては、由々しき国際問題にもなり兼ねない。色々と起こり得る可能性を踏まえて、それは真実、苦渋の決定でもあったのだ。

第八章　世紀の火と血の祭典

世紀の大学会……仙台市民たちは、皆一様にそう感じていた。世界中の著名な学者が、それぞれ単独で、または家族同伴で、相次いで仙台市内に到着した。土地の新聞、マスコミ紙は、こぞって連日のように、到着した外国学者たちの紹介とその業績に対する称賛の記事を掲載した。市内の空気は、日に日に高まる国際色と、それと歩調を合わせる先端企業の設備や装飾で、急速に華麗な様相を帯びて来た。仙台市民の関心と期待とは、急速に高まった。

それと並行して、愛川ら警察関係者たちの動きも急速に活発化した。しかし、外来者や市民たちに無用な刺戟を与えない為に、愛川の発案で、学会の会場や、その建物周辺に出入りする警察官は、すべて制服を外して、無難な私服を着用するように命ぜられた。

彼らは、絶えず会場周辺をパトロールし、目と耳とに全神経を集中して警戒に当った。しかし、何事もなく、平穏の中に日々が過ぎ去った。しかし、和やかな市内のムードとは別個に、愛川らの目は、学会の周辺に、絶えずじっと注がれていた。

学会の前日となった。準備の完璧を期するために、早朝より多数の委員が忙しげに動き回っていた。コンパニオンやホステスたちも、予行演習と打合せとに余念がなかった。彼女たちは、一様に明るいグリーンの制服と、スミレ色のキャップとを身に付けていた。例の九名の十六夜娘だった女性たちも、恐らくその中に含まれているのであろう。愛川と手代木とは、ことさら注目して、彼女ら一人、一人の顔を凝視した。しかし、予期に反し、クスミの姿は、未だ発見出来なかった。

遂に、学会開催の当日となった。早朝より市内のテレビやその他の報道機関は、一斉に鳴り物入りで報道した。まさに世紀の大イベントである。

開会式には、文部大臣からのメッセージが読み上げられ、宮城県知事や仙台市長をはじめとして、中央からも、多数の官僚が出席して、それぞれ祝詞を述べた。そして、生命工学院大学の藤田学長が開会宣言を行った後、世紀の一大国際学会の幕は切って落された。

それは、七部会に分れて開催された。愛川らは、すべて私服のスタイルとなり、各部会のホール全体を絶えずパトロールした。さすがに、どの部会でも、主要テーマである「トマス・ミッチェル説」に関するものが多く、予告されていたとは言え、トマス・ミッチェル博士の顕彰学会の観を呈した。会場ホールのすべてに、同博士の写真や、写真入りのポスターが飾られていた。

「倉田東一らにとっては、まさに、痛恨極まりないものであろうな……」と、愛川は呟いた。個人の打ち立てた学説を、公開で否定する行為は、まさに、その当人を公開処刑するに等しい。ましてや、外国人の多数が参加する国際学会で……。一体、誰が画策したんだ……。そう思いながら、愛川は、壁に貼られた日毎のプログラムを見詰めた。

「ん？」。愛川は思わず小さく叫んだ。

それは、「おすそ分けか、自己生産か」と題された四国大学の市村春夫教授の講演であった。愛川は、咄嗟に、壁の中から現われた死体が、右手にしっかりと握っていた変色した用紙に、克明に記述された論文内容を思い出した。その是非を論ずる講演か……、それならば、早速に拝聴しよう。彼は、そう思って、改めてプログラムを見詰めた。それは、その日の午後に時間が組まれていた。

その時刻、定められた部会室の座席に、愛川は座したまま、市村教授の一語一句に、じっと聞き耳を立てていた。二十枚余りのスライド投影と共に、同教授の話はなめらかに進んだ。しかし、それは、自分の行ったトマス・ミッチェル博士の研究の追試の結果に終始した。そして、最後の市村教授のしめくくりの語に、愛川は思わず身を乗り出した。

「かくして、私どもがトマス・ミッチェル博士の行った実験を追試した結果、いずれも見事な再現性が認められたわけであります。したがいまして、ここに、トマス・ミッチェル説は、確固不動の真理として確立されたことになったのであります。それ故、同学説に対するいかなる反論も異説も、すべて誤謬として棄却されることになった次第であります。以上で私の講演発表を終了させていただきます」

直ちに満場の拍手をもって市村は降壇した。

「何だ、あれは……」と、愛川は思った。理系出身の彼にも、話の概要は理解出来た。

「あれでは、まるで一方的な偏見じゃないか。比較論議も何もありゃしない……。学会とはおおよそこんなもんか」と、彼は首をかしげた。彼の疑問を別として、学会は極めて順調に進行し、その内容と経過とは、常に報道のトップで紹介された。その間、何事も起こらなかった。それにも拘らず、愛川らの目の光は、少しも衰えることはなかった。

かくして、学会は最終日を迎えることとなった。それは、まさしく、ジョン・ガロワ博士によって世紀の講演が行われ、トマス・ミッチェル説が、この面における一大定理として確立し、永久不変の真理として承認される日である。しかし、その反面、ジョン・ガロワ博士の記念講演は、取りも直さず、倉田東一の打ち建てた業績と論理の完全なる抹殺を意味する。言わば、倉田に対する死刑執行に等しいことになるのだ。

予定された会場は、早くから超満員の様相を呈していた。内外の学者・研究者ら約二千人が、会場であるパシフィックホテル三階のホール・ネプチューンと名付けられた大ホールにぎっしりと詰めかけていた。さらに、会場に入り切れない夥しい人数が、四階や五階の各所に設けられた中ホールに集まり、据えられた大テレビの前で、ビデオによるガロワ博士の講演の放映を、緊張した面持で待っていた。既に、時刻は夕刻四時を過ぎていた。日没の早い東北の仙台の地は、いつとはなく薄暗い帷《とばり》に包まれていた。ガロワ博士の講演の終了と共に学会もすべての日程を終え、その後は納会としての盛大な晩餐会に入るのだ。

「……敵の首を肴にして、皆で勝利の祝い酒というわけか」と、愛川はホールの中央附近に座して、鋭く周辺を見回しながら呟いた。時刻到来、すべての窓にシャドウが下され、そして照明が一斉に点じられた。人々は、さっと緊張した。講演開始である。

まず、司会役の市村教授が、小柄な体を大股で運んで段上に昇った。会場は、一瞬にして、水を打った静けさとなった。

「では、唯今より、ジョン・ガロワ博士の講演を開催致しますので、ご静聴の程をお願い致します」と、市村教授の声が響いた。

続いて、同教授により、ガロワ博士の略歴と業績とが型通り紹介された。

「それでは、プロフェッサー・ガロワ、どうぞ」と市村教授は、壇上を指しながら、大きく叫んだ。人々は、一斉に拍手を送りながら、ガロワ博士の姿を見んものと、等しく壇上を見詰めた。

その瞬間である。ホールの照明が一斉に消えて、ホール全体は、一瞬の中に暗黒となった。人々は、大きくどよめいた。既に外は暗く、窓には厳重にシャドウが降されているので、まさしく、鼻をつままれてもわからぬ真の暗闇である。

「停電事故のようです。しばらく、お待ち下さい……」と、市村教授の声が聞こえたが、すぐに途切れた。後は、係員が、手探りで動き回る音のみとなった。その時、愛川は、暗黒の中で、一瞬、背中にヒヤリとしたものを感じた。瞬間、彼は、はっとして伸び上り、目をこらして壇上を見詰めた。しかし、暗闇のため、何も見えなかった。

人々の困惑とざわめきの中での十数分が過ぎた頃に、全ホールのシャンデリア付きのライトが、再び一斉に輝いた。人々は、さらに大きくどよめいた。そして、等しく壇上を見た。演壇の前には、既にガロワ博士が立っていた。そして、司会者席に、市村教授が端然として椅子に座していた。人々は、改めて、ガロワ博士に向って拍手を送った。

「皆さん、私は日本語が出来ます。それで、皆さんに、すべて日本語でお話し致します」

人々は、驚きと喜びとも称賛とも付かぬ独特のどよめきを博士に送った。

「それでは、話を始める前に、概要を皆さんにお配りします」

そう言って博士は、手で合図した。それを受けて、演壇の近くに待機していた十名近くのコンパニオンが、さっと動き出し、ホールの一角に山のように積み上げられていた概要書を矢継ぎ早に運び出し、それを極めて迅速に人々に配り始めた。

その余りの手ぎわの良さに、愛川は呆然として眺めていた。概要書の山は、見る見るうちに消滅した。愛川は、自分の手に渡された概要書を見た。その内容は、すべて英文で克明に印刷されていた。しかし、なぜか表紙のみは何も記されず純白であった。こうして、おおよそ、会場の全員に、概要書が配布された。そして、博士の講演が開始された。その声は、愛川にとって、暗く陰気に感じられた。

「皆さん、我々は、半世紀にわたって、まことに大きな誤りを犯して来ました。それは、あのいまわしきトマス・ミッチェル説を信じたということであります。この愚かなりし思考を速やかに捨てなければなりません」

愛川は、愕然としてガロワ博士の顔を見上げた。全く、思いもかけぬ博士のセリフであった。会場の各所からも、小波《さざなみ》の如きざわめきが起こり、それは次第に全体に共鳴現象を誘発してオクターブを高め、遂に大きなどよめきとなって、会場全体を包んだ。

しかし、ガロワ博士は、それを全く意に介せず、平然として講演を続けた。

「当学会に所属する一部の者に、飽くまで真理に目を背け、偏見と独善とをもって人工的論理を作り上げ、虚構と誤謬とに満ちた学説を真理とすり換えて流布して来た事実のあったことは、まことに痛恨の極みと言うべきであります」

博士の言葉は、低音ではあったが、それなりの重みがあった。場内のどよめきは、急速に静まり、次第に水を打った如き沈黙が全体を押し包んだ。

「皆さん、今回の学会で、トマス・ミッチェル説に関する多数の研究内容が発表されました。私自身も、多大の期待と関心とをもって接しました。そして、今やまさしく、トマス・ミッチェル説は、重大なる誤謬に満ちた理論であることが、ここに曝露されたのであります。誤謬とは、血管パラビオーゼにおける臓器損傷個体との血液交流を有する正常個体の臓器発達は、一方からの臓器修復因子なるものの血流を経ての『おすそわけ』によるものではなく、あくまでも、一方からの臓器損傷情報を、血流を経て他方が受容することに基づく修復因子の自己生産に由来することが明らかとなり、本国際学会におきまして、かのトマス・ミッチェル説は、ここに完全に否定されたのであります。詳細は、先程、お配り致しましたテキストに充分に記してございます」

その時である。半ば呆然として静まり返っていた聴衆の中から、突如として声が揚がった。

「あっ、あれはっ、ジョン・ガロワではない。全く別人だっ」

「そーだ。確かにジョンではない。一体、誰なんだっ、あいつは……」

演者の人物を否定する声が各所から揚がり、その声は、連鎖的に会場全体に広がった。

「おーい、司会者、その人物を確かめろ。そいつは誰なんだ」との声が、方々から起こった。

しかし、当の司会者、市村教授は、端然として椅子に座して、こちらを向いたままで何らの反応も示さなかった。

「市村っ、何をしとるかっ。早くそやつを引きずり下せっ」と、近くに座していた老大家が叫んだ。

見かねた演壇近くにいた進行係りの一人が、壇上に上り、市村教授に近付き、そっと彼の肩を叩いた。

その瞬間、市村の体は、崩れるように椅子から外れて床の上に倒れた。同時に、その係り員は、悲鳴に近い声を揚げて後ずさった。

会場は、一時、呆然として静まり返った。瞬間、愛川は、職業意識から脱兎の如く演壇に駆け寄り、一息に壇上に飛び上って市村に近付いた。

一瞬、愛川は目を見張った。市村の座していた椅子の下は、一面の血の海であった。そして、壇上に倒れている市村の背中に、一本の鋭いナイフが、深々と突き立っていた。

しかし、愛川は、あくまで沈着で冷静であった。彼は、聴衆に向って高々と手を振った。合図に応じて、会場内に聴衆に紛れて配置されていた四名の刑事たちが、さっと壇上に駆け上って来た。彼らは、直ちに聴衆に目を向けて、警戒の姿勢に入った。聴衆の動向と次の事件を予測しての対応である。

「とにかく、ジョン・ガロワ博士を探せっ」と愛川は叫んだ。

その時である。場内の各所から、一斉に悲鳴が起こった。会場内の人々のおおよそが手にしていた概要を記した厚手のパンフレットから、目も眩むばかりの青白き火が吹き出し、概要書の紙がメラメラと燃え上っていた。中には、早くも人々の毛髪や衣服に燃え移っている所もあった。会場は、悲鳴と火焔と煙とで大混乱となった。見ると、壇上近くのデスクの上に積み上げられていた数十部のパンフレットの残部が、これまた激しい炎を吹き出して燃えていた。会場全体が人もろ共に危険に瀕して来た。愛川は、直ちに携帯電話で、パシフィックホテルの内外を警戒している刑事や警官たちに対し、矢継ぎ早の緊急指令を送った。

「こちら三階のホール・ネプチューン、場内で殺人と火災発生。直ちに建物内の人間を避難させよ」

遂に、会場のホールのみならず、ホテル全体が大混乱となった。夥しい数の消防車と救急車とが、パシフィックホテル目指して急行した。その頃、ホール・ネプチューンは、まさに火の海となっていた。火は、さらにホールから四階、次に五階へと延焼せんばかりの勢いとなった。阿鼻叫喚のうちに、内外の半焦げの人々の集団が煙にむせながら、逃げ場を求めて廊下や階段を右往左往した。

愛川は、煙にむせながらも、懸命にこらえて会場に踏み止まった。刑事である彼は、退避よりか、少しでも事件の本質を摑みたかった。

「愛川刑事、早く退避して下さいっ。ここは、もう危険です」と、手代木が駆け寄って来て叫んだ。

「いや、それよりか、本物のガロワ博士はどこにいるんだ。それを確かめるんだ」と、愛川は大きく叫んだが、途中で激しくむせ込んでしまった。その時、思いがけず、傍らから女性の声が聞こえたのだ。

「ジョン・ガロワ博士は、七階の宿泊室にいます。私がご案内します」

愛川は、驚いて振り返った。そこには、一人の若いコンパニオンが立っていた。彼女は、煙を防ぐために、鼻と口とを赤いハンカチで被っていた。そのために、顔全体はわからない。しかし、スミレ色のキャップと、グリーンの制服とを頭と身に付けていた。しかし、周辺の大混乱に引き替え、驚く程の落ち着きぶりを見せていた。

「えーっ、あなたは？」と、愛川は驚いて、まじまじと、そのコンパニオンを見詰めた。

「さ、愛川刑事、急いで下さい。ガロワ博士が、あなたに会いたがっています」

その言葉に惹かれて、思わず彼は、女の後を追った。エレベータは、既に止っている。

女は、驚く程の身軽さで廊下を走り、階段を駆け昇った。「なぜ、この女は、私の名を知っているのだ……」と、彼は心の中で呟いた。二人の男女は、極めて迅速に七階、七八九号室のドアの前に到着した。煙は、既に七階の廊下にも達していた。宿泊者は、逸早く逃げたと見えて、既に人影はなかった。

「愛川刑事、ガロワ博士は、この室内にいるのだ。早く入るがよい」と、女は急に口調を変えて言った。

愛川は、反射的にドアを開けて飛び込んだ。ガロワ博士なる人は、壁にもたれて立っていた。言葉もなく、無表情に、長身を愛川に向けたままである。

「ガロワ博士、危険です。私と一緒に、至急退避して下さい」と愛川は、英語で叫んだ。しかし、ガロワ博士は、何らの反応も示さなかった。愛川は、もう一度、同じ言葉を叫んだ。しかし、それも同様な結果に終った。

「無駄だ、愛川……。あの男は死んでいる」

女は、威高げに言った。彼女は、今は顔からハンカチを外し、素顔を顕わに出していた。

「ん？」と、愛川は女の顔を凝視して、思わず声を出した。

女は、無造作に室内に入り、ガロワ博士の体をゆさぶった。博士は、どっと前のめりに倒れた。見ると、博士の背中にも、深々とナイフが突き立っていた。

「お前は、一体、誰なんだ」

愛川は、ようやくにして職業意識を取り戻して叫んだ。瞬間、彼は女性の三本指の手を見た。

「お前の探し求めていたクスミだ」と、女は少しも悪びれず、堂々と告白した。

「クスミだって……。君は、今までどこに隠れていたんだ。そして、なぜ八島教授を殺したんだ。そして、ガロワ博士と市村教授も」

「そんなことよりか、愛川よ、お前こそ早く逃げた方がよい。間もなく火は、七階にもやって来るぞ」と女は、泰然自若たる態度で言った。確かに、七階にも、かなりの熱気が漲っていた。そして、煙の濃度も高まっていた。

「なぜだ、言え、クスミ。なぜ、三人も人を殺したんだ」と愛川は、迫り来る熱気に堪えながら、ジリジリとした口調で言った。

「そんなに知りたいのか、愛川よ。それなら、よく聞くがよい。八島は、我が母、ノブ子を犯した。そして、八島の先祖も、昔、我が母の曾祖母を、会津の戦場で犯したのだ。そのために母の曾祖母は、妊んで子を生んだ。その時以来、長州への呪いのＤＮＡが、未来永劫、我が和田家の子孫の血中に燃えているのだ」

「その曾祖母とは、あの和田うのという女性なのか」と、愛川は言った。

「愛川、どうやら、お前も知っているようだな。その通り、和田うのです。八島家の宗家たる会津への侵略者によって子を生まされた『うの』は、すべての会津人から嘲けられ、苦難の人生を歩んだのだ。当時、多くの会津女性が薩長の武士たちによって犯された。しかし、これらの女性たちは、我が身を消すことによって、忌わしき種子を後世に残すことを避けるとして、悉く自害した。しかし、我らが先祖『うの』は、侵略者の暴力で失神し、気付かぬうちに我が腹に汚れた種子を植え付けられたのだ」

「その張本人が、八島源太夫と言うわけか」

「よく知ってるな、愛川、その通りだ。幼な子の娘を抱えた『うの』は、会津一党から追われ、維新後も各地を転々として放浪《さすら》い、辛うじて釜石に住み家を得たのだ。その子孫が、和田ノブ子と私なのだ……。十七歳で汚れた血筋を残した『うの』は、十九歳で自害死した。その時の遺書に、会津の城下の邸宅内で我を犯した長州武士は、我の手から和田家の家紋を打込み、我が名を記した懐剣を持ち去った。我の子孫は、必ずそれを目当てとしてその一統を探し出し、即時、報復せよとの遺訓を書き残されたのだ」

「恐しい人たちだ。それで、その子孫である八島教授を殺したのか。しかし、その八島教授が、お前の母、和田ノブ子を犯したということは、どういうことなのか」

「何で、そんなことを今さら聞くのだ。愛川よ、それでも、お前は刑事か。お前は、その現場を詳細に見ている筈だ。そして、その証拠をも、お前は間違いなく所持しているのだ。それを改めて、きちんと見たらどうだ」

「えーっ、私がその現場を確認しているだと、一体、それは何なのだ」

「私は、多賀城のアパートの引出しに、故意にそれを残して置いた。その証拠フィルムを、お前は確かに入手した筈だ」

「えーっ? あ、あの体外受精の顕微鏡写真のフィルム……あれが、どうして……」

「愛川よ、まだわからぬか。あの卵子は、母が自らの輸卵管から採取したものなのだ。それを体外で試験容器に移し、父の精子と合体させて受精卵とし、胞胚まで発育させたのだ。あれが、今、ここにいる私なのだ。それはすべて、母が、当時、アメリカにいた父と連絡して開発した体外受精の技法に基づいて行ったものなのだ」

「わかった。あのフィルムに写っていた精子が、お前の父、倉田東一氏のものなのだな」

「ところが、さに非ず……」

「えっ、それなら、何なのだ」

「当時、アメリカにいた父、倉田東一は、たまたま、学会でアメリカに来ていた八島に、己の精子を液体窒素で凍結保存して、それを日本まで持ち帰り、母に手渡すように依頼したのだ。

しかし、若い時から母に野心を持っていた八島は、卑劣にも、父の精子を己の精子と入れ換えて母に手渡したのだ」

「すると……、あのフィルムに写っていた精子は、倉田氏のものではなく、実は、八島教授の……」

「その通りだ。それとは知らずに、母は、夫の精子とばかり思い込み、自分の卵子に合体させて受精卵とし、胞胚まで育て上げた。そして、それを自分自ら子宮内に着床させて、その結果、生れたのが私なのだ」

「するとお前は、和田ノブ子と八島教授との間に生れた子なのか……」

「その通りだ。先祖を八島家の暴力によって犯され、忌まわしく生れた悲しき子孫が、またしても過去の暴力者の子孫によって犯されたのだ。そして、この世に送り出された私こそ、忌まわしきDNAを二度にわたって刻印された呪わしき生物なのだ。それで、父かも知れぬが八島に報復したのだ。これだけ話せば充分だろう。さ、愛川よ、早く逃げよ。もう火が迫っている」

言われて愛川は、ハッとして、あたりを見回した。火は、確実に七階の階段附近にまで達していた。煙と炎とは、急速に身近に迫っていた。

「愛川よ、ホール・ネプチューンの火は、パンフレットの綴じ芯の中に、発火剤を仕込んだ小チューブを仕掛けたものなのだ。小チューブの中を薄い銅板で仕切り、それぞれ片方に、硫酸とピクリン酸・発火剤の混合物を別々に入れて封じて置く。そして、時間と共に、硫酸が銅板を侵して溶かし、双方の液が合体すると、凄まじい発熱反応が起きて発火するのだ。その時の温度は三千度だ。このホテルの全館至る所に、それが仕掛けてあるのだ。とても、消防隊の手に負えるものではない。さ、この辺で限界だっ。愛川、早く逃げよ」

そう叫ぶや否や、クスミは、脱兎の如き速さで火の方角目がけて走り出した。

「待てーっ、クスミ。待ってくれ」

愛川の叫びに対し、火の中から、クスミの声が返って来た。だが、火に包まれた彼女は、

「ここから先は、母に聞けーっ」との叫びを残して、火中に消えた。愛川も、火に追われながら屋上に逃れ、辛うじてヘリコプターに救われた。

世紀の一大国際学会と言われたイベントは、トマス・ミッチェル説を定理として承認するに至らないままに崩壊してしまった。ジョン・ガロワ博士の推薦演説の後に総会を開き、トマス・ミッチェル説を万古不易の真理として承認する手筈であった。それが、立役者であるジョン・ガロワ博士は、ホテルの自室内で殺害され、司会役の市村教授も、ガロワ博士の替え玉の目の前で、まるで子猫の如くあっさりと殺されてしまった。それらの殺害は、開会直後、意図的に仕組まれた停電事故の暗黒の十数分間の中に行われたことは明白である。さらに、引き続いて起こった会場であるパシフィックホテルの放火による大火災……、そして、すべての企画は、灰燼の中に消滅してしまったのだ。

すべての報道・マスコミ機関は、いずれもトップで報道した。しかし、すべて現象を報ずる

のみで、真相を衝くものは皆無であった。ホテルの火災で、内外参加者の多数の人々が火傷と負傷とで入院した。その他の人々は、すべて心の打撃と失意のうちに解散した。

愛川は、仙台署の捜査一課のデスクの前で、煙で受けた咽喉の痛みをこらえながら、じっと考えていた。

これまでの一連の事件の主役は、すべてクスミによる犯行であることは明白となった。さらに、クスミの出生の秘密も……。クスミは、自己の体内に組み込まれたＤＮＡ、しかも、先祖の代から重ねて二度も受けた屈辱的な好まざる遺伝子の組み込みを受けた。その自己体内における嫌悪すべき遺伝子への憎しみから、人を殺したのだと昨夜の煙と熱気の中で告白した。そんなことで殺人……しかも爆殺である。恐しい娘だ……。

翌日の午後、愛川は体調の回復と共に、手代木を伴って、市民病院に和田女医を訪ねた。

「ようこそ、今回の学会での事件は大変でございましたね。刑事さん方、ご苦労様でしたね」

と、女医は愛想よく言った。

以前とは違った女医の態度に、愛川は、またしても出鼻をくじかれた。

「先生、これをご覧下さい。何かご存じのことは、ございませんでしょうか」

そう言って差し出された「うの」の懐剣の写真を手にした女医の顔に、一瞬、動揺の影が走ったが、直ぐに元の顔に戻った。

「何と美しい剣ですこと、それに当家と同じ家紋が付いてますのね」と女医は、事もなげに言った。

「この家紋と剣のために、先生のご令嬢、クスミさんは、いろいろなことを、おやりになってしまわれましたね。先生のお口から、その詳細を承りたいのです」

「クスミは、確かに私の生んだ娘です。でも生れてから間もなく、会津の倉田家の養女となりました。しかし成長してから、実の母は私であることを知り、倉田家から家出同様にして私の所に来るようになりました。しかし、最近まで一年近く、娘とは会っておりませんの」

「クスミさんの出生の秘密は、いつ、お話しになられましたか」と、愛川は尋ねた。

「まー、刑事さん方は、何もかもご存じで、こちらに見えられたようですのね。いかにも娘には出生の秘密がありました。しかし、それをクスミに話したのは、私ではありませんの。ある学会にクスミを連れて出席しました時、丁度、そこに居合せた八島教授が、懇親会のふるまい酒に酔って、クスミに向って、お前はオレの娘だ……しかも、お前の母親を騙して生ませたんだと言ったそうです。それで娘は驚いて、それを私に話しました。私も驚きました。もう、ご存じと思いますけど、クスミは、当時、アメリカにいた私の内縁の夫、倉田東一から送られた体外受精の知見に基づいて、私が開発した方法で生んだ子なんです。勿論、精子は、夫の東一が自分の体から採取したものを、凍結保存して私の所に届けてくれました。それを持参して、私に届けることを依頼された八島教授が……」

「先生、そこは、お話し下さらなくても結構です。そこは省いてお話し下さい」と、愛川は女医の顔を見詰めながら言った。

「私は、確認のために、私と東一とクスミの三人のDNA構造を調べました。その結果、クスミのDNAの中には、東一の部分が入っていないことがわかりました。それで東一は、八島に向って、アメリカから国際電話で、何度も問い糺したそうです。しかし、八島は、言を左右して、何ら明確な返事をしませんでした。それを知ったクスミが、自分で調べると言って、直接、八島に電話したり、会ったりしたようです。そして結局、八島自身のDNA構造を示す断片像の写真を手渡すとの約束を交したようです。しかし、それも、なかなか八島は実行しませんでした。いら立ったクスミは、八島と何回も対話しているうちに、八島の口から、彼の先祖は長州武士で、私たちの先祖の地、会津に攻め入って、多くの人を殺し、多くの女性を犯した事実を知りました。加うるに、クスミは、私の曾祖母『和田うの』の無念の凌辱を受けた話と八島の話とを重ね合せて、急速にある種の心の炎が燃え上ったものと思われます」

「わかりました。クスミさんのお話は、もうそれで結構です。次は、大学の冷凍室の壁の中から現われた方は、まぎれもなく、先生のご子息ですね」と、彼は次の一件に入った。

「その通りです。フミオは、確かに、私と東一との間に生れた男子です。しかし、やがて彼は、男子特有の遺伝病、血友病の保持者であることがわかりました。これは、ご承知の通り、血液凝固因子の遺伝的欠落によるものです。女性の血液には、この因子が欠落することはありません。それで、母である私が、私の血液をフミオに輸血することで補って参りました。しかし、フミオの出血性体質は、さらに悪化し、私からの輸血だけでは不足するようになりました。それで私は、クスミに、血液凝固因子を生成する遺伝子をフミオの体内に組み込む以外に他に方法がない。そのためには、この遺伝子の完備している健康な女性の体細胞を、フミオの体に移植しなければならないと話しました。それは、具体的にどうすればよいのか、とクスミが聞きますので、それには、健康な女性の肝臓細胞をフミオの脾臓に移植するのが適当であろうと申しました……」

「それで、クスミさんの肝臓細胞をフミオさんの脾臓に移植されたわけですね」

「そうです。フミオは、体質の弱さから、小・中学校は私の知り合いの田舎の病院に預けて通わせましたが、高校からは、仙台市内のアパートに住まわせて、私が面倒を見ておりました。ところが、ある日、クスミが異常な顔付きで病院にやって来ました。そして、私の肝臓細胞をフミオに移植しろと言って迫りました。見ると、クスミの下半身が血に濡れていました。私も驚いて調べますと、クスミの下腹に、自から傷付けた切り口から、かなりの血液が流れておりました。その時、私は、クスミが兄フミオに対して、兄妹以上の心情を抱いていることを察しました」

「それで、クスミさんの希望通りの、肝臓細胞の移植をフミオさんになさったわけですね」

「その通りです。クスミの腹部を切開しての肝臓細胞の摘出は、その後、何回か行われたわけです。しかし、フミオの容体は、はかばかしくなく、二十四歳頃になると、ほとんど、絶望とも言える状態になりました」

「それで、市内の娘さんたちから、多量の血液を集められた……」

「まー、そこまで、ご存じだったんですか。クスミは、友人仲間を説得して、独自の献血グループを作りました。勿論、若い女性ばかりです。そして、定期的に多量の血液を集めて、フミオに提供しました」

「O型の女性ばかりのグループだった理由は、どういうことだったのでしょうか」

「それは、簡単な理由からです。O型血液のみは、他のいかなる血液型の保持者に対しても、安全に提供出来るからです。フミオの血液型は、AB型でした」

「性周期、排卵直後の女性の血液ばかりを集められた理由は何でしょうか」

「刑事さんたち、よくよく中身を調べられていたんですね。恐れ入りました。排卵直後の女性の血液には、プロゲステロンをはじめとして、生体内の遺伝子を活性化するいろいろな因子を、男性の血液よりか多種多様に、しかも豊かに含んでいます。フミオのような遺伝子欠落に起因する病的体質に対して、有効な効果を及ぼすものと判断したからです」

「すべての女性が、バージンだった理由は何でしょうか」

「それも簡単な理由からです。最近は、性モラルが、かなり落ちております。それで、エイズとか、その他の忌わしき病気の感染から、愛しきフミオを守るために、献血クラブの女性は、すべてバージンを選んだと、クスミが申しておりました」

「フミオさんの左目は、義眼になっておりましたね……」

「フミオは、余命幾ばくもない状態となった時、もし、自分が死んだら、直ちに左目を摘出してアメリカに送り、父の義眼と入れ換えて移植せよと、くり返し遺言しておりました。その頃、アメリカにいる東一は、右目も失明状態となり、研究生活も不可能となっておりました。それで、フミオの死直後に、左眼を摘出して凍結保存の状態で東一の所に届けさせました。アメリカの大学での移植外科治療室で十時間に及ぶ移植治療の結果、我が子の左眼を移植された東一の視力は、幾分、物が見えるようになりました。その際、ノーベル賞の受賞者、レビ・モンタールチーニ博士の発見した神経増殖因子（NGF）の適用によって、視神経が再生したことが功を奏したようです」

「フミオさんのご遺体を、何で壁に埋められました。しかも、論文を手に握らせて……」

「フミオは、この病院で亡くなりました。すると、最後まで見取ったクスミが、フミオの遺体を霊安室まで私が運ぶと言い出しました。それで、母と子の別れとして、私は、私の身に付けていた白衣を脱いで、我が子、フミオの遺体を包んで、クスミに托したのです。ところが、それ以来、霊安室はおろか、どこにもフミオの遺体が見付かりません。クスミに問い糺しても、知らぬ存ぜぬの一点張りでした。それ以来、四年間もフミオの遺体は、紛失したままでした」

「……」。愛川は、またしても、出鼻をくじかれた。

「しかし、刑事さん。後でわかったことですが、目撃者の話によると、フミオの死亡した夜、病院の正門の前で、クスミと白衣を着た数人の若い女性が、何やら白い布で包んだ大きな物体を抱えて来て、待機していた車に、それを大事そうに積み込むと、自分たちで運転して、それをどこかに運び去ったとのことだそうです」

「……」。愛川は、またしても絶句せざるを得なかった。

「倉田東一先生は、今度の学会に来ておられましたね」と、愛川は、初めて倉田に先生と言う称号を付けて、ポソリと言った。

「はい、アメリカから、不自由な目で、手探りのようにして参りました。しかし、あの会場の火事騒ぎで、ショックと煙で咽喉を痛めて、今は弱り果てて、この病院に入院しております」

「お目にかかれますでしょうか」

「いえ、しばらくは要安静、面会謝絶でございます」

医者の言葉は絶対である。愛川は、黙らざるを得なかった。

「……そうでしたか、クスミさんは、八島教授の子ということになるのですね。フミオさんは、確かに、倉田さんのお子さんなんですね」と、愛川は和田女医に念を押した。

「刑事さん、これをご覧下さい」

和田ノブ子は、そう言って白衣を脱いだ。そして、スラックスズボンをゆるめると、次いで下着を静かにめくり上げた。

雪の如く真白なノブ子の下腹に、中央から右にかけて、くっきりと一文字の線が走っていた。

それは、美しくも、また、神秘的な影さえも宿していた。

「刑事さん、私は、倉田東一を今でも限りなく愛しております。フミオは、私と東一との愛の結晶です。フミオを愛していたのは、クスミだけではありません。私も母として、フミオを愛しておりました。ですから、私も、このように自らの肝臓細胞を取り出して、フミオに移植いたしておりました。したがいまして、これ以上、お見せするものもありませんし、申し上げることもございません」

……愛川と手代木とは、女医に一礼して室を出ようとした。

「あ、刑事さん方、ちょっとお待ち下さい」

女医の声に応じて、二人の刑事は立ち止って振り返った。

「刑事さん、私は、近いうちにこの病院を辞めます。そして、倉田東一を連れて、私の郷里、釜石に帰ります。そこには、亡くなった両親の残した家がそのままにしてあります。私は、それを少しく改修して、小さな産婦人科の医院を開きます。そこで私は、悩める女性たちの医療奉仕に時を過すつもりです。ですから、何か、ご不審のことがありましたら、どうか、そこに、お尋ねにお出で下さい」

「そうですか……、和田先生、ひとつだけ質問させていただけますでしょうか」

「何でしょうか」

「もしも、今、先生のおっしゃった悩める人たちの中に、薩摩や長州の人々がいたら、先生は、どうなさいますか」

愛川は、敢えて古い地名を用いて質問した。

女医は、一瞬、目を据えて愛川の顔を見た。しかし、直ぐに、元の表情に戻った。

「勿論、どこの出身の方でも、公平に奉仕致します。どのお方も、皆同じ人間ですから」

二人の刑事は、改めて女医に一礼して、病院を出た。

手代木と別れた愛川は、川内地区にある己のアパートに急いだ。彼は、急速に疲労を感じた。

途中、広瀬川にかかる大橋に入ると、そこには、大勢の人々が群がって、一様に空を見上げていた。愛川もつられて空を見て、思わず立ち止った。

空に浮かんだ月の裏側に、ヴィーナスが隠れようとしている瞬間であった。晩秋に時たま起こる珍らしい宵の光景である。月は、静かに抱くようにしてヴィーナスを包んだ。ヴィーナスの輝きは、一瞬にして消えた。人々の静かなどよめきが聞こえて来た。

じっと月を眺めていた愛川は、それが丁度まさしく、十六夜《いざよい》の月であることに気が付いた。月は、ヴィーナスを呑み込んだ後も、何事もなかったように、皓々と光っていた。

「十六夜の月か……、そうか、フミオの遺体を隠したのも、クスミと、あの十六夜娘たちだったんだ……しかも、論文を手に握らせて……。つまり、彼女らは、あの壁に倉田新学説と聖なる乙女たちの血のモニュメントを作ろうとしていたんだ……」と、彼は呟いた。

あとがき

　最近、ある刑法の専門家が、江戸時代で最も著名な処刑場に関する保存記録を調べた結果、現代の法律論から言えば、処刑者の六十パーセント以上が冤罪のまま死罪に処せられているとの結論であった。

　このことは、当時の犯罪者に対する断罪の決め付けの根拠は、甚だ不明確なものであり、権力者による一方的な拷問などによる自白の強要を含む独断と独善とに基づくものが多かったことを意味する。

　しかし、我が国でも明治維新以来、司法ならびに裁判制度の近代化に伴い、罪の判定法がかなり複雑化してきた。即ち、犯人と見做される人物の自白だけでは断罪せず、必ずそれに見合った物証が必要とされるようになった。当然、その物証を得るまでに、かなりの時間を要する結果、そのために裁判自体が相当な長期に及ぶ場合も少なくないのが現状である。

　しかるに、最近になって、その物証の判定がより複雑化し、加うるに科学の発展に伴い、その解析に極めて高度な科学的知識と技術とが必要となってきた。即ち、犯人と断定するのに、初期の強制による自白から始まって、最終的には血液型による判定が重要な事項となってきた。しかし、人間の血液型にも、ABO式、MN型などのいずれに基づく方法によっても、本人か他人か、親子の関係の判定に際しても、同じ血液型を有する人間は非常に多く、しばしば犯人の断定に困難を招く例も多く、結局傍証その他の方法に基づく判定に頼らざるを得ない場合も多かった。

ところが、戦後、世界各国の生化学者たちによって、真に素晴らしい生体成分が発見された。それは、生命活動を支配するDNA物質の発見である。これは、生命活動の基本指令物質であり、生命体の細胞のひとつひとつに、二重型ラセン構造の細いヒモとして巧みに折り曲げられた形で存在し、細胞の外に引き出すと、一個の細胞から長さ約二メートル近くの極細の物質として確認される。

これはあくまでも、その人間に特有の物質であり、そのDNA成分は構造も性質も他とは全く異なり、DNA成分の指令に基づいて、その人の生命活動、体成分が決められ、当然、その人固有の形質、親子・兄弟・姉妹関係等の血縁は勿論、遺伝その他の諸々の生命現象が、あくまで、その人固有のモノであることを地上で証言する、唯一にして絶対的な体細胞内指示物質なのである。

したがって、DNAは犯罪の捜査と犯人としての断定、さらに人と人との相対関係の確認と立証とにおいて、天が与えた絶対的な証拠物質となり、証言者ともなり得る。

近年、欧州のアルプスの氷河の中から、約四千年前の男性の凍結死体が発見されたが、氷の中であるから、当然、体成分は、そのまま保存されていたわけである。そこで早速に、現地の科学者たちによって遺体からDNAが分離されて、現存している人々のDNAと比較した結果、遂にその人をルーツとする多数の子孫を探し得たという。

今回、北朝鮮に拉致された横田めぐみさんの子供さんとされているキム・ヘギョンさんのDNAの性質と構造とを、めぐみさん側のDNAと比較検索した結果、まさしく、キム・ヘギョンさんは横田めぐみさんの娘さんに相違なしと判定された。この判定は絶対的な確証であり、まず真実と見て差し支えない。

本ストーリーに出てくる和田ノブ子女医と五代前の先祖たる「和田うの」の場合でも、当時の地方では火葬にすることは稀であったから、「うの女」の墓地を掘り起こして、その遺骨に残存している微量のDNAを採取してノブ子女医のそれと比較すれば、血縁関係の有無は容易に判定されたはずである。この際、遺骨から採取したDNA量が極めて少ない場合であっても、現在ではPCR法という量と数値とを増幅させ、それでいて正解に解析する方法が開発されている。

人類学上においても、地球上の先住民族ネアンデルタール人は、五万年くらいまでは地上に生活していたことが知られているが、その遺骨から採取したDNAと現代人ホモサピエンスのそれと比較した結果、全く因果関係は認められず、ネアンデルタール人は全く別の人種であり、数万年前に完全に地上より消滅したことが明らかとなった。その原因は、現代のクロマニヨン人系統のホモサピエンスとの生存競争に敗れたか、あるいは地球上の気候の変化が彼らの生存に適さず、そのまま亡び去ったと見るのが妥当であろう。

一説には、現代人とネアンデルタール人とのハイブリッドが地球上の何処かに生活しているのではないかとの説も出たが、双方のＤＮＡの配列構造から言って、ハイブリッドつまり混血の形成は、無理だったようである。

しかし、今後の大きな問題となっているのは、体外受精の件である。

本ストーリーにも出てくるように、倉田東一博士が、アメリカから自己の精子を日本にいる妻、和田ノブ子女医に送り届けて、体外受精によって夫婦の子供を新たに得んとする項目があるが、これは現代の生殖技術を用いれば、完全に可能なのである。即ち、男子の精子を、適当な保存液の中に入れてマイナス百九十六度の液体窒素で凍結保存すれば、三十年どころか百年いや千年でも、精子は生存して眠り続け、それを温めれば再び動き出して、女性から得られた卵子を試験管内で受精させることが極めて容易なのだ。そして、受精した卵子を胞胚期まで育て上げて、それを女性の子宮の中に戻して着床させれば、立派に胎児として育ち、健全な赤子として生れてくるわけである。この原理と技術とを応用すれば、父親が死んでから幾十年経った後でも、子供が得られるのだ。

しかし、この際、天は真に厳粛にして崇高な使命を女性に与え給うたのだ。女性の子宮は、何も己の子に限らず、他人の子でも、いずれの女性からの受精卵かを問わずに、全てを温かく柔らかに包んで子宮内で育て上げ、立派な赤子として出産してくれるという真に慈愛深き神秘的能力を保有しているのだ。

女性の卵子の保存についても、ほぼ同じレベルに達しつつある。したがって近い将来、男性側にとっても、愛する女性の卵子を予め凍結保存しておけば、もしも不幸にして女性に若くして先立たれるとか、不明の出奔をした後でも、自分とその女性との間の子供は、いつでも得られるわけである。

最後に筆者から見たコピー人間作製の意義はどうであろうか。

コピー人間を作る際の基本操作法は、親である父か母かいずれかの体組織から体細胞を取り出す。そして、その細胞から核を抜き出す。次に、母親の卵子（未受精卵）から核を抜いて、その無核となった卵子に、先に予め抜いておいた父または母の体組織細胞からの核を植え込む。そして、移植した核に物理または化学的刺戟を与えると、それによって細胞は分裂を開始する。次に、ある程度まで分裂増殖の進んだ時点で、それを母か他の女性の子宮内に戻して着床させ、胎児として育成させる。それによって生れた赤子は、殆ど全くと言ってよい程、体組織細胞核の提供者である父または母親と同じＤＮＡを保有し、それに基づいた形質を有する人間となって世に出現するわけである。要するに、この生殖技術によれば、父または母親と全くと言ってもよい程の同じ人間を幾人でも世に出すことが可能なのだ。

しかし、筆者の長年に及ぶバイオテクノロジーに関する経験から言えば、理屈としては理解出来るが、各ステップごとの技術が難しく、成功の確率が、それほど高くはない。そのため、最終的に女性の子宮内に着床させる段階までに到達する確率は、かなり低い。しかも、仮に子宮内に着床させたとしても、流産、死産が多く、予期した成果は容易に得られない。加うるに、今後さらなる研究により、技術が飛躍的に進み、成功率が著しく高まったとしても、真に切実にして重要な課題が残るのだ。それは、次の如きものである。

コピー人間の生命体を支配するDNAは、移植した父または母親の核に由来する。しかるに、父または母親が三十歳代、四十歳代の年齢に達しているとすれば、その体組織細胞から取り出した核もまた、それ自体が三十歳、四十歳代に至る年月を経ていて、決して若い状態ではないのだ。

生命体を支配する細胞のDNA活動は、主に、その核内で行われている。したがって、それだけの苦労を経て、何とかして生殖技術に成功し、やっと生れてきたにしても、そのコピー赤子は、姿や形は赤子であっても、年齢的には、三十歳、四十歳代の赤子なのだ。それゆえに、そのコピー赤子は、到底、平均的寿命を全うするだけの能力を最初から持ち合わせずに生まれてくるわけである。自然な営みによって卵子と精子とが結合して受胎が行われ、それによって世に出た赤子だけに、天寿というものが与えられるのだ。

最近の報道で、英国の研究所においても、先頃、世界で初めて出産に成功したコピー羊ドリーが死んだことを知った。六年と七ケ月の寿命であったそうだ。羊の寿命は十二、三年であるから、比較的短命であったわけである。筆者の知っている研究所でも、苦心の揚げ句にせっかく生れたコピーウシの場合でも、かなり短命なものがあり、研究者たちを苦悩させている。しかし、それは極めて当然の理である。

ウシやシロネズミなどのように、生命機構の研究にコピー動物を作るのなら良いが、人間におけるコピーの作製の意義は、筆者は全く見出し得ない。三十歳や四十歳……いや五十歳に達した赤子を、この世に出現させる意味は全くないし、そんな老赤子の必要性はない。

さて、本ストーリーで記した人間関係の新たなる結び付きや、血縁関係の解析などは、現時点で可能であるが、それを犯罪捜査の面から解析して事件の全貌を把握し、同時に司法により曲直を正さんとするならば、今後の捜査、断定、裁判に関与する人々は、かなり高度のバイオサイエンス、バイオテクノロジーを始め、それに関連する科学的分野に関する学識ならびに造詣の深い人々の協力が絶対に必要である。

筆者は、生命科学の進展と普及とに伴って、犯罪の手段もとみに複雑多様化し、従来の法医学部門に、さらに新しい先端研究部門を設けて、それに対抗するだけの生命機構への捜査解析能力を高めることが必要と考える。

当然、それに基づき、高度な技術と知識とを身に付けた医学博士や理学博士の称号を身に付けた警察官も多数出現して活躍し、裁判所においても、これらの学位を有する裁判長や検事、弁護士などが登場するのも、それほど遠くはないと考える。

筆者は、本ストーリーを記するに当たり、理学士の現場担当の刑事や、医学博士の鑑識官などを登場させたのも、来たるべき犯罪の高度複雑化に対する懸念と解決への願望とに基づくものであることをご理解いただければ幸甚である。

著者プロフィール
高瀬川 あずみ（たかせがわ あずみ）
本名 高橋直躬
長野県穂高町出身
東京大学農学部大学院修了
東北大学、東京大学文部教官を経て、明治大学教授を定年後、同大学名誉教授。米国NY科学アカデミー会員。一貫して生命科学を専攻、担当す。同関連の出版物120編。さらに関連小説（『氷血の仮面』、『墓石の弾痕』）を出版

燃ゆるＤＮＡ

2003年５月15日　初版第１刷発行

著　者　高瀬川 あずみ
発行者　瓜谷 綱延
発行所　株式会社文芸社
〒160-0022　東京都新宿区新宿１－10－１
電話　03-5369-3060（編集）
03-5369-2299（販売）
振替　00190-8-728265

印刷所　図書印刷株式会社

ISBN4-8355-5629-1 C0093